消失的她們

茱莉亞・菲利普斯——著

葉佳怡——譯

Disappearing Earth

by

Julia Phillips

獻給我親愛的艾力克斯

To Alex, my dar, my дар

國內外名家、媒體好評推薦

此書以兩位女童的失蹤開場，帶出一則則如血發亮的故事，彼此折射、交融並沖積出新的陸地，所有的人該如相連土地，但歧視、排擠與猜忌點滴蝕穿關係地表，幽暗之窖最適合儲放秘密、醃漬八卦。消失的不僅兩個女童，崩解的也不僅以為永恆堅實的國族、家庭和信仰。似近又遠、變動無定的關係板塊中，故事是方舟，乘載著多疑又渴愛的眾人，渡越即將從暗處如瘋狗浪撲過來的，無常變幻。

——作家／**李欣倫**

這是一本會讓人「忘記找兇手」的懸疑小說！

受到各種聳動標題影響，再殘酷的新聞似乎都讓人麻木，但在《消失的她們》，一對姊妹花失蹤引發的漣漪卻超乎想像。我們看著悲劇發生，卻只能任由真相被書中各種角色扭曲成利己的樣子，像是以為最能理解失子痛的母親們、急尋愛犬的主人，竟只忙著較勁、甚至藉此遮掩不願面對的祕密……翻轉的人性與性別刻板印象的誤導、交織成一篇篇喚醒心中醜惡的故事，羞愧之際、根本不會記得要找兇手！

而這讓我更加羞愧。

——《比鬼故事更可怕的是你我身邊的故事》作者／**少女老王**

俄羅斯東北端堪察加半島，曾有一座小鎮，因地震而被海水淹沒。在這一個遠得像傳說的板塊與故事裡，作者以一場姊妹的失蹤與其後的創傷，成了小說壓底的亞特蘭提斯。但這本小說還有更多，它有著神話與傳說的顏色，卻不是仿舊的歷史召喚，現代半島的開放也是一種青春的開放，回不去與死亡的不只是生命，時間都成了海潮間的迷幻碎浪。無比精湛的小說敘事，與一部長篇美譯。

——作家／**蔣亞妮**

一部出色的懸疑處女作。故事從一對姐妹被人綁架事件開始，如同對當地投下巨大的漣漪……菲利普斯對於人物和景色的描寫筆法相當精湛，有其特殊的小說語言。這部小說宣告一位極具天賦作家的誕生。

——**《出版家週刊》**

一部具有文學性和強烈情節的優秀……菲利普斯筆下的角色，雖生活在荒活的遠方，卻都是有溫度的人物……令人著迷的小說。

——**《圖書館期刊》**

死去或失蹤的女孩是犯罪小說中的常見的工具，也是最容易引起人們關注的角色，然而茱莉亞·菲利普斯巧妙地打破慣例，帶引我們到一個火山噴發的半島上，深入她所塑造的各種女性生活……每個角色的聲音都相當獨特，是近年來少見的精采小說。

——**《紐約客雜誌》**

相當出色的處女作！從一樁女童綁架事件揭示了堪察加半島的分裂……作者透過失去和渴望，映證了小說的力量。

——《紐約時報》書評

這是一個大多數人都不熟悉的地方，很少有小說能將它如此生動地描繪出來……菲利普斯精湛的說故事技巧，令我們深陷其中。

——《娛樂週刊》

菲利普斯呈現出的人物心境，讓人想到堪察加半島崎嶇不平的土地，也深掘出大眾在恐怖事件發生後所引起的集體創傷……相當好看的小說！

——《歐普拉雜誌》

這部小說太迷人了！從兩個被綁架的小姐妹為起點，作者以一個章節一個月份及一個女人的故事，慢慢解開她們身上的矛盾與紐帶：一個被閨蜜冷落的女孩；得知丈夫死於山難的女人；一個在尋找走失愛犬時瀕臨絕望的女人……關於那些失落及壓抑，少有人能像作者菲利普斯一樣，說得如此獨特、動人……

——《華爾街日報》

【導讀】

密室犯罪之下的心靈突圍

本書譯者．作家／**葉佳怡**

遙遠的堪察加半島上，有分別為八歲及十一歲的兩個女孩遭到誘拐。小說《消失的她們》中，作者茱莉亞．菲利普斯（Julia Phillips）以女孩失蹤的〈八月〉章節作為小說開頭，一路寫到隔年七月。除了第一章和最後兩章跟女孩有關，其他章節的女主角都和她們沒有直接關係，但又全部籠罩在這宗誘拐事件的陰影之下。讀者會不停在閱讀時尋找案件線索，又不禁受到每個生動的角色迷惑而分心，直到結尾，你才恍然大悟，明白非得從頭再讀一次，而且這次讀的心情將截然不同。

犯罪小說中消失的女孩

美國犯罪小說中，常有故事圍繞著「消失的女性」展開。二〇一八年出版文集《死去的女孩：論如何從美式執念中倖存下來》（*Dead Girl: Essays on Surviving an American Obsession*）的美國作者愛麗絲．波林（Alice Bolin）就曾寫道，「受害者的身體是中性場域，好讓男人們藉此處理他們自己的問題。」比起消失的男性，人們更習慣失語的女性，並會推出一位男性偵探為她代言，他的人生也會在破案過程中出現重要的蛻變。

因此，儘管《消失的她們》風光榮獲二〇一九年《紐約時報》十大好書，但這樣一個女孩失蹤的故事若要說帶有一點陳腔濫調的遺跡，也絕對合情合理。但不一樣的是，故事中的男性辦案警官始終只是關鍵性的背景角色，失蹤的女孩也沒有失去自主性，甚至是將所有女性同胞串聯起來的黏著劑。此外，當你發現這是一個出生在紐澤西的美國女作家，將背景設定於俄羅斯堪察加半島所寫的故事，更會意識到小說中存在更多不同層次。

反映僵固人際體系的密室犯罪

當然，堪察加半島這個背景設定，作者菲利普斯也有回應犯罪小說傳統的意圖。作為一座曾經徹底對外封鎖，現今要抵達也交通不便的半島，此地可謂「密室」。許多美國犯罪小說也常將背景設定在類似的中西部小鎮，並透過一宗犯罪事件攪亂看似平靜的小鎮生活，再挖出緊密人際關係底下的一枚枚爛瘡。所謂「密室」不見得是上鎖的房間，也可以是幾乎與外界隔絕，並在缺乏多元刺激的情況下，將主流價值觀發揮到幾近極致的僵固處境。因此對菲利普斯而言，堪察加半島正是反映了人類許多共通困境的微觀世界。小說中許多想逃但又逃不走的年輕女性，也同樣象徵了這個密室的威力。

茱莉亞·菲利普斯大學時讀俄國文學，也在莫斯科讀過書，因此始終想寫一個以俄羅斯為背景的故事，而堪察加半島深深吸引著她：這座半島大約跟加州一樣大、人口稀疏、進出曾受到嚴格管制、至今仍有許多地方是軍事管制區或環境保護區、跟俄羅斯本土沒有道路相連、有城市有苔原又有火山，還常發生地震及土石流。對她來說，這裡擁有獨特的地理及歷史環境，個性鮮明，同時也是一個人「消失的理想所在」。她在堪察加半島進行了密集的研究及訪談，帶著各種素材回到美國，消化了一年多，才終於提取出適合發展的元素。而其中最關鍵的，正是在堪察加隨處可見的失蹤女孩海報，以及她無從迴避的美國觀點。

是女性困境、俄國的女性困境，還是美國的女性困境？

小說依著月分順序講了一年的故事，但除了開頭及結尾之外，所有章節的女主角幾乎都隔著一段距離觀察這起案件，但也都因此被勾起了不同的創傷及惡夢。有高中女生因為個性獨立，不把誘拐案當一回事，而被摯友母親視為可能害女兒失蹤的壞榜樣；甚至有大學女生的男友在誘拐案之後，更加發揮自己的控制慾，掌控女友所有行蹤。在男性施加於女性的暴力發生後，所有的告誡及規勸都落在女性身上，甚至藉由不同形式的男性暴力去執行，這種現象確實在美國和俄國的文化中共同存在。但關於種族及階級的描述，作者也承認確實使用了美國人的「濾鏡」。

比如，小說中有一位失蹤的原住民少女，她的母親忿忿不平，認為憑什麼俄國的「白人」女孩失蹤可以獲得大量資源，自己的女兒卻只被當作逃家少女。作者在此挪用了美國白人及印第安原住民之間的關係，但書籍出版後，有俄國的讀者反映，其實他們國家不太會使用

「白人」的概念，頂多會強調「俄羅斯人」跟原住民族的差別。但這樣揉合了種族及階級意識的性別書寫，儘管出現缺陷，但也的確反映了一定程度的現實。菲利普斯相信「普世性」是基於「特異性」而存在，而透過不同文化揉雜而衍生的誤差，或許也能幫助讀者窺見普世性與特異性之間的層次。

「輕視」是暴力的結構性根源

不過在整部作品中，作者最精采的演繹就是對「暴力」根源提出的看法。菲利普斯在受訪時表示，「人們在生活中選擇傷害的對象，都是那些他看不起的人，或者他希望能讓對方屈居下風的人。」她也認為誘拐犯本身是在這種環境中受到鼓勵、不停學習而來的產物。於是我們會在小說中看到形式不一的輕視，也能看到權力結構如何使情況更為惡化：致力於維護家庭完整的女性輕視單親母親的女兒、希望遠走他鄉的女性輕視只想待在家鄉的男人、因為貧窮受人看輕的原住民男性看輕行事風格怪異的俄國男子，就連兩個失蹤女孩的母親因為擁有黨國媒體資源，也讓失蹤原住民少女的母親基於缺乏人脈，而更有了受人看輕的情緒……遭到輾壓的人為了心理平衡，往往又進一步去輾壓他人，於是在一連串的輕視與感覺被輕視之中，暴力產生了。

菲利普斯曾說，她很在意環境中的危險因素會如何塑造人們彼此的互動關係。於是在《消失的她們》中，除了環環相扣的輕視及暴力，最動人的，當然還是這些角色如何在與他人的來往之中，去放任、箝制或馴服心中的惡魔。最重要的是，小說裡的男性角色都寫得很好，他們往往努力為自己的各種衝動舉止道歉，卻無法為根深蒂固的價值觀道歉，於是在這種人性的局限中，我們也能看到各種結構性的「輕視」。比如一個溫柔、威嚴又顧家的男性，會在老婆對自己工作發表評論時忍不住回嘴：「我有教你該怎麼做你的工作嗎？我有叫你『在家坐著、變胖，好好照顧嬰兒』嗎？」那是結構給他的素材，而事後他也只願意為自己的莽撞道歉。

消失的陸地

小說的英文原名是《消失的陸地》。從故事中我們也能明白，一旦人類所需的安全感如同海嘯捲走的「陸地」般消失時，任何人都得耗費極大的力氣及光陰，才有辦法對生活重拾一絲信任。就此而言，這是一本面對創傷的療癒之書，也是力量之書。

更值得一提的是，談性別問題的小說往往會面臨政治正不正確的問題，但我認為《消失的她們》巧妙避開了這個死結。作者菲利普斯談各種結構性問題，但也不迴避結構之外的人性軟弱。有時陸地的消失，不只是環境的造就，也有個人累積的死結及業障。但若說英國詩人約翰．多恩（John Donne）的「沒有人是一座孤島」，代表的是透過宗教將眾人團結起來的情懷，這本小說談的「陸地」則是由每座孤島相連而成的俗世景觀，甚至令人無法克制地覺得勵志：我們都是亂七八糟的人，但任何失落的人生，我們都可能一起造回來，結果或許不是最好的樣子，但確實是我們的樣子。

目錄

主要角色

戈洛索夫斯卡亞一家

瑪莉娜．亞勒克斯特羅夫納，在堪察加的彼得羅巴甫洛夫斯克擔任記者。

愛莉亞娜，瑪莉娜的大女兒。

蘇菲亞，瑪莉娜的小女兒。

所羅迪可瓦一家

亞拉．伊挪肯提弗瓦，埃索村內文化中心的主持人。

娜塔莉亞，小名娜塔莎，亞拉的大女兒。

丹尼斯，亞拉的第二個孩子，唯一的兒子。

莉莉亞，亞拉的小女兒。

蕾維麥拉，亞拉的遠房表姊，護士。

列維和尤麗雅，尤麗雅小名尤卡，兩人是娜塔莎的孩子。

阿杜卡諾夫一家

克賽尼亞，小名克賽莎，大學生。

瑟傑，小名奇嘉，克賽莎的哥哥，攝影師。

魯斯蘭，克賽莎的男友。
娜德斯達，小名娜迪亞，奇嘉的女友。
路德米拉，小名米拉，娜迪亞的女兒。

里亞霍夫斯基一家

尼可萊・達尼洛維奇，小名寇亞，警察。
柔雅，寇亞的妻子，在國家公園處工作，目前在休產假。
亞麗珊卓，小名莎夏，兩人的寶寶。

奧克薩娜，火山研究機構的研究員。
麥克希姆，小名麥克斯，火山研究機構的研究員。
伊卡提莉娜，小名卡佳，市區貨櫃海港的海關人員。
葉夫根尼・帕夫洛維奇・庫立克，堪察加警察單位的警司。
安菲撒，警察單位的行政助理。
瓦倫提娜・尼可雷夫納，市立小學辦公室的行政人員。
黛安娜，瓦倫提娜・尼可雷夫納的女兒。
拉妲，城市中某間旅館的櫃檯接待人員。
奧爾嘉，小名奧雅，八年級生。

八月

蘇菲亞脫掉涼鞋後站在水邊。海灣的水悄悄吞沒了她的腳趾，灰撲撲的鹹水淹上光裸肌膚。「別再過去啦。」愛莉亞娜說。

海水退去。愛莉亞娜可以看見妹妹腳下的卵石打亂了足弓曲線，這些都是一波波小浪留下的碎石。蘇菲亞彎腰捲起褲腳，馬尾因此翻到頭頂，小腿上有蚊子咬過後用手搔抓的一條條淺色血痕。愛莉亞娜從妹妹固執的脊椎線條就知道了，她沒打算聽自己的話。「你最好別再過去囉。」愛莉亞娜說。

蘇菲亞站在那裡面對大海。平靜水面幾乎沒有波紋，海灣就像一張敲薄的錫片。湧向太平洋的海流力道變強，在遠離俄羅斯後前往開闊大洋，但此處的海仍算溫馴。此處的海屬於她們。蘇菲亞將雙手搭在瘦巴巴的臀部兩側，雙眼掃視海灣，她從左看到右，看地平線上的山脈，還有軍隊設施在對岸發出的白光。

這對姊妹腳下的石礫是由更大的石頭碎裂而來。愛莉亞娜斜倚著一顆跟登山背包差不多大的石塊，身後一公尺處是聖尼可拉斯山的一座懸壁，上頭時不時還會落下石塊。她們的一邊是海水，另一邊是石牆，這個下午，兩人一直沿這道海岸走著，終於找到這片沒有瓶罐或羽毛的地方，待了下來。海鷗在附近落地時，愛莉亞娜會揮舞手臂把牠們趕走。這個夏天始終涼爽、下著小雨，但這個八月的午後溫暖，足以讓人換上短袖。

蘇菲亞踏出一步，腳跟浸到水裡。

愛莉亞娜坐直身體。「小蘇，我叫你停下來唷！」她妹妹退後。一隻海鷗從天上飛過。

「你為什麼要這麼討人厭？」

「我哪有。」

「你有，你老是這樣。」

「才沒有。」蘇菲亞說話時轉過身來。愛莉亞娜覺得她往上斜的眼角、薄唇和尖下巴都令人心煩，就連鼻尖也不例外。已經八歲的蘇菲亞看起來只有六歲。比她大三歲的愛莉亞娜比同齡孩子矮一些，但蘇菲亞是從頭到腳都很迷你，包括腰身和手腕，有時舉動更像個幼稚園小孩：她在床腳擺了一排動物布偶，還會假裝自己是世界知名的芭蕾名伶，如果在電視上看到恐怖電影，就算只是不小心看到了一個畫面，她晚上都會睡不著覺。她們的媽媽很寵她，蘇菲亞是家中第二個孩子，所以得到了能永遠活得像個嬰孩的特權。

蘇菲亞的眼神越過愛莉亞娜，鎖定在她頭頂上方很遠的崖壁某處，她將一隻腳從水中拉起，溼答答的腳趾尖往前延伸，雙手抬高成為芭蕾舞的第五位置，結果差點摔倒，只好又穩住自己。坐在碎石上的愛莉亞娜變換了一下姿勢。她們的母親老希望愛莉亞娜把妹妹帶去同學住的公寓玩，但就是因為她老幹這些不像樣的小事，她才不想帶她去。

結果她們整個暑假都只跟彼此待在一起。在她們那棟大樓後方的潮溼停車場中，愛莉亞娜教了蘇菲亞如何在下腰後手撐後翻。七月時，她們搭了四十分鐘的公車去市立動物園，在那裡拿糖果餵了在籠子欄杆後方的貪心黑山羊。接近傍晚時，愛莉亞娜將一顆沒拆包裝的奶糖遞到鐵鍊綁起的欄杆內，推到一隻山貓面前，牠不停發出嘶嘶的威嚇聲，直到兩姊妹退開後才停止。那顆奶糖就這樣掉在水泥地面。動物園也不過如此。有時候，她們的母親會在上班前留下錢，兩姊妹就會拿錢去電影院，然後在看完電影後到二樓咖啡廳一起吃一份香蕉巧克力可麗餅。不過大多數的日子，她們就是在城市裡閒晃，望著雨雲聚集，在陽光下伸展肢體，任由兩張臉逐漸曬黑。她們一起散步、騎腳踏車，或者跑來這個地方。

蘇菲亞想辦法穩住自己時，愛莉亞娜沿海岸望去。有個男人正小心翼翼走過石頭灘地而來。「有人過來了。」愛莉亞娜說。她的妹妹用力把一條腿踩進水裡，再抽起另一條腿，過程中濺起水花。蘇菲亞或許不在乎有誰看到她這種白癡舉動，但被迫陪在她身旁的愛莉亞娜可在意了。「別鬧了，」愛莉亞娜說。接著她更大聲、激烈地喊，「別！鬧！了！」

蘇菲亞停止動作。

在水際邊緣遠方的那名男子不見了，他一定是找到了其他可坐的乾淨地方。愛莉亞娜心中的挫折感本來像汙水一樣不停在累積，此刻卻像浴缸的塞子被拔起一樣，那種感受慢慢排空了。「好無聊啊。」蘇菲亞說。

愛莉亞娜往後放鬆身體，肩膀靠著堅硬石塊，頭下枕的石頭感覺冰涼。「過來這裡，」她說，蘇菲亞離開海灣，小心翼翼走過來，擠在愛莉亞娜身邊。細小的碎石彼此摩擦著，微風讓蘇菲亞的身體就跟地面一樣涼爽。「想聽我說個故事嗎？」愛莉亞娜問。

「想。」

愛莉亞娜看了一下手機。她們得在晚餐時間前趕回去，但現在甚至連四點都還不到。

「你知道那座被沖走的小鎮嗎?」

「不知道。」雖然是個老不聽話的孩子,蘇菲亞仍有專心致志的時刻。她抬起下巴,雙唇因專注而緊抿。

愛莉亞娜往南指向岸邊最遠的一道崖壁。兩個女孩的右邊可以看到市中心,她們今天下午就是從那裡走過來,左邊則是由許多巨大黑色陰影色塊圍起的海灣。「以前就在那裡。」

「在扎沃科?」

「比扎沃科更遠的地方。」她們坐在聖尼可拉斯山的峰頂下方。如果沿著海岸線一直走,她們就會看見組成這座山的岩石不停降低,最後能由上方看見鄰近城鎮中如同積木堆疊起來的房屋方塊:這些五層樓高的蘇維埃式公寓大樓覆蓋了由水泥地劃分出的一個個區塊。另外還能看見許多破敗房屋的木框,以及一棟高聳且裝設了鏡面外牆的待租商業空間,上頭還掛了粉色及黃色的廣告橫幅。扎沃科位於這一切的幾公里之外。這裡是堪察加半島的彼得羅巴甫洛夫斯克[1],而扎沃科是這座城市最外緣的區域,是通往大海的最後一片土地。「那座小鎮就在崖壁邊,在海灣跟大海的交界處。」

「是很大的鎮嗎?」

「比較像一個聚落,一個小村莊。村裡只有五十棟木房子,住的都是士兵和他們的老婆和小孩。已經是很多年前的事了,是偉大的衛國戰爭[2]之後的事。」

蘇菲亞想了想。「那裡有學校嗎?」

「有。還有市場和藥局,什麼都有,還有郵局。」愛莉亞娜在腦中想像那畫面:堆疊起來的圓木、雕花窗框，還有漆了藍綠色的門。「看起來就像童話場景。鎮中央有一根旗桿，還有一座人們用來停放老派車的廣場。」

「好。」蘇菲亞說。

「好。所以某天早上，鎮上的人正在準備早餐、餵貓，為了上班穿衣打扮，崖壁卻在此時搖了起來。是地震。他們沒遇過這麼大的地震，所有牆都在搖晃、杯子掉到地上碎了、家具也……」

此時愛莉亞娜望向身邊的碎石地，但沒有被海水沖上來的枝條給她折著玩……

「家具也解體了。嬰兒在小床上大哭，媽媽們趕緊跑去他們身邊。人們連站都站不直。這是這座半島出現過最大的地震。」

「房子直接倒在他們身上嗎？」蘇菲亞猜道。

愛莉亞娜搖頭。她身後的石塊緊壓著她的頭骨。「聽下去就是了。五分鐘之後，地震停了。但那五分鐘對他們來說就像永恆。嬰兒哭個不停，但其他人可開心了。他們爬向彼此，擁抱彼此。人行道裂開了、有些電線斷了，但他們撐過來了——他們還活著。他們趴在地上擁抱著彼此，但就在那時候，透過原本裝了玻璃的窗框，他們看到一道陰影。」

蘇菲亞的雙眼眨也沒眨。

---

1 全名為堪察加彼得羅巴甫洛夫斯克（Petropavlovsk- Kamchatsky），是俄羅斯堪察加邊疆區首府。

2 偉大的衛國戰爭（Great Patriotic War），指的是一九四一年到一九四五年的德蘇戰爭，主要是蘇聯成員國內部會以此名稱呼。

「是海浪。比他們的房子高上兩倍的海浪。」

「沖上扎沃科？」蘇菲亞說。「不可能呀，也太高了吧。」

「是在比扎沃科更過去的地方，我剛剛就說了。這次地震非常強，連在夏威夷的人都感覺到了。就連遠在澳洲的人都在問朋友，『是你撞到我嗎？』因為他們不知為何就是站不穩。這場地震就是這麼強。」

她妹妹一句話也沒說。

「整座海洋都在搖晃，」愛莉亞娜說。「浪有兩百公尺高。那場面就是……」她把雙手伸向兩人前方，和海灣水面平行，接著橫掃過整條地平線。

掃過兩人光裸雙臂的氣流非常冰涼。附近某處有鳥在叫。

「那些人怎麼了？」蘇菲亞終於問了。

「沒人知道。都市中的所有人都被地震分散了注意力，就連在扎沃科的人都沒注意到天色變暗了。他們只是忙著清掃、確認隔壁鄰居的狀況，或者開始修理屋子。等海水淹上街道時，他們還以為是山上有水管破了。不過之後等電力恢復後，才有人發現崖壁邊一點光線也沒有。那座城鎮原本在的地方已經空了。」

她說話的時候，海灣的小水波打出了低沉節奏。涮、涮。涮、涮。

「他們跑了過去，但什麼也沒找到。沒有人、沒有建築物、沒有紅綠燈，也沒有道路。樹沒了、草沒了。那裡看起來就像月球表面。」

「他們去哪裡了？」

「被沖走了。海浪把他們從趴著的地方直接捲起來，就像這樣。」她把一邊的手肘抬高，手緊緊抓在蘇菲亞的肩膀上，感覺她肩膀的骨頭在肌膚底下滑動。「水就這樣緊緊包住那些人的身體，把那些人關在他們的屋子內。整座小鎮都被捲入太平洋，沒人再見過他們的蹤影。」

蘇菲亞的臉在山的陰影下顯得暗沉。她的嘴唇微張，露出前齒堅硬的下緣。愛莉亞娜喜歡偶爾把妹妹嚇得面無表情，就像現在這樣。

「才沒發生這種事。」蘇菲亞說。

「發生過。我在學校聽別人說的。」

海水因為午後天色而暗不透光，但仍逕自維持著湧動節奏。水面看起來一片銀白。蘇菲亞腳下站的那顆石頭一下子冒出頭來，一下子又消失不見。

「我們可以回家了嗎？」蘇菲亞問。

「時間還早。」

「還是可以回家呀。」

「我嚇到你了嗎？」

「沒呀。」

海灣中央有一艘拖網漁船正往南方推進，前往等在彼端的某個目的地——楚科奇自治區[3]、

3 楚科奇自治區（Chukotka）位於堪察加半島北方，是俄羅斯的一個聯邦主體，其中人口組成為俄羅斯人、楚科奇人及其他原住民。

阿拉斯加，或日本。這對姊妹從未離開過堪察加半島。她們的母親說過，總有一天她們要去莫斯科一趟，但那得搭上九小時飛機，跨越一整片大陸，還得越過使堪察加與世隔絕的那些山脈、海洋、以及斷層線。她們從沒見識過任何一場大型地震，但她們的母親說過那是怎麼一回事。她描述了自己一九九七年在她們公寓中的經歷：廚房中吊在電線尾巴上的燈泡甩得好高，甚至直接敲到天花板後碎掉，櫥櫃的門也被甩開，漬物罐全被晃了出來，像臭雞蛋的洩漏瓦斯味讓她頭痛。她們的母親還說，之後走到街上時，她看見車子彼此撞得稀巴爛，地面的瀝青也裂開了。

為了找到這個適合坐下的地方，這對姊妹沿著山壁走了好遠，幾乎所有的文明跡象都已被拋在身後，周遭只有船隻跟偶爾出現的垃圾漂過，包括兩公升裝的啤酒罐拖著半鬆開的標籤、曾經屬於油漬鯡魚的彎曲罐頭蓋，還有早已泡爛的蛋糕底座紙板。如果現在發生地震的話，附近可沒有能讓她們靠近站立的門框。大塊石礫會從上方的石壁掉下，海浪會把她們的屍體捲走。

愛莉亞娜站起身。「好吧，我們走。」她說。

蘇菲亞把涼鞋套回腳上，她的褲腳仍捲到膝蓋那麼高。兩人一起爬上最巨大的石堆，然後往市中心前進。愛莉亞娜把擋路的蚊子揮開。她們來這裡前在家吃過午餐，但她現在又覺得餓了。「你們正在長大。」不到一週前，愛莉亞娜吃了第二片魚肉餅時，她們的母親就這麼說過，那口氣充滿了警覺及驚奇。不過她完全沒長高，還是班上最嬌小的女孩之一。她被鎖在這個孩童的身體內，像一只裝著無限食欲的容器。

海鷗的鳴叫中混雜著一些人的喊叫，偶爾還有車子的喇叭聲。溼答答的碎石在兩姊妹腳下滾動。愛莉亞娜跳上一顆有她膝蓋那麼高的大塊石礫，兩人打算踏上的小徑就在她眼前展開。再不用過多久，兩人身旁的這道石壁就會逐漸降低，接著她們會踏上一道石灘，其中一邊有許多食物小販在忙碌，另一邊被一間船隻修理廠擋住視野，灘上則滿是享受夏日的人群。兩人只要走到那裡就能把海灣拋到腦後，眼前出現城中主要行人廣場上那片早被踏扁的草坪。若再穿越那片草坪及奔忙車流，就能看到列寧雕像、俄羅斯天然氣公司招牌，還有一棟上面掛滿旗幟的寬廣政府大樓。屆時的愛莉亞娜和蘇菲亞已站在彼得羅巴甫洛夫斯克的中心地帶，她們可以見到屬於這座城市的山丘彷彿細長肋骨往兩側綿延，更遠處還能看見一座火山的藍色山頂。

只要有來自市中心的公車就能載她們回家，載回那個有電視、有夏日冷湯，還會有母親跟她們講工作趣聞的家。她會問兩人今天做了些什麼事——「嘿，別告訴媽媽我跟你說了什麼，」愛莉亞娜說：「就是那座小鎮的事。」

在她身後的蘇菲亞問了，「為什麼不能說？」

「別說就是了。」愛莉亞娜才不打算為蘇菲亞之後做的（或沒做的）惡夢負責。

「如果是真的事，為什麼不能問她？」

愛莉亞娜從鼻孔使勁噴氣。她從大石礫上爬下，繞過幾座小石堆，然後停下腳步。兩公尺外，她看到之前沿水邊走的男人就站在那裡。他坐在那條小徑上，兩條腿往前伸得筆直，背部微彎。之前隔著一段距離時，他看起來像個成年人，但看得更清楚後，她發現他其實像是個長得比較高大的青少年：臉頰鼓鼓的、眉毛被陽光晒得有些褪色，頭後方的黃髮像刺蝟的硬毛一樣翹著。

他把下巴朝她的方向抬高。「哈囉。」

「哈囉，」愛莉亞娜回應時又往前走了一步。「嗨。」

「可以幫幫我嗎？」他問。「我傷到腳踝了。」

她眯眼盯著他那雙穿著長褲的雙腿，彷彿可以穿透布料看見骨頭。那對綠布料覆蓋的膝蓋上有從地面沾上的汙痕。明明是個成年男子，卻像在學校操場狠狠摔了一跤的小男生一樣傷痕累累地坐在地上，看起來實在有點滑稽。

蘇菲亞總算趕了上來，一隻手搭在愛莉亞娜的尾椎上。愛莉亞娜把她的手甩開。「你可以走嗎？」愛莉亞娜問。

「嗯，應該可以。」那名男子低頭盯著他的帆布鞋。

「扭到了嗎？」

「應該是。這些該死的石頭。」

蘇菲亞聽到他的咒罵時開心地喊叫起來。「我們可以找人來幫忙。」愛莉亞娜提議。她們距離市中心只有幾分鐘路程了，她甚至能聞到小販煮食的油煙味。

「沒事的，我的車很近。」他伸長一隻手臂，她抓住後用力拉。她的體重在這個狀況下幫助不大，但至少足以將他拉起身。「我可以自己走過去。」

「你確定嗎？」

他走起路來有點搖搖晃晃，因為疼痛而每步都走得很輕。「如果你們可以陪著我，確保我別再跌倒就行。」

「好，小蘇，你走前面。」愛莉亞娜說。她讓妹妹帶頭，然後是那個小心翼翼走著的男人，自己走在最後面押隊。他的肩膀聳起。在海浪沖刷的低沉背景音之上，她能聽見他緩慢使力的呼吸聲。

終於，他們沿著這條小徑走到了市中心地帶：這裡有覆滿石頭的灘地、坐在板凳上的許多家庭、在熱狗麵包上方拍打翅膀的灰色鳥隻，還有由船延伸到岸上，彷彿一道光裸頸項的起重架。蘇菲亞停下腳步等他們。山丘的巨大身影已被拋在他們身後。「你還好嗎？」愛莉亞娜問那名男子。

他往右邊指。「就快到了。」

「到停車場嗎？」他點點頭，跛著腳走過一個個食物攤販後方，大量油煙突突地噴在他的膝蓋周遭。兩姊妹跟在他身後。一個年紀比她們大的男孩戴著全封式棒球帽，踩著滑板從那些攤販前方溜過，愛莉亞娜看著他，內心突然一陣羞恥——她得照顧妹妹這個麻煩的傢伙，還得跟在這個虛弱的陌生人身後。她好希望現在已經到家了。她抓起蘇菲亞的手，趕上那個男人。

「你叫什麼名字？」他問她。

「愛莉亞娜。」

「小娜，你願意替我拿一下鑰匙嗎？」他把鑰匙從口袋裡抖出來，「然後打開車門？」

「這我可以。」蘇菲亞說。他們已經到了山丘另一邊的新月形空地。他把鑰匙圈給了年紀比較小的女孩。「是那邊那輛黑色的『衝浪』。」

蘇菲亞小跳步向前，打開駕駛側車門。他坐進去時大大吐了一口氣。她握住門把。車門內鑲板的滑亮漆面反射出她的身影：紫色棉上衣搭配捲起褲腳的卡其褲。「你還好嗎？」她問。

他搖搖頭。「你們倆真是幫了大忙。」

「你可以開車嗎？」

「可以，」他說：「你們現在要去哪？」

「回家。」

「你家在哪？」

「格利爾松。」

「我載你們回去，」他說：「上車。」蘇菲亞放開車門。愛莉亞娜望向對街的公車站牌，搭公車回家大概會花上三十多分鐘，但搭車回家只要十分鐘左右。

那名男子發動引擎，等著兩人回答。蘇菲亞已經往他的後座張望了。身為姊姊的愛莉亞娜則慢條斯理地思考起來：她先花了幾秒鐘想，跟眼前的選項相比，搭市公車有多麼不吸引人（公車總是走走停停、會發出氣喘吁吁的噪音，還會聞到別人的汗臭），又想到他個性溫和、腳踝受傷，還有一張孩子氣的臉。有人開車載自己回家多輕鬆呀。這輛車可以很快把她們載回家，這樣晚餐前還會有時間吃點零食呢。就跟在動物園裡餵動物或說恐怖故事一樣，這又會是另一場日間冒險，是在暑假期間不守規矩的她和蘇菲亞之間，一個無人知曉的祕密。

「謝謝你。」愛莉亞娜說。她繞到前方，坐進副駕駛座。椅子因為陽光而暖烘烘的。在她屁股底下的皮椅套就跟大腿肌膚一樣柔軟。放手套的抽屜蓋子上有個十字架形狀的標誌。要是剛剛溜滑板的傢伙現在能看到她就好了——她正坐在一輛大車的前座上呢！蘇菲亞溜進車子後座。就在幾個停車格的距離外，有名女子讓一條白狗從廂型車的後方下車，正打算去散步。

「去哪裡呢？」他問。

「科羅廖夫院士路三十一號。」

他打開指示燈，駛出停車場。一包香菸從儀表板上方滑了過去。他的車子聞起來有香皂、菸草，還有輕微的汽油味。那個女人和她的狗正走過那一排食物攤販前。「會痛嗎？」蘇菲亞問。

「已經好多了，都是你們的功勞。」他匯入道路上的車流中。一旁人行道塞滿了身穿霓虹色系衣著的青少年和青少女，另外還有搭郵輪來玩的亞洲遊客為了拍照大擺姿勢。一名短髮女子舉起一面牌子，上頭寫了某間野地探險公司的名字。此地是半島上唯一一座城市的市中心，也是旅客在夏日前來堪察加遊玩時的第一站。這些人總是從船或飛機上迫不急待地跑來這裡，就想趕快看到那座海灣，然後又急匆匆地跨越城市的邊界，跑去空曠的荒野健行、泛舟或者打獵。一輛卡車按響喇叭。人們不停踏上斑馬線。交通號誌換了，他們的車得以擺脫停滯。

坐在副駕駛座的愛莉亞娜將男子的所有特徵分開來仔細檢視。他有一道寬鼻子，底下的嘴巴和鼻子很配。棕色的眼睫毛短短的。圓下巴。身體就彷彿是從新鮮奶油中雕塑出來。他的體重過重，應該是有點太重了，之前也一定是因此才會在海岸邊沒踩穩腳步。

「你有女朋友嗎？」蘇菲亞問。

他大笑，換了車檔，加速往山丘上開。車子在兩人的身體底下嗡嗡作響。身後的海灣離她們越來越遠。「我沒有。」

「所以你沒結婚。」

「沒有。」他抬起手，把指頭張開給她們看。

蘇菲亞說，「我剛剛就看過了。」

「聰明的小傢伙，」他說：「你幾歲？」

「八歲。」

他透過照後鏡瞄了她一眼。「你應該也還沒結婚吧，我猜的對嗎？」

蘇菲亞咯咯笑了起來。愛莉亞娜轉頭去看路。他的車比媽媽的小轎車更高，她可以從窗戶往下看到其他車子的車頂行李架，還有駕駛手臂上粉紅色的紋路。這樣的好天氣總會讓人曬傷。「我可以把窗子搖下來嗎？」她問。

「我比較喜歡開著空調。直接穿過這個路口嗎？」

「是的，麻煩你了。」人行道邊的樹木因為多雨的夏季長得又壯又鮮綠。他們經過了位於左側的破爛廣告招牌，還有右側的水泥牆板公寓。「這裡，」愛莉亞娜說。「這裡，噢。」她把身體往後扭。「你錯過該轉彎的地方了。」

「你錯過該轉彎的地方了。」坐在後座的蘇菲亞說。

「我打算先把你們帶去我家，」男子說：「我還需要你們幫一些忙。」

他們沿著這條路不停往前。前方有圓環，他繼續開，進入圓環後又從另一側出來。「因為腳踝所以需要幫忙嗎？」愛莉亞娜說。

「正是如此。」

她突然意識到自己不知道他的名字。她扭頭望向蘇菲亞，她正往後看向兩人的來時路。

「我讓我媽知道一下，」愛莉亞娜說，同時把手機從口袋裡掏出來。那名男子抬起放在變速排檔的手，一把扯走手機。「嘿。」她說。「嘿！」他把手機換到另一隻手上，再丟進車門上的一個小置物格。手機敲到車門的塑膠底部時發出「咚」一聲。雙手空空的她開始慌了。

「請還給我。」

「等我們到了就還你。」

她身上的安全帶綳得太緊，簡直像直接綁住她的肺臟，她覺得無法吸到足夠氧氣。她安靜下來，想辦法集中注意力，然後往他的方向跳，伸手要去抓門，但安全帶又把她往後扯。

「愛莉亞娜！」蘇菲亞大叫。

她伸手去解開安全帶，但動作更快的男子立刻單手抓住她的手，不讓安全帶扣離開原本位置。「住手。」他說。

愛莉亞娜說，「把手機還我！」

「坐好，我會還你的，我保證。」她的指節快被他的手抓裂了，如果她的指節在他掌中「啪」地斷開，她一定會吐出來。她的口中已經因為反胃湧出大量口水。蘇菲亞往前傾身，男子說，「坐好。」

蘇菲亞坐回去。她的呼吸開始變快。

他總得把手抬起來的。愛莉亞娜這輩子從未如此想拿回她的手機，她想要那隻有著黑色背板、表面上沾滿油漬，頂端角落還吊著一枚象牙鳥吊飾的手機。她從未如同此刻恨他一樣恨過任何其他人。她開始作嘔，努力吞了吞口水。

「我有個規矩——」男子說。他們已經開到彼得羅巴甫洛夫斯克主要道路的十公里處，經過標示了北方邊界的公車站。「我開車的時候，沒有人可以打電話，但等我們到那裡之後，如果你們一路上表現良好的話，我就會把手機還你，也會帶你們回家，今天晚上你們也就能跟母親一起吃飯了。懂嗎？」他把她的手指捏得更緊。

「懂。」愛莉亞娜說。

「這樣我們就有共識了。」他放開她的手。

那隻手現在很痠痛。她把兩隻手塞到大腿底下，坐直身體，張口吸氣好讓舌頭乾燥。已經是十公里處了。在此之前，停在八公里處的公車可以讓人前往圖書館，六公里處是戲院，四公里處是教堂，兩公里處則是大學。十公里處之外只有為數有限的聚落、零星的村莊、遊客據點，另外就什麼都沒有了。什麼都沒有。她們的母親以前會為了工作到外地出差，所以曾告訴她們城市外有些什麼：水管、發電廠、直升機停機坪、溫泉、間歇泉，還有苔原，綿延數千公里的苔原。除此之外一無所有。北方就是如此。

「你住哪裡？」愛莉亞娜問。

「你等一下就知道了。」

她聽到身後的蘇菲亞快速吸氣又吐氣，簡直就像一條小狗在呼吸。愛莉亞娜緊緊盯著這名男子，她打算好好記住他的樣子。接著她轉身望向妹妹。「我們打算來一場冒險。」她說。

蘇菲亞那張小精靈般的臉曝晒在刺眼的陽光中，亮晶晶的雙眼張得好大。「是嗎？」

「是呀，你怕了嗎？」愛莉亞娜見到蘇菲亞搖頭否認，笑得露出牙齒，又說：「很好。」

「乖女孩。」男子說。他的一隻手沒放在方向盤上，而是藏在車門邊。愛莉亞娜聽見她的手機被關掉的漸弱鈴響。

他不停透過照後鏡觀察兩人。他有一雙藍眼睛，睫毛是深色的，手臂上沒有任何刺青——他不是一名罪犯。都到這個時候了，愛莉亞娜還只注意他的手臂？等回去之後，媽一定會氣到宰了她們。

愛莉亞娜把身體往後扭，胸口緊貼著副駕駛座的椅背。有一雙掌心覆著紅色乳膠的工作手套塞在車子中央檯面的杯架內。那雙手套很髒。愛莉亞娜逼迫自己盯著蘇菲亞。「要再聽一個故事嗎？」

「不要。」她妹妹說。

反正愛莉亞娜也想不出新故事可說，她又轉了回來。

碎石在輪胎底下彈跳飛竄，一片片草葉叢簇聚生的野地飛逝而過。太陽在路面上形成短短的影子。他們經過了由深色金屬製成的路標，上頭指示了通往市立機場的岔道，但他們仍繼續前進。

路況變糟，車子搖晃得更厲害了。她那一側的門把不停抖動。有那麼一刻，她試著想像自己抓住門把、拉開門閂、整個人滾出車外，但然後——她腦中出現了死亡的畫面。畢竟車速這麼快、地面那麼硬，她跳下去時還可能撞到輪胎。更何況還有蘇菲亞。愛莉亞娜能怎樣？難道丟下蘇菲亞嗎？

要是愛莉亞娜今天可以獨處就好了，媽媽老是要她把蘇菲亞帶在身邊，現在好了，要是發生了什麼事……

蘇菲亞無法照顧自己。前陣子她才問大象是否真的存在——她還以為大象跟恐龍一起絕種了。真是個幼稚的傢伙。

愛莉亞娜將雙拳貼緊大腿。別想大象了。她屁股底下的皮椅還熱烘烘的，肺感覺縮成一團，腦中一片混亂，熱氣從剛壓平的柏油路上搖曳升起。都是她跟妹妹講了那個什麼海浪的蠢故事，說什麼有一塊陸地就這麼消失了。真希望當時她想到的是別的故事，但現在也沒得反悔了。她得想辦法專心。她們現在在這輛車上，正在前往某處，之後很快就會到家了。她得為了蘇菲亞堅強起來。

「愛莉亞娜？」妹妹叫了她。

她想辦法擺出開心的表情，轉身，但臉頰上的肌肉在顫抖。「嗯哼？」

「好吧，」蘇菲亞說。愛莉亞娜看著她，卻不記得她是在回答什麼。「好吧，我想聽故事。」

「對，故事。」她說。道路變得空曠，而且滿是沙塵，兩邊排列著瘦巴巴的樹，這些往前傾的樹彷彿在催促他們。地平線上浮現了最靠近城市的三座火山頂，山脈是一條鋸齒線。他們眼前已經再也看不見任何建築。愛莉亞娜再次想起那場海嘯，以及這個故事突然之間所充滿的重量。「故事，」她說：「那我就來說。」

奧雅回到公寓時，聞到母親不在家時總會出現的那種味道：一種有點甜的腐臭。或許是她垃圾桶清得不夠乾淨。她打開客廳窗戶，這樣在換下學校制服時，微風能把空間清理一下。然後她躺在日式軟地墊上，從這個角度只能看見天空，那是一整片流淌到天堂的藍。別想那些新聞報導了，也別管那些更嚴格的宵禁規定和失蹤女孩的海報——今天是適合和別人一起出遊的好日子。最後的學校鐘聲在下午響起後，奧雅試著邀黛安娜去彼得羅巴甫洛夫斯克的市中心玩，但黛安娜說不行，因為她的父母還很擔心，希望她回家。「現在不安全。」黛安娜說，她模仿大人說話時會用那種高昂又冷酷的聲音，彷彿黛安娜母親正透過黛安娜的嘴巴說話。

此外，黛安娜還提醒奧雅，最好的朋友實在不需要一天到晚膩在一起。自從那對姊妹遭到綁架後，這就是黛安娜老掛在嘴邊的一句話。這些日子以來，黛安娜總會做出一些非常「大人風格」的宣言，奧雅無法從她的語調判斷那是黛安娜自己的想法，還是她母親的想法，但無論如何，黛安娜本人是支持這些說法的。自從那兩個女孩失蹤後，奧雅和黛安娜就幾乎沒見過面了。就連現在新學年已經開始，黛安娜也堅持：最好的朋友應該暫時別再一起出去玩，就算出現了其他必須遵守的蠢規定，好友也要能夠彼此理解，並且懂得克制自己，不要為了有沒有可能遇上危險這種事一直陷入同樣的爭吵。

奧雅自己的母親倒是不擔心，她相信奧雅可以照顧自己。她是一名口譯人員，目前正在北邊接待一群來自東京的遊客，她負責將官方的旅遊介紹從俄文翻成日文，好讓這些來訪半島的有錢旅客能知道如何正確看到棕熊、撿拾季末莓果，並且沐浴在溫泉中。每次奧雅的母親不在家時，公寓裡就少了音樂、香水，以及沾上唇膏的馬克杯。那對姊妹失蹤前，每次只要遇上奧雅必須獨自在家待一星期的這種時候，黛安娜會來和她一起消磨下午時光，但現在暑假已經結束了，所有人又神經兮兮的。在母親週日帶著當作伴手禮的二手異國糖果回來之前，她沒有一起廝混閒聊的人了。

一綹綹髮絲掃過奧雅的臉龐。反正現在獨自待在這裡也挺好的，這是她熟悉的環境，陽光又溫暖。去年春天，他們七年級的歷史老師曾在全班面前說奧雅的頭髮就像「老鼠窩」，她當時因為覺得受辱而全身發燙。但這個夏天的旅遊季期間，滿十三歲的奧雅和黛安娜一邊在城市中到處探險，一邊感覺糾結髮絲掃過頸項，因此再次想起這段回憶時反而覺得還不賴——像老鼠窩就像老鼠窩吧。她就是隻野獸，而此處是她的巢穴。

她嗅了嗅，就連那股味道現在也不惹她心煩了。

一輛卡車在外頭按響喇叭，另一輛車隨之回應。她翻過身，滑看手機上的推播消息：自拍照、滑板公園、穿著短裙的同學。某人的女友在某人的回文上按了一顆心。奧雅點進那個女孩的頁面，看完了她所有照片，然後又開始找起兩人的共同朋友、滑看、點開、跳過。她繼續回到自己的頁面，刷新頁面，然後整個人定住了。

一個她們都認識的人剛貼出一張黛安娜的照片。黛安娜的笑容就掛在燦爛的臉頰之間，她穿著家居服：那是件看起來很荒謬的紅色T恤，胸前用小水鑽排出了英國國旗的圖樣，還搭配了那條不收邊的及膝粉紅內搭褲。黛安娜盤腿坐在自己床上，而她們的另一個同學躺在她身邊，還有一個同學身體往鏡頭靠，雙手擺出勝利手勢。

奧雅坐起身，傳了訊息給黛安娜：你在做什麼？接著等不及的她又傳了：我可以過去嗎？

她把日式軟地墊推開，找出牛仔褲，抓了外套，把錢包、護唇膏、耳機和鑰匙塞進口袋。放學之後，黛安娜跟奧雅說她得回家，但或許意思是奧雅可以一起跟著回去。或許她們兩人都會錯意了。奧雅又看了照片一眼，那裡是有四個人嗎？貼出照片的人甚至不住在黛安娜家附近。奧雅又更新了頁面，沒什麼新消息。她確定自己帶上了公車定期票，用力甩上公寓大門，跑下樓梯。

屋外陽光亮得足以讓她瞇起眼睛。她進公寓還不到一小時，但已經完全變得像齧齒動物一樣畏光，所以不停眨眼。她在趕路時用手指順直髮絲，一綹綹髮絲在她腦後垂落。奧雅本來是建議兩人下午一起去市中心——黛安娜是以為她只想去那裡嗎？她以為自己對其他地方都沒興趣嗎？其實不管她提議什麼，奧雅都會答應的，黛安娜也很清楚。黛安娜知道奧雅不想獨自待著，最好的朋友絕不會丟下彼此。

奧雅走過她家的狹長停車場，腳下地面充滿坑洞。為了不打亂原本前進的節奏，她試著跳過最大的坑洞。瀝青的熱氣透過帆布鞋底傳來，她的腳底因為碎石而感到一陣陣刺痛。在這樣的陽光底下，彼得羅巴甫洛夫斯克的糟糕路面彷彿為了填平自己而軟化下來。就連圓環上方的廣告看板看來都很新。廣告中央的模特兒露齒微笑，雙手浸在滿是泡沫的水槽中。交叉路口周遭的住宅區大樓驕傲展示嵌在一格格水泥接縫間的多彩公寓方塊。那些曾經富有的屋主將外牆塗成粉色或桃色，但現在油漆早已片片剝落，至於目前正有錢的屋主，則把公寓的陽台翻修成海軍藍色。而在這些建物之間，彼得羅巴甫洛夫斯克的山丘因為黃葉而閃閃發光。

奧雅的母親就在北方那片枝葉中的某處。她正搭著旅行社的直升機飛過苔原。她正在陽光中反覆說著日語的「謝謝」。

奧雅聽見自己的鞋子敲打地面的迫切聲響，她慢下腳步，感覺陽光正輕撫自己的臉龐，接著在看到公車已轉過圓環時跳了起來：她必須衝刺才有辦法趕上那班公車。

她沿著公車走道往後走時，公車正踉蹌前行。兩側座位上坐著一排排穿著不同制服的人：連衫工作服、醫院工作服、藍色的警察制服，還有軍人的迷彩綠制服。這個工作日已接近尾聲。奧雅經過的每個男人看起來都可能是綁架犯。八月的彼得羅巴甫洛夫斯克曾到處飛竄著各種耳語，大家都說那個綁架犯名字不詳，但應該是個大個子，奧雅的母親聽了只說：這些猜測都沒什麼用。奧雅母親說警方的證人很可能根本沒真的看到對方。畢竟根據相關描述，城市中一半的人都可能有罪。奧雅找到一個位置坐下，拿起手機確認消息。

黛安娜沒回訊。奧雅很快又打了「？？？」後送出，鎖定螢幕，然後用雙手把手機蓋起來，彷彿可以藉此收回那條訊息。為了避免自己再做出其他事，她望向窗外。

她的母親把一年的這個季節稱為「黃金秋日」。這個時節短暫，但美得像幅畫，每棵樹都像著火一樣。空氣中充滿誘人氣息，而且比夏天的任何時候都更具夏日風情。在地平線的極遠處，科里亞克火山的頂端剛覆上今年的初雪。冷天氣要來了，但還要一段時間。

此時黛安娜一定已經意識到奧雅看見那張照片了。奧雅用雙掌緊緊夾住手機，她們所有人都在嘲笑她嗎？

事情是這樣的：你越是親近一個人，就越會對那個人說謊。面對幾乎不認識的人時，奧雅總能坦蕩說出心裡話：面對為她打針的護士時，她說「會痛啦」，又或者面對超市收銀員時，她可以說「把那放回去，我付不起」。獨處的奧雅是誠實的。就連不太熟的同學也無法抑制她吐露心聲的渴望——某次坐在她後面的同學吹噓自己在那學年的第一次考試中拿了最高分，奧雅直接順從心意地決定轉身忽視他。光是這樣坐在位子上扭過身子就能讓她興奮地胸口發熱。但這種說實話的興奮感在面對母親及黛安娜時不曾出現。母親需要奧雅興高采烈地打理好家務，而黛安娜則會用各種要求來影響她對自己的評價。

比如今早第一次鐘聲響起時，黛安娜就已經要求奧雅甜美一點、說話聲音也溫柔一點。「你那樣說話會讓我頭痛。」黛安娜說這話時把頭埋在桌上的雙臂內。奧雅沒回「我是哪樣說話了？」只是在老師進教室時輕拍黛安娜的肩膀，悄聲要她起來。即便想說的話已經像小石子一樣堆積到喉頭了，奧雅還是表現得很好相處。

午餐時，她們拿出數學作業來對答案，黛安娜不停糾正她。她的朋友在那一刻顯得如此醜惡，但她還是不停點頭。真有夠自以為是呀。黛安娜雖只是個小女孩，但美得驚人，奧雅則較為陰沉、粗糙，總是習慣在班級間走動時崇拜地望著黛安娜的後腦勺。現在她們八年級了，黛安娜還是有著淺金色頭髮、鵝蛋臉，嘴唇如同新車亮漆一般是鮮豔的紅，奧雅卻只是在雙頰上長了一整排青春痘。黛安娜的眼睫毛從令人驚豔的白變得透明，讓她有時可愛無比，有時又像抹幽魂。

奧雅把緊壓著的雙掌打開，偷看了一眼手機。沒有新訊息。

今天下午上體育課時，她們就像平常一樣一起慢跑。奧雅確保兩人的腳步一致。她本來可以跑得更快，但愛一個人就代表要懂得妥協。跟重要的人在一起時，奧雅不打算盡情表現自我。

奧雅旁邊的車窗外開始有車流聚集。街道旁的整排樹葉是如火燃燒的橘色及紅色，另外還有一根根褪色的樺樹幹，和幾十年沒有上新漆又被廢氣燻黑的建物外牆。這輛公車裡面可見到以粗體字印上了來自韓國製造商留下的安全警示，還有俄羅斯乘客留下的粗馬克筆塗鴉。公車載著她穩定往山下行進。

在主道路六公里處的戶外市集附近，公車慢了下來，這一站除了能看電影外，許多老婦人會在這個市集賣老舊的飾品和糕餅，接著公車又往左朝格利爾松駛去。奧雅的身體沉沉癱在座位上，身邊的塑膠窗框不停震動。她真的很不願去想像自己未受邀請，就直接闖入黛安娜家的場面。如果還是好朋友的話，不是應該要讓彼此知道自己是受歡迎的嗎？她閉上眼睛，想要放棄今天的一切，接著打給黛安娜，但電話只是響個沒完。

她又打了一次電話，然後又打了一次。公車已經接近黛安娜家附近的站牌了。她將手機用臉頰和肩膀緊緊夾著，擠過人群的膝蓋前，將定期車票拿給司機看，然後在她熟悉到不行的街角下車。夾在耳邊的手機響起鈴聲，她掛斷。

因為一路趕個不停，奧雅的身體有些發熱。她站在公車站亭旁，距離黛安娜家三個街區，因為太熱而把外套稍微往後拉下，好讓微風可以吹上肩膀。

這個區塊的建築看起來比較乾淨。這一區被稱為格利爾松，意思是「地平線」，因為它確實位於一座長滿金黃樹林的溪谷，彷彿是迎接黎明破曉的最前線。奧雅通常很喜歡來這一帶。她又刷新了一下推播頁面，現在上面全是一些音樂錄影帶的影片，然後她在搜尋欄位打上黛安娜的名字。手機震動時，她差點把它摔到地上。

「嗨。」她說。

「我是瓦倫提娜．尼可雷夫納。」黛安娜的母親說。

奧雅把外套拉起、穿好。「哈囉。」

「聽著，奧雅，我們無法讓你過來，」瓦倫提娜．尼可雷夫納說。她的身後沒有那些女孩子的聲音，她們幾個人一定是去別的房間玩了。

奧雅把臉抬高，瞇起雙眼。「我其實已經在附近了，」她說：「順道過去很方便。」

瓦倫提娜．尼可雷夫納嘆了一口氣。「請回家吧，你不該跑來這邊。難道都沒人擔心你嗎？老實說，我們實在不樂意看到你們兩人在校外來往了。」

「什麼？」奧雅說。

「黛安娜在校外不能跟你說話了。」

這就是黛安娜母親一貫的說話方式。黛安娜今天下午才模仿過這種口氣：俐落、一副就事論事的模樣。瓦倫提娜．尼可雷夫納說話的內容跟方式根本完全搭不起來。有一對夫妻走向奧雅，為了讓路給他們，她走向逐漸沒入草中的人行道邊緣。「但為什麼？」

瓦倫提娜・尼可雷夫納說，「你會帶壞人。」

奧雅會帶壞人？「怎麼會？」她說。「為什麼？」

跟黛安娜一起拍照的其中一個女孩上學時不會在制服裙底下穿內褲，而且五年級時就交了第一個男友。相較之下，奧雅連一根香菸都沒抽過。奧雅唯一做的事，就是把黛安娜照顧得好好的，還會把新歌複製到黛安娜的播放器上，另外在床底下藏了一箱瓦倫提娜・尼可雷夫納不讓黛安娜看的廉價羅曼史翻譯小說。為了好玩，奧雅會在受邀去黛安娜家時在餐桌底下偷踢她的腳踝，另外也會抄黛安娜的數學作業答案，但也就僅止於此。她沒再做過什麼了。

「沒什麼好討論的，」瓦倫提娜・尼可雷夫納說：「你這一個月來的行為實在太嚇人了。黛安娜今天告訴我，你還提議要去市中心？我真不敢相信。」

「但是——那也沒怎樣呀。不會有事的。」

「怎麼不會有事？你自己清楚。還有你的家庭結構——根本沒在管教小孩。光看就讓人不舒服。」

奧雅把一隻手遮在雙眼上方。有條狗在山上某棟乾淨的建築後方吠叫。「家庭結構……你是指我媽嗎？」

「不然還能指誰？」黛安娜的母親說。

奧雅被管教得可好了，她受到傑出的母親管教，還為了滿足摯友的需求言聽計從，每天也努力讓自己舉止合宜。事實上，她就是被管教得太好了，導致她的嘴巴無法正確應答，也就是在此刻無法指出瓦倫提娜・尼可雷夫納就是個自以為是的婊子。結果奧雅最後只說了，「別這樣說她。」

「我們談的可是你和我的寶貝女兒。」

「這樣說不對，這樣說不公平。」

「反正就是這樣了。你們可以在班上見面，在有人監護的情況下見面，但除此之外，請不要再打擾她了，好嗎？」奧雅答不了話。對方說：「明白嗎？」

「明白了。」奧雅說，因為這是唯一能夠結束這段對話的方式。

「好，」黛安娜的母親說：「謝謝你，就這樣了。」

瓦倫提娜．尼可雷夫納掛掉電話之後，奧雅在衣服上把手機抹了抹，盯著上頭沾滿油漬的一整片漆黑。她解鎖螢幕，滑到母親的名字，然後停住。

奧雅要跟母親說什麼呢？瓦倫提娜．尼可雷夫納認為我們會帶壞人？那她又會得到什麼反應呢？奧雅的母親無法修復早已出錯的一切。

瓦倫提娜．尼可雷夫納一直看奧雅的家庭不順眼。自從五年級開始，奧雅和黛安娜以每晚的電話聊天展開友誼之後，這個女人就已經開始有意見了。她是管理市立小學的行政人員，所以能從學生檔案中獲取資訊來耍些小手段。上次奧雅去她家時，瓦倫提娜．尼可雷夫納刻意中斷了晚餐，用遙控器轉開晚間新聞，當時的內容又是無止境地重播警方對案件的說法，以及民間搜索團隊打算展開的計畫，另外還播出了失蹤女孩在學校拍的大頭照。「這種事在蘇聯時期才不會發生。」瓦倫提娜．尼可雷夫納說。黛安娜小口小口喝著湯。「你們這些小女生無法想像，以前有多安全呀。沒有外國人，也沒有外地人。開放半島是我們政府有史以來犯下的最大錯誤。」瓦倫提娜．尼可雷夫納再次把遙控器放下。「現在我們這裡塞滿了觀光客、移民。還有那些原住民。全是一些罪犯。」

奧雅應該讓舌頭在牙齒後方乖乖待著不動才對，但她還是問了，「原住民不是一直都住在這裡嗎？」

瓦倫提娜．尼可雷夫納的臉就跟女兒一樣是鵝蛋形，此時那張臉朝向電視螢幕斜斜抬高。她為了讓眼神更生動而上了睫毛膏。「他們以前會乖乖待在屬於他們的小村莊。」

那對姊妹最後一次是在市中心被人看到，記者複述了這項資訊，但對於一個擁有二十萬人口的城市，以及總長有一千兩百公里的半島而言，這項資訊沒什麼意義。種種告誡已慢慢成為人們生活背景中揮之不去的噪音。當失蹤女孩的母親出現在螢幕上時，瓦倫提娜．尼可雷夫納說，「是她！」她把修得很漂亮的指甲擱在奧雅和黛安娜的餐墊中間，確保兩人有在聽她說話。「真慘呀，不是嗎？真是場悲劇。那個可憐的女人……她就一個人，沒有丈夫，整天都在工作。我在她那個小女兒的課堂紀錄中看到，那母親一次都沒來跟老師會談過。」她瞄了奧雅一眼，抬起下巴。「就是因為沒有父親，母親又不在家，才會發生這種事。」

奧雅當時確實想說些什麼，比如說「你怎麼敢說出這種話」、「閉嘴」，或者「我知道你就在說我啦」，但最後還是沒開口。黛安娜不會允許她這麼做，因此奧雅只是攪拌著碗裡的湯。瓦倫提娜．尼可雷夫納每天下午三點下班回家，獨自坐在家裡翻修過的廚房內，她那位愚蠢的丈夫那時還困在山上的火山研究機構中，而她卻認定是奧雅的「家庭結構」有「缺陷」——因為奧雅的母親有屬於自己的專業技能、因為她得出差工作，也因為她們沒有閒錢把自己的睫毛塗得很厚，還有餘裕一邊看晚間新聞，一邊為了兩個不知哪來的小女孩大驚小怪。

奧雅家的公寓完全不同。奧雅的母親非常有趣。她在家時會把衣櫃裡最棒的衣物拿出來給兩個小女孩試穿，比如蘇聯紅軍的駐防帽、她在國外讀書時從京都買的一套絲製衣袍，還有皮製的直筒長裙。如果有奧雅和黛安娜以外的朋友跟來家裡，奧雅的母親會用日文跟她們打招呼。母親的臉頰會在說話時飛揚起來，一副努力想藏住微笑的樣子，因此，奧雅總把那種語言的活潑語調跟母親閃現的幸福樣貌連結在一起。幾個月之前，從動畫裡學了很多日文詞彙的黛安娜試著回應，奧雅的母親於是單手扠在臀部上，喋喋不休講個不停。黛安娜努力擺出理解的模樣，就這樣撐了十秒鐘，但最後嘴角還是沮喪垂了下來。奧雅的母親微笑著說，「我只是在開玩笑啦，小可愛。」

她傻氣、聰明、可靠又有趣。但奧雅要是現在打電話給母親，就會毀掉這美好的一切。她蹲下，將臉埋入手肘。對街的樹木沙沙作響，有風吹過溪谷，不時還伴隨著車流聲。

黛安娜是奧雅的朋友，是她最好的朋友。她們打從五年級就認識了。無論黛安娜這個人有多古怪，比如前一秒還冷若冰霜，下一秒又熱情如火，奧雅都還是愛她；而不管奧雅有多麼暴躁，上課時有多麼靜不下來，又或者偶爾會對同學說出一些很尖銳的話，黛安娜也始終愛她。以前奧雅的母親出城工作時，黛安娜會來她家過夜。她會把奧雅的頭髮梳開，綁成棕色的馬尾辮，尾巴就像被咬爛的鉛筆一樣又尖又細。她每隔一陣子會跟奧雅借一件T恤穿來學校，越不常洗的T恤越好，因為享受兩人彷彿透過衣料親密貼著彼此的感覺——這一切都不是受奧雅影響才出現的舉動。黛安娜努力經營這段友情，背後的理由跟奧雅這麼做的理由一樣：基於兩人共同的回憶、基於渴望，也基於關心。

奧雅的外套袖子被眼淚浸得溫熱。她伸直手臂，她發現手肘內彎的凹陷處有個星塵一樣的圖像，而摺在凹陷處的布料還是乾燥的。

她站在那裡，再次傳訊息給黛安娜。可以聊聊嗎？她望著螢幕。沒有任何回應。

就算黛安娜現在可以回訊，會說的話也就是那些。反正又會是些藉口。奧雅至少每星期告訴她一次，那兩個失蹤女孩跟她們沒有關係：她們年紀很小、傻里傻氣的，年紀比較大的甚至才剛要上中學而已。

就在上完今天的最後一節課，奧雅提議要去市中心時，黛安娜又談起那兩個女孩。彷彿就是那個地方害兩人失蹤的。奧雅說，「你難道就不能直接打電話回家，問可不可以去嗎？」因此，就在其他孩子正彼此推擠著走上街道、老師在所有孩子身後大吼大叫時，黛安娜對著手機說，「好，媽媽，我知道她就是這樣。我知道了。」

黛安娜掛掉電話，奧雅說，「你連試都沒試。」黛安娜搖搖頭。「我試過了。」她說。奧雅說，「你才沒有。」黛安娜把頭低下，瞳孔因此覆蓋在金色的劉海中，她在那些時刻看起來就像個白化症的孩子。「她告訴我，她不想要我們去那裡。別人說該怎麼做的時候，我會聽進去。」黛安娜說。她說「我」的方式聽起來像是控訴。

我也會聽進去好嗎，奧雅想說卻沒開口。她是個多麼好的聆聽者呀。

舉例來說，奧雅就有聽出瓦倫提娜．尼可雷夫納的言下之意。她的意思是，那兩個失蹤女孩只是陌生人，其實根本無關緊要，瓦倫提娜．尼可雷夫納只是毫無來由地痛恨奧雅，也痛恨奧雅的母親，因為她們敢依靠自己生存。

另一輛公車突突作響地停在奧雅眼前。靠在車頭窗內的木板上寫了這輛公車的路線：這輛車不是回到奧雅住的公寓，而是前往城市另一端的修船廠區和扎沃科。她摸了摸口袋裡的公車定期票，她可以上車，她想做什麼都可以。反正她現在只有一個人。

所以她上車了。公車載著她經過警察局、醫院、一排賣花的攤販，還有賣盜版光碟的小販，另外還有看起來嶄新的超市賣著從紐西蘭進口的蘋果，以及師範大學的南部校區。身邊擠滿成年人的奧雅抓著扶手吊環。車內實在太擠了，無法把手機拿出來，所以她開始想像一張可能的照片。黛安娜在照片裡並不好看，她駝著背，臉上全是清晰拍出的粉刺。她們的一個同學從照片外傾斜身體插入畫面，裙子掀得很高，幾乎露出一整條大腿。所有人都因為閃光而顯得過曝。

走道底有名女士正盯著奧雅看，或許正在想奧雅的行為是多麼「嚇人」。奧雅搖搖頭，糾結的髮絲落在前方，擋住了她的臉。

公車在下一站停車時，奧雅下了車，過程中還用手肘推開那些擠上車的通勤人士。她從那堆人的身體之間擠出來後，發現市中心仍非常繁忙。列寧的雕像還矗立著，身上穿的外套維持被風吹翻開來的模樣，許多騎著腳踏車的男孩聚集在他腳邊。寬廣的市立建築還在，秋夜燦爛如火的山丘還在。從這裡只能看到火山的山頂。奧雅右方有道卵石灘一路往下傾斜延伸向海灣，聖尼可拉斯山聳立在一旁，車輛廢氣和油煙及鹹水味混在一起。那對失蹤的姊妹竟然在這種地方失蹤，簡直蠢斃了。

奧雅看了一下自己的錢包，轉身面對食物攤販。

「我有八十六盧布，」她告訴攤販，攤販朝貼出來的價目表哼了一下。她又說：「可以買熱狗嗎？」

「那個一份是一百一十盧布唷。」

「我可以只買熱狗，不買麵包嗎？」

小販翻了個白眼。「你剛剛說八十六盧布嗎？汽水和茶加起來八十五盧布。」奧雅把她的錢滑過櫃檯，拿回一枚硬幣，一把糖包，還有一罐可口可樂。沒過多久，她拿到一杯裝在軟塑膠杯裡的茶。她就著雙手緊握的容器啜飲，一手是熱飲，一手是冷飲，小心翼翼走過覆滿石頭的灘地。車子從她身後經過。小小的浪花拍打著石頭。奧雅先喝了汽水，她聽著海流聲、引擎響，還有雕像附近的青少年及青少女來來回回的喊叫。然後她把三個糖包內的糖灑進茶裡，喝掉，頭往後仰，直到杯底的沉澱物全滑上舌頭。她的喉嚨裡充滿甜滋滋的碎粒。

人行道上的人群越來越少。鳥隻朝山丘俯衝。奧雅前方的水面因陽光閃閃發亮。沿著海岸遠方有一排排起重機架動也不動地待在那裡，而操作員早已回家，現在正跟親友待在一起。

奧雅外套口袋裡的手機感覺沉甸甸的。她不想去看新的推播消息，畢竟看了可能只會發現那四個人拍的新照片，她們的頭會擠在一起、雙手捧著彼此的臉，底下的說明會寫：最好的朋友！這些人比任何陌生人更能危害她的人生。

當然也可能根本沒有任何新貼文，畢竟在今天那通電話後，瓦倫提娜．尼可雷夫納或許直接把黛安娜的手機收走了。說不定她把其他女孩也踢出家門了。又說不定黛安娜聽見她媽說的話之後，會哭上一整晚。

到了明天早上的第一堂課之前，奧雅會問她，「你為什麼讓她跟我說那種話？」黛安娜會說，「我阻止不了她。她搶走我的手機，然後在打電話時把我趕開了。」

「你從來不阻止她，她的腦子根本有病。」因為遭到如此惡劣的對待，奧雅屆時終於得以直接說出內心想法，而黛安娜在多年來假裝自己擁有理想家庭之後，也不得不承認奧雅說得對。

她們兩人會一起想出一個計畫。黛安娜會跟媽媽說自己加入了一個社團，這樣她每星期就有兩個下午能去奧雅家，而且不用讓其他人知道這件事。奧雅的媽媽不會說出去。奧雅又撕開一個糖包，將一顆顆結晶體倒入嘴裡，嚼了起來，糖粒在她的牙齒上溶化。社團名字可以叫做「所有人都恨瓦倫提娜·尼可雷夫納」或者「逃離怪物媽媽」。

把糖吞下後，奧雅把所有垃圾掃到地上，在長椅躺下。

海灣製造出無比溫柔的音響。海面漣漪浮現於離岸一、二公尺處。遙遠的彼方是另一側的海岸，點點燈火標示出核子潛艇停泊的地方，還有一層層越靠近天空顏色越淺淡的山脈。

那個社團可以取名為「奧雅的孤單戰隊」，因為她知道黛安娜不會照她希望的方式去做。她很清楚，根本不可能捏造出這樣一個社團。每次只要是跟「愛」和「說謊」有關的事，黛安娜總是把奧雅的需求放在最後面。

天空的黃色區塊開始往地表延伸，海灣對面的燈火搖曳。奧雅身後的車流始終沒有一刻停歇。

她的太陽穴因為眼淚變得又溼又涼，奧雅擦了擦眼睛。某人的大手抓住她的右腳腳踝，嚇壞的她立刻坐起身。

新聞上看到的那名警察站在她的那張長椅椅腳邊。他很高，戴著太陽眼鏡，穿著制服的樣子很有氣勢。他放開奧雅的腳踝，開口，「愛莉亞娜．戈洛索夫斯卡亞？」

奧雅把腿收回來，呼吸開始變快。「你覺得我看起來像她嗎？」

「報上你的姓氏、姓名和祖名。」

「我姓佩卓瓦，名字是奧雅．伊戈列夫納。」警方就是這樣進行搜索工作的嗎？在兩個女孩最後被人看到的地方，一張長椅一張長椅找？難怪戈洛索夫斯卡亞家的兩姊妹仍處於失蹤狀態。「我比她們的年紀都大。我已經八年級了，而且跟她長得一點也不像。」奧雅用雙手抹抹臉，然後抬頭盯著警察的太陽眼鏡，想讓他看清楚。戈洛索夫斯卡亞家的姊妹是兩個小不點，骨架小到不行，感覺風一吹就倒。她們可不是頑強的青少女，跟奧雅也一點都不像。

警察認真打量她，接著朝街道的方向打發似的揮了一下手。有輛引擎還在運轉的警車停在人行道邊。「你在這裡待了多久？」

「大概一小時吧。」

「有看到任何可疑人物嗎？」

「沒看到誰，就看到你而已。」

「沒有其他人來跟你搭話？沒有開著深色車子的男人？」奧雅搖搖頭。「別在我問你問題時翻白眼。」警察說。

「我沒有。」跟陌生人撒謊的感覺異常地好。

「我希望你明白獨自待在這裡是有風險的。」

「噢，沒事的。」奧雅說。她對他微笑。「我媽剛下班，正要來接我，可能隨時都會出現。」在她交疊的雙手底下，放在大腿上的手機震動了起來。奧雅嚇一跳。「現在打來的很可能就是她。」

警察將重心換到另一隻腳。雖然他的眼鏡和衣服讓他看起來深具權威，那張臉卻非常溫和、年輕。他從褲子後方的口袋掏出一張名片，遞給她：尼可萊．達尼洛維奇．里亞霍夫斯基警督。底下寫了一支電話號碼，角落還壓印了一個浮凸的盾牌。「如果有任何想說的事情，打給我。」他說：「等你媽來的時候，也讓她知道，這裡不是該把一個小女孩獨自留下的地方。」

奧雅點點頭，把手機舉到耳邊。「嗨，媽，嗯？很快嗎？太好了。」她望著那名警察離開，他腳下的碎石因為他的體重而移動位置。手機仍貼著她的顴骨震動著。

等警察上了車，奧雅又躺回去。她看著發光的手機螢幕，那是一通來自黛安娜的未接來電。她把手機解鎖，清掉通知，打開訊息列，等著黛安娜解釋她的行為。她想像她打的那些字母，還有那些隨便亂用的破折號。

結果什麼都沒出現。她再次把螢幕鎖上。

老實說，奧雅沒打算回電。

只剩下奧雅一個人了，她比想像中更享受這種孤單。夕日的照耀下，岸邊卵石的顏色從原本的灰黑變成了蜜色，如同琥珀。很快這些石頭就會開始發光，而海灣內的水會變成一片粉橘。這是位於市中心的美景，人們卻不敢讓他們美麗的女兒來看。

奧雅的頭位於在長椅背板上方，轉頭時眼角瞄到一簇閃亮的白、黃線條，原來是她頭髮反射光線的結果。她的外套也一樣浸浴在陽光中，吸飽了夕色。

她成為了金黃色的奧雅。她專注看著髮絲上的光線。就算黛安娜來她家解釋，或者上學時帶來瓦倫提娜．尼可雷夫納手寫的道歉信，又或者是奧雅的母親下星期回家時，宣布自己找到了在大學教文法的新工作，而這份更好的工作讓她不用再長時間離家，又或者被綁架的女孩回到家裡，又或者警方停止巡邏工作，又或者彼得羅巴甫洛夫斯克再次恢復正常……就算以上一切全部發生了，奧雅也不會把在這裡見到的光影變化告訴別人，一丁點也不分享。他們不會發現自己錯失了秋季最美好的一天，而獨自一人的奧雅，就處在這片美景正中央。

保守祕密的感覺多好呀，自己藏著多安全呀。

十月

「我們忘記帶帳篷了。」麥克斯說話時轉向卡佳。她的手電筒光線讓他的五官變得扁平，整張臉就像一張呈現沮喪情緒的面具。他們身旁的森林一片漆黑，因為離開彼得羅巴甫洛夫斯克的時間已經很晚了——結果就是他匆忙打包、指路也指得一團亂。全是他的錯。

受到強光照射的他幾乎一點也不帥了：顴骨遭到抹除、下巴酒窩被打亮、嘴巴開開，張得老大的雙眼瞪著前方。卡佳和麥克斯八月開始約會，九月正式相戀。但這個帳篷的事情呀——她感覺一陣厭惡的情緒在體內蔓延。「你開玩笑的吧。」她說。她在嫌惡口氣消逝前認出了這個情緒，她得記住這種情緒，像在手中握住一尾蛇，不然就會太快原諒他。

「這裡沒看到。」

卡佳把手電筒遞給他，開始在後車廂翻找。陰影在他們帶來的物件上伸長又縮短。這些物件包括一袋袋食物、兩捲睡袋、兩片泡棉墊，還有一張用來鋪在帳篷底下的摺疊油布；為了泡溫泉帶來的浴巾亂糟糟地攤著、幾張摺疊椅、還有原本收捲起來，卻在她推擠時滾開的垃圾袋。卡佳今晚應該親自把東西打包進車裡才對，而不是光透過照後鏡欣賞他的身體線條。在這堆雜七雜八的物件深處，有鍋子在她尋找時因為碰撞發出清脆敲擊聲。

「麥克斯！」她說：「怎麼會！」

「我們可以直接睡在野外，」他說：「天氣也沒那麼冷呀。」她盯著他在那圈光線之上的輪廓。「不然也能睡在車裡。」他說。

「太棒了。」他說的是「我們忘記了」，彷彿是他們兩人一起把帳篷收在兩人一起住的家中的某個共用櫥櫃裡。彷彿這是他們兩人一起犯下的失誤。彷彿她之前根本沒必要提早二十分鐘離開港口，往南開二十分鐘的車回自家沖澡、換衣服，再往北開三十五分鐘的車，準時抵達他住的公寓大樓，再花十八分鐘在停車場等他出來一樣。

這週稍早時，他說他會負責帶帳篷。他那輛小小的汽車沒有四輪傳動，所以他們開的是她的車，而他可是把一大堆物件塞進了她的後車廂——多到他得再跑上公寓一趟，回來時胸口又抱滿東西——卡佳還試圖說服自己：這一切都在他的掌控之中。她沒去確認是否有缺漏，而是打開廣播，聽當地新聞報導了店鋪打劫、逐漸逼近的龍捲風，還有再一次要求大家尋找那兩個女孩的呼籲。她緊抓著方向盤。麥克斯又一次爬上副駕駛座時，她說，「都帶好了嗎？」

他點點頭，靠過去親吻她。「我們出發吧，帶我遠走高飛。」他當時是這麼說的。她看了一下時間（已經比預定時間晚四十一分鐘了），然後打了倒車檔。

現在他們要在她的迷你休旅車上過夜了。這輛鈴木的車子非常可靠，不但帶他們從城市往北走了四小時，還一路從柏油路征服了碎石和泥土路，但作為睡覺空間卻是非常糟的選擇。這輛車只有兩扇門、兩排窄窄的座位，沒有伸腿的空間。排檔會把兩人的睡覺區域分開，而且沒有足以躺平的空間。

卡佳嘆了一口氣，麥克斯的肩膀因此垮下來。她想拍拍他的肩膀，「沒關係啦。」她說。她的嫌惡情緒逐漸退去，要等他下次犯錯才會再湧現。「沒事的，小熊熊，這種事難免嘛。你能為我們撿一些柴火嗎？」

一旦上下浮動的手電筒燈光移到林間遠處後，卡佳就把車移到原本打算用來搭帳篷的一片平坦雜草地上。是她的錯，是她之前沒有先確認……下次他們會做得更好。麥克斯就是那種人，就跟許許多多她必須監督的其他人一樣。

土壤被輪胎壓得變形。她沒再把大燈打開。慢慢地，她的眼睛適應了黑暗。她從小時候就會來這片森林玩，但儘管目睹這片森林成長了二十年，這些樺樹看起來還是跟她小時候一模一樣：衰老、危險，而且充滿魔力。外在世界持續而穩定地變動，越來越難以預測，也越來越危險，但也有這種彷彿備受保護的地方。這裡沒有新聞、沒有大城市的壓力，也沒有可能被打亂的行程。沒帶帳篷是可能讓她失望的唯一因素，但實在沒理由為此動怒。卡佳得這麼記在心上。

她打開車門時，車子因為還插著鑰匙發出提示音。她把鑰匙拔下，夜色湧入車內。蝙蝠嗚咽，昆蟲嗡鳴。乾燥葉片在樹頂彼此摩擦，遠方樹林內的麥克斯正為了生火折枝條，某處傳來溫泉水持續往下沖流的聲響。

卡佳透過那些聲響整理思緒。麥克斯在身邊時的她總是興奮到不行。兩人還在城市裡時，比如在她家公寓，她有時得找理由離開，只為了坐在廁所的馬桶蓋上讓自己冷靜下來。就連聽到他坐在副駕駛座指路，有時都讓她難以抗拒。他的笨拙、他的誠懇，還有他幾乎毫無缺陷又令人震驚地在兩者間取得平衡的方式，總能點燃她的雄雄慾火。

「這是蜜月期啦，」她的朋友奧克薩娜說。奧克薩娜和麥克斯一起在火山研究機構工作，「他就是個白癡而已，你很快就會厭倦了。」但卡佳也跟其他男人交往過，甚至在二十多歲時和其中一位同居了一陣子，卻都從未有過這種蜜月期。麥克斯為她開啟了一種新的感受，正如她能透過耳朵聽到聲音、透過舌頭嚐到味道，又或者透過指尖撫摸一樣，她對麥克斯擁有的某種感受此刻就集中在她的肚臍下方。他只要伸手摸她，她的肚子就會緊縮起來，第六感告訴她：她是如此渴望。

他或許是個白癡，但她不會厭倦這個人。

對他的渴望讓卡佳難以專心於其他事情，例如帳篷。她在從抽屜拿出頭燈時再次提醒了自己的錯誤。她把頭燈綁上，開始做正事——整理大包小包的行李、打開他們買來的食品，然後盡可能把前座往後放平。

她往後踏了一步，在頭燈微弱的光線下檢視，椅背根本沒辦法放平。

麥克斯回來時，整個營地都已經打理好了。已經削皮的馬鈴薯堆在裝滿溪水的鍋子中。卡佳已經拿出半份燻鮭魚腹，和切片的小蘿蔔、番茄和白起司一起擺在車頂鋪平的塑膠袋上，好讓兩人在晚餐前可以先吃點零食。他們一起在涼爽的空氣中生了火。「我在那裡跌倒了。」火才剛生好，他就老實說了剛剛發生的事，然後轉身讓她看下背沾到的汙痕。

她用手指壓住他的衣服，感覺到衣物底下的肌膚熱氣，還有肌肉的一陣陣顫動。「沒受傷吧？有嗎？」

「都快死了。」

那條汙痕實在太長一條了。「你實在不太適合戶外活動呀，小熊崽。」

「我可以的，」他說：「別笑我了，小佳，天色很暗好嗎。」

「我知道。」卡佳說，但還是覺得太誇張了。馬鈴薯正在火上沸騰。她把手從他身上抽回來，開始在鍋裡攪拌。

火光把兩人塗抹上橘色及黑色。麥克斯的下巴、纖美骨架、鼻頭，還有下巴尖端的突出都實在太俊美了。卡佳用一隻靴子把一根正在燃燒的圓木推到更好的位置。

卡佳和麥克斯之前唯一一次出遊，就是八月兩人初見面那次。奧克薩娜之前邀請卡佳陪她出席在奈歷史瓦國家公園的員工旅遊，卡佳當時不敢拒絕，因為奧克薩娜才剛經歷了一個悲慘的夏天：她因為看了丈夫的手機而親眼目睹兩人的婚姻分崩離析，而打從她在遛狗時經過那兩個被綁架的小女孩之後，這可是她所遭遇的人生新低點。當時奧克薩娜花了好幾小時跟警方描述她腦中記得的綁匪模樣。「我唯一會注意到他的原因，」那個週末，奧克薩娜開車帶卡佳往山上公園開時告訴她，「是因為他的車看起來有夠棒。我心想，他到底是去哪裡洗車？我的廂型車光是在城市中開過一個彎，就已經髒得跟垃圾沒兩樣了，但他的車卻乾淨得發亮。」奧克薩娜看了一下照後鏡，往左變換車道，超過一輛卡車。「我告訴警察，等他們找到那傢伙，一定要在把他銬上並打到不省人事之前問問他，到底要怎麼把車子洗那麼乾淨。」

「我的老天，」卡佳說，「你確定你想來這趟嗎？」從市中心開往他們在奈歷史瓦的小木屋得涉過六條淺河，停好車之後還得踏上穿越溼地的最後半小時徒步旅程。卡佳覺得奧克薩娜對這趟旅行執著到令人有點不安。如果開車的是卡佳，她很可能就掉頭回去了。

綁架案發生過後的頭幾天，卡佳對任何事都顯得緊張兮兮，一點小事都會讓她覺得不對勁，朋友在她眼裡都像是外星人。她沒辦法將那對失蹤的姊妹放進她理解的犯罪行為中。舉例來說，卡佳熟悉的是賄賂這種罪行——她在工作時一天到晚會遇到這類貪腐問題。剛好就在今天，她在檢查一位新的加拿大進口商的貨櫃時，就和其他海關官員一起發現了數千隻活烏龜，牠們黃黃的手臂在光線中不停揮舞。（「你們怎麼處理那些烏龜呀？」今晚剛離開城市邊界時，麥克斯這麼問她。「丟進海灣裡，」卡佳說，「沒有啦，怎麼可能，當然是沒收後銷毀囉。」他嘟起了嘴，她笑了出來。）

所以，她很熟悉這些走私者的行徑，當然也清楚那些偷獵者、擅闖他人土地的傢伙、酒醉駕駛、被襲擊的獵人、還有因為意見不合而掐住彼此脖子的男人、建築工地中從鷹架摔下的移工、在冬天那幾個月凍死的人……這些都是在堪察加常出現的新聞。但兩個小女孩被綁走又是另一回事。奧克薩娜距離那場罪行發生的現場只有十公尺遠，但還是努力拿這件事來開玩笑。卡佳則是仔細看過了失蹤人口海報後，想到自己某天可能撞見這類誘拐犯而嚇個半死。

「公司規定要來這趟旅遊，」奧克薩娜開車時這麼告訴卡佳。「我才不會因為在一個糟糕的時間點帶馬力許出去溜，就不工作了。」她又超過一輛開得很慢的車。「不然我要做什麼？整個週末悠哉地待在我的幸福小屋裡嗎？」

卡佳已經認識奧克薩娜超過十年了。即便是在兩人剛認識的研究生時代，奧克薩娜都一直是個冷淡、防衛心重，但令人非常感興趣的一個人。之後是漫長車程中恰巧需要的消遣活動：奧克薩娜用接下來的所有時間跟卡佳簡單介紹了她的所有同事。奧克薩娜將工作團隊中另外三位研究者形容為「無聊」、「做事馬虎」及「懷有身孕」。「別浪費時間在他們身上了，至少我們還有彼此。」接著卡佳就跟著奧克薩娜走進公園小屋內，發現一名長得像電影明星的男子。

「誰像明星，麥克斯嗎？」奧克薩娜說，「怎麼可能。」

打從第一個晚上，他就讓卡佳的下腹有了那種感覺。彼得羅巴甫洛夫斯克的規模並不是那麼大，三十六歲的單身人士就更少了，但不知為何，這些年來她始終都錯過了這個人，直到來了奈歷史瓦公園。他們兩人總是溜到木柴堆後，在衣服底下彼此摸索。他們可以透過小木屋的窗口聽見其他人在說話。麥克斯小聲對著她的唇表示兩人該小心一點時，她只是用雙臂環住他的脖子，把他拉得更近。她想透過他的美好阻隔一切恐懼。

現在麥克斯和卡佳幾乎像是同居了。麥克斯的同事已經不再像一開始大肆八卦，就連奧克薩娜都因為太為家裡的事煩心，就算聽到她提起麥克斯時也頂多聳聳肩。卡佳的男同事不再邀她去喝酒，而她的女同事則不再那麼把她邊緣人的個性歸咎於「單身太久的老處女」身分。週末時，麥克斯和卡佳會一起騎腳踏車在城市裡穿梭。他們會去海灣划獨木舟，在海邊烤肉。他曾把她帶去他的攀岩俱樂部幾次。這次的秋季溫泉之旅則是卡佳的主意。

麥克斯起身為她拿了一片鮭魚來。防寒衣上那道長長的土痕因此又露了出來。我愛他，她練習著這麼告訴自己，但聽起來還是哪裡不太對勁。

奧克薩娜在那趟車程中就警告過她了，麥克斯做事馬虎，但她當時也還不覺得有必要警告卡佳些什麼。沒想到一抵達小木屋之後，卡佳滿腦子只想把麥克斯壓在樺樹幹上，根本沒在聽其他人說什麼。就跟整座城市的人一樣，在奈歷史瓦的這群人都迫不及待地想知道有關兩個女孩消失的消息。奧克薩娜的故事無法讓他們滿意，所以他們又望向麥克斯，他開始講起自己在志願搜索隊中的角色。

「奧克薩娜太謙虛了。都是因為她，我們才有了那個傢伙跟他那輛車的描述。我們會一直找到發現她們為止。」他說。他甚至用手機把兩個女孩的學校大頭照發送給大家。

他們的指導員——就是三人中被形容為「無聊」的傢伙——瞇眼盯著螢幕。「他是哪種人？」他問奧克薩娜。「你覺得是俄羅斯人嗎？或者是塔吉克人？他看起來髒兮兮的嗎？」

另外那名懷孕的同事直直盯著前方。奧克薩娜無力地抬起一隻手。「他看起來就像每個普通人一樣，沒什麼特別引人注意的地方。」

那位管理員繼續追問。「頭髮顏色呢？眼睛形狀？」

「眼睛形狀！你這種問法好像我有停下來跟他聊起他的祖宗八代一樣！你是不是還要問他有沒有一半的韓國人血統或四分之一的楚科奇人血統？」奧克薩娜笑出來，扁扁的笑聲帶點挖苦的意味。「我看到一個高大的男人、一輛大車、兩個小孩子，就這樣。」

「她看到的資訊已經很夠了。」麥克斯說。

卡佳被自己不得體的慾望嚇到了：麥克斯越是談論有關證人說詞、警方匯報，還有哀傷母親的話題，她就越想要他。那可是一名自信的男人自願去化解失蹤危機呀。在這樣一具完美無瑕的身體底下有這麼一顆迫切的心……她沒想過這種人真可能存在。

好吧，確實不存在，至少不能說百分之百存在。戈洛索夫斯卡亞家的姊妹仍不見蹤影，而打從第一個月之後，麥克斯就沒再去參加搜索團隊的行動了。

今晚的「帳篷問題」只是他無法透過行動執行承諾而破滅的最新計畫。他的這類行為通常有一種很可愛的固定模式——麥克斯有個想法、麥克斯很興奮，麥克斯的後續行動顯得笨手笨腳——不過在距離這個營地還有好幾小時路程的地方時，卡佳就已經不覺得望著夕陽從山脈上方落下有什麼令人喜愛之處。通往北方的道路兩側樹林已是一片漆黑，麥克斯不停轉動手機，希望能重新收到全球定位系統的訊號。有一種不開心的情緒悄悄竄入卡佳內心。

兩人相處的時間越多，她就越是明白，要是彼得羅巴甫洛夫斯克某天遭到火山岩漿淹沒，她恐怕會知道一定是那間機構裡的「某位英俊研究員」漏看了所有火山即將爆發的徵兆。麥克斯總是無法仔細確認所有重要事項的細節，他在她眼中已經沒像之前那麼出色了。

反正這趟週末度假的時間不長，無所謂了。火堆冒出的煙和某些隱蔽溫泉的蒸氣混在一起，夜色因此更為濃重。對她來說，燒焦的木頭、豐厚的硫，還有冷冷的土味都是鄉愁的氣味，她的家人之前就很喜歡這地方。自從蘇聯解體後，人民旅行不再受限，也不會在移動過程中受阻。管控整座半島的蘇聯軍事基地遭到關閉，因此，堪察加居民終於有辦法探索自己腳下這片土地。卡佳一家人曾往北直到埃索[4]一地，見到了帶著麋鹿群的當地住民，往西去看了冒煙的火山口，還往南去了不再有人巡邏的湖泊，從中找到魚子醬的原料。她兒時經歷過一小段魯莽又僵化的共產黨時期，也見識過普丁的強人手腕，而現在的她儘管成為一位邊境執法人

4 埃索（Esso）建立於一九三二年，是堪察加中部地區的一座村莊，也是貝斯特林斯基區（Bystrinsky District）的首府，距離彼得羅巴甫洛夫斯克五百二十公里。人口約兩千人，居民大多為鄂溫人、科里亞克人和俄羅斯人。

員，負責檢查進口貨物並發出傳票，體內卻仍住著一個後蘇維埃時期的小孩。有一部分的她總是渴望著野外。

卡佳任由自己融入黑暗。「我爸媽以前每週末都會帶我們來這裡露營。」她告訴麥克斯。

「嗯？」

「幾乎每週都來。」她吃完最後一口魚肉，他又遞了一片起司過來。「只要雪一融化，我們就會來林子裡。他們會分派一些任務給我和弟弟，比如追蹤動物的足跡呀，或者去找出不同種類的樹。」

他摸摸她的腰。「或許是為了讓他們有一點時間獨處吧。」

「我不認為。」她說。

「但還是有可能，對吧？」

她十歲的時候，她的爸媽……她得算一下。她母親當時才三十二歲，比卡佳現在還年輕。她想像她當時的樣子，想像他們修長的四肢交纏在一起，然後打了個冷顫。「別說了。」她敲了幾下麥克斯的胸口。

「我開玩笑的，」麥克斯說：「我確定他們完全是抱著教育你們的心情。你們都是怎麼完成那些任務的？真的找到所有種類的樹？」

「當然呀，」她說：「我年紀最大。我告訴他們，除非找到所有分類項目中的樹葉，不然不能回來。」

他們一邊吃著軟嫩的馬鈴薯和煎香腸，一邊閒聊著各種小事。比如奧克薩娜是如何在丈夫的手機上又發現另一個女人的訊息──「辦公室所有人都在講這件事。他真是個混帳。」麥克斯滿嘴食物地說。

「他們早該結束這段關係了。」

「你可以去建議她呀，祝你好運，」麥克斯說：「我很努力要自己別指點奧克薩娜該怎麼做。」卡佳放下盤子，麥克斯還在吃，她把雙手擱在他穿著長褲的大腿上。在她的手掌底下，他的肌肉把褲子撐得鼓鼓的。

附近營地有人喝醉，起伏的歌聲穿越樹林而來。樹林形成一片黑幕。這些人聲、空氣中的煙灰，還有碎語不停的夜色，把卡佳帶回兩人初相遇的那個週末。「搜索工作有什麼新進展嗎？」她問。

麥克斯搖頭。「等下雪之後，就不會有志願者去找了。里亞霍夫斯基警督說她們可能已經被帶離堪察加了。」

「怎麼可能，」卡佳說：「怎麼帶？搭客機嗎？」

「不知道，搭船吧。」

「郵輪嗎？搭到札幌嗎？」若真是這樣，卡佳的同事一定會找到她們。海關會檢查所有透過海空離開的所有交通工具。

而要離開此地，一定要經由海路或航空。儘管就法律而言，堪察加半島不再是一片封閉領土，但地理上仍跟世界其他地方徹底隔絕。南邊、東邊和西邊只有海洋，北邊則是和俄羅斯隔著綿延數百公里的山脈和苔原，根本沒人能自行穿越。堪察加半島內的道路很少，而且斷斷續續：許多半島中央及南方村莊的小路都還是泥土路，而且幾乎大半年都被沖刷得看不清軌跡，至於北方那些村莊的道路只存在於冬天，也就是靠著人車在冰上「走出來」的那種。沒有任何道路將這座半島跟這片大陸的其他地方連結在一起。沒有人能透過陸路進出。

「貨船吧，」他說，「有可能呀。」

卡佳實在無法不笑出來。「啊哈。」她說。營火的光影在麥克斯臉上閃爍。

「我只是把警察告訴我們的話轉述出來而已。確實有可能，不是嗎？我們已經把所有其他地方都找過了，什麼都沒找到。」

所有其他地方，他是這麼說的，彷彿彼得羅巴甫洛夫斯克的邊界就是世界的邊界。「那兩個女孩還沒離開這座半島，」她說：「難道他不能把她們的屍體藏起來嗎？比如車庫？工地？或樹林？」

「我們找過那些地方了，」他說：「找了好幾星期。每個地區都徹底找過了。」

「那彼得羅巴甫洛夫斯克之外的地方呢？」卡佳說：「你們不覺得他會開車把她們帶去西海岸嗎？或者北方？」

麥克斯把盤子放下。「說不定他把她們藏進國家公園了，丟進間歇泉之類的。」

「有可能呀。」卡佳說。他張嘴笑了。「他什麼都有可能做出來，我的意思是這樣，」她說：「開六小時的車遠走高飛，然後去某間鄉下的學校，將兩人當作自己的女兒註冊入學。」

「欸，也有可能。任何可能性都有。所以警方要求我們將注意力放在最有可能的地方，」麥克斯說：「這是一個住在彼得羅巴甫洛夫斯克的人。奧克薩娜說他是個白人。」

「她有這樣說嗎？」

「她說，一個長相普通的人。」

卡佳沒反駁這點。「她幾乎沒怎麼看到他。再說了，原住民也不是全光靠外表就能看得出來。」

「她看見他的車了，」麥克斯說：「一輛洗得閃閃發光的深色車，她是這樣告訴我們的。若是有人從鄉下經過沒鋪柏油的道路開車進城，車上一定滿是砂土。所以，你想想看：這樣一個住在大城市裡的人，絕望又或許有點瘋狂，最有可能離開此地的方式會是什麼？他一定知道船隻每天都會來來去去。警察說他有可能靠賄賂藏進運輸貨櫃中。」

「又或者『這傢伙』做了可能性較低的選擇，」她說：「或許他還是去了間歇泉。這是一個專對小孩下手的男人。誰知道他還做得出什麼事？」她說話的方式就像八卦小報的記者，她自己也清楚，但綁架事件後那種什麼都不對勁的感受又溜進她心中。如果警方解決了這個案件，她就不會用這種方式說話了。她有把自己在港口的工作做好——這些女孩不可能離開堪察加。這座城市的其他人有把他們的工作做好嗎？

「小佳，」麥克斯說，「別這樣。不可能找到她們了，搜索行動不會有用了。」

麥克斯還真是最適合宣布怎麼做有用、怎麼做沒用的人呀。卡佳擱在他腿上的手指動了動，他沉默下來。

他們站在打開的後車廂掀門下換上泳衣。因為距離營火很遠，兩人都起了雞皮疙瘩，口中也吐出霧氣。卡佳調整肩帶位置時，麥克斯抓住她，讓她後退，直到她的雙腿撞上車子。他們在這個金屬製的棚頂下吻了很久，這裡的空間完全無法讓兩人站直。他們就像兩隻因為祈禱而交握的手一般彎向彼此，但卡佳心裡想的可不是上帝。她忘記了失蹤的孩子，她想的只有麥克斯，還有他的手臂、手指、嘴、精巧的牙齒，還有自己肌膚底下竄動的渴求。

終於她還是得逼自己退開。她穿著比基尼和橡膠涼鞋，寒氣已經讓她的腳冰到沒什麼知覺了。穿著短褲跟舊帆布鞋的麥克斯在黑暗中看來容光煥發。

他雙手交叉在胸前。「所以我們現在去哪？」他問。

嘶嘶冒著熱氣及泡泡的溫泉正召喚著他們。「來吧。」她帶領他離開營地，沿著溪水邊的一條狹窄小路穿越樹林，終於來到有著浴池的一片空地。

這裡有五座用橡膠及木頭搭起來的建物，其中的水池是從冒著蒸氣的水井拉來水管注滿。溫泉的臭蛋味在此地變得很濃，溫熱的泥巴在兩人腳下滑動。卡佳和麥克斯把鞋子留在其中一座浴池的樓梯底下，爬進浴池。熱氣將兩人的身體往上帶動。卡佳吐出的氣息混入旋繞的蒸氣。「老天。」麥克斯說，她在他身邊沉入池中，帶有硫磺味的水淹到她的下巴。

在低處纏繞的濃重蒸氣逐漸往上延伸、飄散，再上頭是數百萬顆小小的星子。夜是藍色與黑色，邊緣圍繞著秋季星座，卡佳往上瞧時，發現一枚衛星閃爍著越過天空。她看的時間越長，就越感覺熱氣深入自己體內，滲入每個臟器，也清空了她的思緒。

在麥克斯身邊的她，除了他之外什麼也無法想。但當兩人隔一段距離時，她又變回了自己，而她喜歡那個變回來的女人。那是個……有能耐的人，那是個標準明確、堅守承諾，而且能做出成果的人。那是個會常對麥克斯的各種作為感到失望的人，她應該對他失望才對。

麥克斯劃過泉水接近她。他的肌膚因為浴在水中的礦物而滑滑的，她背靠的浴池木邊也滑滑的。他將手指塞進她的比基尼褲，她身體僵硬起來，努力緊抓住腦中殘存的理智。

「別在這裡。」她說。

「那在哪裡？」他在她耳邊說。

「在帳篷裡。」她悄聲回話。

他立刻退開。

這話聽來比她原本想像的還惡毒。「我開玩笑的啦。」她說。他現在已經離她很遠。

「嗯哼。」他的聲音跟身體中間彷彿隔著一道蒸氣牆。

「那是個玩笑。」

「還真好笑。」

「別……」她正要發難，卻又阻止自己。她該道歉嗎？還是努力解釋自己的意圖？如果他犯了錯，本來就得承擔後果，而她也該接受眼前的現實：當初促使她在八月的某個週末跟他陷入私通的動力，實在無法將這段關係支撐到秋天，更別說是撐到更久遠的以後。想要告解的邪惡渴望已湧上喉頭。麥克斯無法承擔責任。長遠來看，他們跟別人交往都會更開心。

熱氣在兩人之間蒸騰而起。泉水嘶鳴、流淌。

回到車邊的兩人換上乾衣服，踩進睡袋，然後跳進車內各自的座位上：卡佳在駕駛座，麥克斯在副駕駛座。兩人都已經因為這段過程滿身大汗，這會是個很不好過的夜晚。她剝下身上的長袖衫。「我們應該用安全帶把自己綁起來嗎？」她轉頭問他，臉上帶著微笑，但他露在睡袋上方的肩膀仍然緊繃，很受冒犯的模樣。

這就是他們兩人的浪漫之旅。她越過排檔靠近他，他輕啄了她的唇。「睡啦。」他說。「晚安。」她把額頭緊貼在車窗上，包得緊緊的雙腳靠在煞車踏板上。她還能在這段關係中撐多久？麥克斯很貼心，也很迷人，但絕不是兩人幻想中的那種英雄人物……

外在世界逐漸模糊。來自森林的各種聲響慢慢靜下來，然後變得更安靜，接著完全消失。

她因為一陣刮擦聲醒來。

窗邊有片陰影。那裡有個男人。那是個高大的男人，一名殺手——反正就是帶走兩個女孩的傢伙——卡佳在睡覺時把兩隻手臂從睡袋中抽了出來，現在也只能以這個狀態僵住不動。身體只被包住一半的她嚇壞了。她跟危險之間只隔著一片窗玻璃，襯衣有一部分絞紐在一起。她感覺胸口砰砰響。外頭幾乎沒有任何光線。那不是個男人，是隻熊。

那是一隻用後腳站立的棕熊。刮擦聲來自頭上的車頂。熊用四隻腳重重踩在車門旁的地面，砂土從牠的皮毛中散了出來。牠往前踏了一步，抵達車子前方，再次站起來，用腳掌推著卡佳那輛鈴木汽車的海軍藍金屬車體。

位於擋風玻璃另一側的她將背緊貼在椅背上。她能看到牠每根又黃又野蠻的巨大爪子，那些爪子就擺在引擎蓋上。

「麥克斯。」她用僵硬的嘴唇叫他。

他在她身旁的呼吸音非常沉重。熊低下巨大的頭，伸出帶有白色斑點的舌頭，在引擎蓋上長長舔了一下。那是她晚上放鮭魚的地方，是她不好。

麥克斯在一旁動來動去，睡袋發出窸窸窣窣的聲音，但她無法轉頭去看。那隻熊的臉靠車體很近，還在到處嗅聞。麥克斯握住她的手，她的呼吸突然停住。她可以透過指尖感覺到他的心跳，也能在喉嚨和口中感覺到自己的脈搏。

他們生的火很早就滅了。身邊的樹在一片粉灰色的天空下不過是一道道黑色筆觸。在這樣一個朦朧的清晨，熊的出現非常超現實，所有色彩都顯得飽和。牠的臉髒兮兮的，口鼻部彷彿褪色一樣顯白，眼睛則從一片幽暗中射出光芒。

一隻巨大熊掌從引擎蓋上慢慢收回，在牠的爪子底下，那陣駭人的尖刺聲響又出現了。

麥克斯放開她的手，挪動著將手抬起，放到方向盤中央。他們坐著不動。「按嗎？」他悄聲問。

那隻熊還沒抬頭望向他們。她連口水都吞不下去了。麥克斯等著，另一隻手在她的大腿上輕輕撫摸，直到她終於有辦法再次開口。

「按吧。」她說。

他按了下去，喇叭因此爆出一陣巨響。那隻熊立刻從車子旁彈開，用兩隻腳跌跌撞撞地飛奔離開——看起來就像個巨大的嬰孩——接著牠四足落地，以超越她所有想像的速度逃進林子裡。就在喇叭巨響消失之前，那隻動物已經消失在黑暗中。麥克斯在笑。

他打開他那邊的車門，整個人跌到地上，扭動著從睡袋裡掙脫出來。「見鬼了。」他坐在地上說，此時地面因結霜出現了白色條紋。卡佳困在自己的座位上。穿著薄T恤的麥克斯來到車子前方，仔細看著烤漆上的銀色刮痕。「見鬼啦！」他透過擋風玻璃望向她，那張臉燦爛明亮。「小佳，牠把你的天線帶走啦！」

她往前傾身，不小心又把喇叭壓響，嚇得她立刻往後彈。「牠……」她打開車門，把手往前伸，摸索著天線原本在的位置。如果他們是睡在帳篷裡呢？「噢，我的老天。」她在顫抖。

他笑到停不下來，速度很快地走來走去，而她卻動彈不得。她不相信自己的雙腿，她站不起來，但卡佳和麥克斯兩人當中，一次只需要有一個能幹的人，而現在擔任那個角色的是麥克斯，他看起來表現得很好。他把她的手指從原本裝著天線的凹槽拉出來。她的身體因為終於浮現的恐懼而冰涼，但他的嘴唇火燙。她用雙手環繞著他的脖子，緊攀住不放。她不停撫摸他，還把自己的屁股從座椅上抬起來，想辦法把睡袋扯下去。她貼著他的臉頰說了「愛」這個字，她說了「愛」，但他用嘴唇封住了她的唇。她任由自己一路沉淪。

十一月

瓦倫提娜．尼可雷夫納胸口有顆始終沒好的腫疱。那顆深色腫疱就在鎖骨下四公分處，若是穿領子比較低的衣服，就能看到腫疱位於那片長滿雀斑的平原上。一開始那只是個斑，接著開始隆起、破掉、長了疥瘡，然後一直變大，肌膚底下出現帶血的硬塊。

瓦倫提娜告訴自己，這顆腫疱總有一天會自行消失。每次洗澡之後，她會用小小的繃帶將腫疱貼起來。腫疱不會痛，但看起來不太妙，露出來時呈現一種類似屍體的紫色，讓她不安。她在剛開始的一、兩個星期一直貼著繃帶，有幾個人問她怎麼了，但一個月過後就不再有人注意到這件事。那一小片布料成為她某種故作姿態的行徑，就像戴一頂傻氣的帽子或吹口哨一樣。她的女兒裝作沒看到，就連在家的丈夫經過她身邊時也裝作沒這回事。

她相信這個斑點是因為她在屋外忙碌才出現的，或許是因為她彎身靠在鏟子上的緣故。自從黛安娜出生後，瓦倫提娜就鼓勵丈夫盡量多待在他們的鄉間小屋，而那兩個小女孩在八月受誘拐的事件更證明了她十多年來一直向他強調的精神是正確的：家庭，她告訴他，比任何事都重要。一個孩子必須在關係緊密、充滿親情的家庭中才能安全、健康地長大。看看其他反例就知道了：那些家長疏忽了自己的責任，讓孩子在市中心遊蕩，所以才會有小學生就這樣消失。現在瓦倫提娜已經確保每週末都會是他們三人的家庭時間。她的丈夫對於必須花四十分鐘車程去鄉下頗有怨言，而真正處於叛逆期的黛安娜更是每次去都臭著一張臉，但瓦倫提娜絕不允許有人挑戰這個決定。她總是心滿意足地照看著鄉間小屋的園圃，但回來後總會在身上發現一些新的抓傷、瘀青或痂。雖然在彼得羅巴甫洛夫斯克的郊區有個地方是很不錯：瓦倫提娜必須擁有一個專屬自己的地方，一片屬於她的堅實土地。但鄉間小屋也有其風險，瓦倫提娜必須容納隨之而來的所有傷口及不便。一直到秋天快結束，她種的蔬果都被覆蓋在白雪底下後，瓦倫提娜才在辦公室的廁所中抬頭望向鏡子，正視那片隆起的繃帶，她用溼答答的手指碰觸。自從四月開始，她每天都貼著一片繃帶，那時還是一年中比較宜人的時節。

四十一歲的瓦倫提娜完全稱不上老，但對於身體的各種毛病可說有些經驗了。她的手腕最近比較弱，腿毛顏色變淺、變細，而且只要吃甜食就會胃痙攣——在他們休息喝茶時，學校辦公室有個女的總會開玩笑地說要請她吃巧克力，而瓦倫提娜每次都使勁搖頭拒絕。她丈夫打從兩人新婚時就一直跟她保持距離，從幾年前起就連性生活都沒了，她的胸部彷彿也因此逐漸洩氣。

不過她仍非常有自信。她在職場時監督預算，回家盯著黛安娜寫學校作業。瓦倫提娜把她的領地管理得很好，也以此為傲：園圃、廚房，還有學校辦公室的檔案櫃。當然面對自己的皮膚也一樣，她原本可以這樣說的。然而這個又棕又紫的圓點讓她害怕：難道她不再是個有能耐的人了嗎？

隨著一個月一個月過去，她的內心開始動搖。那個週五的午餐時間，她終於去看了醫生。他傾身仔細檢視那個小點：腫得跟指關節一樣高，硬得像顆螺絲釘。這個腫疱小得足以用繃帶蓋住，但也沒有一開始那麼小了。「這很嚴重。」他說。

她把手指放到胸口上方。她來這裡是為了得到更清晰明瞭的答案。「有多嚴重？」

「你得去大醫院。」她幾乎不認識這位醫生——她在三年前因為踩到一把手耙來打過一次破傷風針，當時他才剛拿到畢業證書呢。她之所以選擇這間診所，是因為這是間私人診所，提供的服務總是及時、謹慎，具有她所讚賞的一種格調。無論是上次還是這次造訪，她在候診室裡都沒有待超過十分鐘。她沒跟任何人說自己今天來看醫生，因為以為可以在午餐休息時間結束前趕回去。

「為什麼？」她說。「那就是顆腫疱——你不能就在這裡處理一下嗎？」

醫生退開一步。他在走進診間時似乎完全沒想起她是誰。他開始看她的病歷。「我們沒有相關設備，」他說：「你得趕快把這個腫疱處理掉。我們會通知醫院，你就直接過去。」

瓦倫提娜拿了隨身物品，跟著他走出診間，到了櫃檯，付清帳單。櫃檯的女孩收了她的現金，然後開始講電話。瓦倫提娜不再貼著繃帶了。幾個月來一直毫無怨言待在肋骨上方的那顆腫疱突然感覺在發燙。她撫摸著腫疱周圍的肌膚，但沒直接碰它。或許腫疱又破了，但她實在沒膽子低頭確認。女孩掛掉電話後對醫生點點頭。她的表情粗率、懶散，而且漫不經心。

「好，」醫生說：「去吧，他們在等你過去了。」

走過停車場時，瓦倫提娜的雙眼因為雪反射的光線而酸痛。溼答答的雪花向著她的車紛飛而去。她先讓引擎暖起來，滑動手機通訊錄，掠過丈夫的名字。他能怎麼安慰她？他又不是專家。她只是打去學校，表示下午必須請假。

「一切還好嗎？」她的同事問。

「沒什麼事。」瓦倫提娜說。她的語調穩定得足以說服自己。

「那，等你回來之後，里亞霍夫斯基警督要你打給他。」

瓦倫提娜坐直身體。「他在我不在時又來了嗎？」

「沒有，他只有打電話來。」

「他有提到戈洛索夫斯卡亞家姊妹父親的事嗎？」

「沒。」

雪開始堆積在瓦倫提娜前方的擋風玻璃上。她彈開雨刷鍵。「再認真回想一下。」她盡可能保持語調的平穩俐落。

「我記得很清楚，」她同事說，「真的很好記。他要你回電，然後就掛電話啦。」

瓦倫提娜抬起一隻手，本想去摸那個腫疱，但只是直接抓住方向盤。這就是她害怕的——一旦任由一件事失控，比如拿掉繃帶，她的整個人生就會隨之崩毀。她不但漏接了工作上的電話，還讓一個年輕女孩態度不敬地和自己說話。回去之後她得跟校長談談。

「我想要是有什麼緊急狀況，警督應該會問我的手機號碼，」瓦倫提娜說：「我下週一再處理。」

同事祝她週末愉快，掛上電話。

瓦倫提娜換檔，開上其他人留下的融溼胎痕，爬上通往地區醫院的小山丘。她會趕快解決這件事，回到日常生活的軌道。沒什麼好擔心的——不過就是很冷的一天，有件待辦事項得完成，然後很快去看一下醫生就沒事了。

但想到要看醫生仍讓她煩心。瓦倫提娜從沒動過手術，她一直覺得那種手術留下的疤屬於其他人。多年來，她的同儕有人沒了膽囊，有人沒了盲腸，黛安娜很小的時候耳朵裡也裝過引流管，就連瓦倫提娜那位可靠的丈夫，都在成年之後挖掉了扁桃腺。他們的身體都曾被東切西切過。

而在多年來蒙受好運庇佑之後，瓦倫提娜的死神終於還是追了上來。想起來很瘋狂——真有可能如此嗎？畢竟診所的醫生說他無法處理。

是癌症吧。是癌症嗎？如果是癌症的話，他不是會直接說出來嗎？是癌症吧。有時醫生會隱瞞病情。如果是無法醫治的疾病，他們就不會公開壞消息，好讓病人在無知中慢慢死去。瓦倫提娜的奶奶就是這樣走的，她咳得幾乎像是把肺都大塊大塊吐出來了，而瓦倫提娜的母親只是把通往臥室的門關上，「感冒而已。」全家人都知道不是感冒，但誰也沒說出口。

是癌症吧。但時代不同了，世界也不一樣了。當時瓦倫提娜得繫著紅色領巾，得向黨宣示效忠，還得在學校的中庭練習倒立，回家時會聞到沸水和酵母的氣味。那是個由「大人」命令你的年代。現在則有各式各樣的療法和檢測法。不是癌症吧，如果是癌症的話，她自己應該會很清楚。腫疱感覺在抽動。她打了往右轉的方向燈，開上醫院車道，穿越寫了機構名稱的塗漆金屬拱門，進入半滿的停車場。

醫院是完全由水泥蓋起的建築。黛安娜小時候總在這裡的候診室裡哭個不停，哭到那張漂亮的臉都腫了起來。為了讓女兒動手術，瓦倫提娜當時和丈夫替她換上一整套乾淨睡衣。瓦倫提娜該為自己帶備用衣物來嗎？不，沒這必要。他們當初之所以為黛安娜做準備，是因為她得進入一間無菌手術室。但瓦倫提娜要進行的療程很短，兩者根本不能比。她胸前有的不過是個小小的點。

候診室內瀰漫著發酵過度的酒精甜味。有些老男人按著肚子坐在那裡。有個母親雙臂環抱著女兒，女兒腳上有一條條碘酒及血的痕跡。瓦倫提娜走到櫃檯，跟掛號的護士說，「帕普可夫醫生有幫我打電話來。」

護士瞇眼望向電腦，然後抬眼看向她。那是個原住民女性。瓦倫提娜很想回到原本的診所，那裡提供的是良好、乾淨的俄羅斯風格服務。「沒錯，」護士輕拍櫃檯上的一疊紙，「把這些簽一簽，然後跟我過來。」瓦倫提娜把掛在肩膀上的包包拉得更高。周遭有許多病人呻吟著。

她們沿著一條走道離開，把那些流血的孩子、喝醉的男人，還有磨損嚴重的塑膠椅拋在身後。護士帶領她走上兩道階梯，到了三樓，兩人走進一個寬敞大廳，這裡鋪著綠色方形磁磚，周邊都是一扇扇緊閉的門。護士打開其中一扇門，帶領瓦倫提娜走過一整排裝醫療廢棄物的紅色垃圾桶，指示她走進一個房間。「帕普可夫醫生……」瓦倫提娜開口。

護士搖搖頭。雖然是原住民，但她看來是個負責任的人。她的棕髮泛灰，嘴巴沒有在笑，但沒有不親切的感覺。「很快會有人過來看你。」她說。

門關上了。瓦倫提娜把手伸進提袋摸索手機，但她現在可以打給誰？她要說什麼？「我現在人在醫院，但也不太知道為什麼。」她會這樣跟丈夫說，而他什麼都不會說，也不會質疑或嘲笑她。光是想到她瓦倫提娜竟然有不知道的事，她就覺得可笑極了，而且非常羞恥。所以她再次把提袋闔上。這個房間很小，沒有窗戶，也沒有椅子，所以她撐高自己坐上檢驗床。她的長褲被乳膠墊上的裂縫夾住了。

她提醒自己坐直身體，不過仍有好幾分鐘脊椎彎曲地坐著，肚皮層層疊在一起。幾個月以來，她一直說服自己那只是顆小血疱，但現在已經無法再信任自己的判斷力。「很嚴重。」那位醫生是這麼說的。她的雙手在抖，為了停止發抖，她把雙臂交叉在胸前，仔細聆聽。這個房間看起來很乾淨。門外沒有傳來任何聲音。

等下一個人進來，她就要問對自己的診斷究竟為何。如果對方不知道，她就會說，「請打電話給我的醫生，麻煩了。」她再次打開提袋，找到電話號碼。提袋裡還裝著她剛剛的看診收據，那位櫃檯女孩用筆填寫了收據上的內容。另外提袋裡還裝著她的錢包，麂皮製的，邊角因為手的反覆撫摸而發亮；一包薄荷糖；一條睫毛膏；摺起來的出席紀錄，她忘記自己把這些文件帶在身上了。她把那疊紙拿出來，在大腿上攤開，撫平摺痕。上頭標記了學生遲到及缺課的紀錄，表格中一個個學生姓名彷彿在她眼前晃動。

瓦倫提娜死盯著門把，門把沒有轉動。

在寒冷的今天過後，鄉間小屋外的地表就要結冰了。今晚回公寓之後，她會為丈夫及黛安娜解凍俄羅斯餃子來吃，反正就是弄起來不麻煩的食物。她回家時天色一定已經暗了，她可能也很累，從冷凍庫變出晚餐已經是她能做到的極限。除此之外就是喝杯烈一點的酒，長長睡上一覺。隔天早上她會打電話到警局找警督，詢問調查的最新進度。然後她和丈夫及黛安娜會一起驅車離開彼得羅巴甫洛夫斯克，畢竟他們是一家人。戈洛索夫斯卡亞家姊妹被綁架的頭幾個星期，他丈夫就幻想自己是誘拐案專家。他在火山研究機構跟這場犯罪行動唯一的目擊者一起工作。回家時，他表示自己得知嫌犯開著黑色的車，還說目前沒找到屍體，彷彿整座城市的賣場中都沒人在交流這些資訊一樣。不過，一旦警方不再執著於那名心不在焉的遛狗者，以及她提供的「極為可能的幽靈人選」後，瓦倫提娜就成了一個更棒的資訊來源。里亞霍夫斯基警督在跟兩個女孩的老師及同學聊過之後，就在市立小學的管理辦公室流連不去，不停與她交換資訊。瓦倫提娜會在警督面前打開這對姊妹的就學紀錄檔案，提出她認為可能的嫌犯，而他則同時檢閱與兩人相關的文件。就在這星期一，當時剛下了初雪，他才來告訴她警方已停止了所有的民間搜索行動。

「因為天氣的關係，」他說，「當然也因為我們什麼都沒找到。」

坐在椅子上的瓦倫提娜轉過身來面對他。他寬厚的肩膀正在她的辦公桌上方拱著，手上翻著蘇菲亞．戈洛索夫斯卡亞的資料。「你檢查過飛機和船隻的搭乘紀錄了嗎？夏天的城市實在是人擠人。」

「這倒是真的。」他說。

「外國人要帶走她們實在太容易了。」瓦倫提娜的父母是在一九七一年搬來堪察加，當時她的父親是調派到此地的軍官，所以她在成長階段見過這一區的巔峰時期。由於軍方的補助，店鋪內總是塞滿食物。當時可沒有什麼流浪漢，沒有盜捕鮭魚的人，除了蘇聯的軍事噴射機之外，天空也不會有任何飛機飛過。整座半島被保護得滴水不漏，就連其他俄國人想進來都得獲得政府允許。但政權更替之後，堪察加就走下坡了。一整個文明就此佚失。瓦倫提娜為女兒感到遺憾，也為所有其他孩子感到遺憾，他們的成長過程中沒有來自母土的愛。「我丈夫認為是塔吉克人，或是烏茲別克人。」她說。

里亞霍夫斯基警督的眼神離開那些文件。他根本懶得跟行政辦公室中的其他女性說話，他唯一願意諮詢的對象，就是身為辦公室經理及檔案管理者的瓦倫提娜。「你有聽到針對嫌犯的描述嗎？」瓦倫提娜抿緊嘴唇。他繼續說：「證人可沒說是塔吉克人。」

「我也是這樣跟我丈夫說的，但她也沒說對方是俄羅斯人呀，」瓦倫提娜說，「她其實沒有描述對方是任何特定種族的人，只說是個男人。」

他聳聳肩。「這就是我們目前掌握到的所有資訊。無論如何，這兩個女孩大概已經沒跟任何人待在一起了，無論對方是不是外國人。我們已經在海灣中撈屍體了。」他又翻過一頁。

「我的上司不相信她們有可能離開半島。」

「人們總一副堪察加就是一座孤島的樣子，」瓦倫提娜說，「但我很懷疑。如果堪察加真的無法讓人隨意進出，為什麼還不停有移工出現？我們這些學校內的毒品又是哪來的？」

「我們這邊的學校裡有毒品？」

「我幾乎百分之百確定。」

他的頭又低了下去。「我們還沒找到相關證據。」

瓦倫提娜的兩隻腳踝交叉卡在座位底下的支柱上。這名警察每星期都來，檢查的都是同樣的檔案夾，還來問她的意見。她一定有什麼值得提供的資訊才對。她問，「你從加油站的監視錄影帶裡沒找到什麼嗎？」他沒回話。「一般人的行車紀錄器呢？沒有人那天開車時剛好錄到一輛深色的車嗎？」

「我們有問過民眾了，也看過所有交上來的帶子，沒看到什麼。」

「你跟母親談過了？」

「談過很多次。」

「沒有男朋友？沒有曖昧不清的關係？」他搖頭。「那一定是陌生人了。」蘇菲亞的最後一張學生照從檔案中朝上望著他們。這女孩有著淺色眉毛、薄唇，還有尖尖的下巴。除了電視新聞上看過之外，瓦倫提娜不記得那個姊姊的長相，但她記得去年曾在學校的一些地方見過這個妹妹。她的聲音很高，每次轉身走進教室時，那個色彩鮮豔的背包總會在她的屁股上一彈一彈的。瓦倫提娜實在無法去想像她落在一個性侵犯手中的畫面。「兩個女孩的父親呢？」她問。

「我們透過電話問過他了，他住在莫斯科。」

瓦倫提娜擱在大腿上的雙拳緊握。「但沒有當面問過嗎？」她說。「你跟他交談時，他聽起來怎麼樣？」

「跟你可以想像的一樣，」里亞霍夫斯基說。「就很難過。」

難過，警察是這麼說。所有人覺得他應該要傷心，而他也確實傷心，卻不願意回來幫忙尋找他的女兒。瓦倫提娜感覺她的胸口充滿了肯定的預感。她總是有辦法知道真相為何，也會在發現不對勁時打斷別人。「尼可萊．里亞霍夫斯基，別翻了，就是這樣。兩個女孩是跟著父親離開了。」

里亞霍夫斯基看向她。「沒有任何人表示看到那位父親，也沒有他的出入紀錄。」

「你不知道假造紀錄或不讓人看到有多容易嗎？這個男人的影響力有多大？」里亞霍夫斯基現在有注意聽了。從他瞇起雙眼的反應，她知道他被勾起了興趣。「他們的母親為黨工作，」瓦倫提娜說，「你知道這件事，對吧？有這種人脈連結的孩子不會就這樣消失。但若她們的父親跟更有權勢的人來往……」

「他是工程師。」里亞霍夫斯基說。

「一名住在莫斯科的工程師，」她說，「那他可有錢了。那裡所有人都是有關係的，而且他原本就住在堪察加，完全知道要買通這裡的誰。他很可能那天下午把女孩用車載走，然後直接開進車庫，安排了離開半島的船，或者私人飛機。」

警察的聲音變得低沉、專注。「這些貪腐的傢伙。」

「其他的不說，」瓦倫提娜說，「遇到這麼大的犯罪事件，光是一直保持沉默就很不尋常。你親眼看過那些直接決定閉嘴的人，這種人通常都是被錢收買了。」

「這座城市中有人知道些內情，」里亞霍夫斯基說，「我一直都跟警司這麼說。那位父親……」

「就是這樣沒錯，」瓦倫提娜說，「你說得沒錯，一定有人知情。查查看父親在莫斯科的朋友，從最高層的人開始查，就是有權力搞出綁架這種事的人。這樣你就能找到那兩個女孩了。她們就在父親家裡。」

警察的雙眼緊盯著她。即便是現在想起他的眼神也讓她內心湧起一陣暖流。她的丈夫只是從辦公室帶了一些小道消息回來，瓦倫提娜卻是真正影響了調查的方向。這件事足以再次提醒她：她可是在職場及家庭中掌控一切的人，她是有權力的人。

等到今晚回到鄉間小屋後，她會接到來自警察的回報電話。那對姊妹會被找到，她的同事會對她讚嘆有加。在她想像的未來中，瓦倫提娜看到自己的胸口乾淨無比，沒有腫疱。

她將注意力集中在這個畫面上。一切將回到正軌。肌膚上不會再有任何汙點，只留下一個極小極小的疤，而且到明年夏天就差不多淡到看不見了。那些文件逐漸被她的手汗浸溼，乳膠墊因為她的體重往下凹陷。她練習著告訴自己：一切都會沒事的。

終於有人敲門，她眼前那個走上正軌的世界瞬間粉碎。「請進。」瓦倫提娜高聲回應，醫生開門走進來。

「午安。」醫生說完後轉向空蕩蕩的桌面及鎖上的櫥櫃。「脫下衣服，全部脫掉。」

瓦倫提娜把手上的紙張捏得更緊，紙張邊角都已被汗水浸軟。她站起身，把資料放回提袋，拉上拉鍊。瓦倫提娜本來就因為撕掉繃帶而感覺赤裸，現在更是要真正脫去衣物。她扯下靴子和襪子，跟提袋一起收進角落，然後把外套跟圍巾疊上去。接著是她的毛衣、上衣和長褲。她背對著沉默的醫生。越快脫完就能越快結束，她也能越快離開。她解開胸罩，棉麻材質的溫度滲入手掌。她迅速脫下內褲，用胸罩把內褲裹成一小包，放在那一堆個人衣物最頂端。

她往後退一步，坐上檢查床，現在摩擦著墊子的是她的肌膚。

瓦倫提娜就定位之後，醫生轉過身來。她身穿白色醫生袍，頭髮上罩著藍色帽子。「沒人跟你來嗎？」她問。瓦倫提娜搖頭。「你也沒帶乾淨衣物來？長袍之類的？好吧，沒關係，」醫生說，「這不重要。」

醫生靠得很近，她們可以聞到彼此的味道：醫生散發的是抗菌溼巾的刺鼻氣味、循環空氣的冰涼味道，另外還隱約透出一種護唇膏的打蠟水果味，而瓦倫提娜則因為緊張散發滿身溼滑的汗味。瓦倫提娜沒吃午餐，現在的她就跟漂浮在海面的盒子一樣空。醫生彎腰檢查那個腫疱，用乾燥的手指碰了碰，接著觸診瓦倫提娜的脖子、下巴和耳朵。她觸碰了瓦倫提娜的整片胸口，還花了很長的時間按壓她的右側腋下。

「怎麼了嗎？」瓦倫提娜問。

「我們還無法確定。」

瓦倫提娜仔細觀察醫生的臉，想知道她是否在說謊。「帕普可夫醫生說很嚴重。」

「誰？」

「我的醫生，『醫療線診所』的醫生，是他要我來這裡的。」

醫生站直身體。拱著背的瓦倫提娜還是比她高一些。醫生的嘴唇是粉色，雙頰寬闊，看起來就像長著一張「蘋果臉」，跟她指尖傳遞出的堅決觸感不同。「他說得沒錯。我們得把腫疱拿掉，」她說：「跟我來。」瓦倫提娜將自己推下檢查床，走向放在角落的衣服。

醫生說，「不行，我們得保持無菌狀態。東西留下。」

但瓦倫提娜從鬆弛的脖子到凍僵的腳都完全暴露著，就連腫疱、乳房跟陰毛也一樣。這可不是在臥室或什麼浴池，連她丈夫都沒看過這樣的她：光著身體站在日光燈管下，全身因汗水而鹹味四溢，體內充塞著癌症——不能說沒有可能。現在的她就是地區醫院內的一名赤裸病患。

當初是經過幾道門才走進這個診間呢？她已經想不起來了。她想要那個原住民護理師回來，當時她至少還把自己當個人看待。樓下的男人們也有被帶去檢查室嗎？那些圓滾滾又黃疸的男人就坐在外面嗎？

「我有聽錯嗎？我聽錯了吧。」瓦倫提娜說。她的牙齒不停打顫。

「必須保持無菌狀態，但你又沒帶袍子來。反正只有一、兩公尺的距離，」醫生說，「來吧。」她對瓦倫提娜的身體已無話可說，只想繼續手上的工作。

瓦倫提娜可沒打算就這樣放棄。「我難道不該……」

醫生打開門。

「我應該帶上我的外套。」瓦倫提娜說。

醫生搖搖頭。「現在不是在意體不體面的時候了，你得去手術室。」

全身赤裸的瓦倫提娜跟著醫生走進排滿紅色垃圾桶的短通道，若直直往前走就會進入那座大廳。大廳剛剛空蕩蕩的，但現在可能出現任何人事物。不過她們沒有直走，而是左轉朝向一道雙開門走去。瓦倫提娜的身分證、現金、鑰匙還有衣物等物品全留在剛剛那個診間。她用雙臂遮住胸口，但氣流還是掃過她的屁股和大腿。醫生完全沒管她。

瓦倫提娜盡可能振作起來。只需要走兩公尺就好。她腳下的通道地板感覺有很多碎屑，之前一定有很多髒兮兮的身體走過。她認識的其他所有人就是這樣走去手術室的嗎？赤裸著身體？全身凍僵？面對幾乎毫無慈悲心可言的醫師權威？就連瓦倫提娜的奶奶都死得比較有尊嚴。

她緊抓住雙臂，用力捏著手臂上的肌肉，想阻止自己繼續想下去。死了。沒死。對，她奶奶是死了，但瓦倫提娜還活著，她有一份工作，有個家庭，有尚待完成的家務事，還有必須回覆的電話。她把所有事都做對了，悲劇只該發生在其他人身上。

但此刻她正要前往手術室。她最小的腳趾因年紀而扭曲。瓦倫提娜還小時，母親教她在室內要穿拖鞋……為了保持屋內潔淨，也為了確保安全。母親總是警告她，寒氣會從腳一路蔓延到身體其他部分，而女生就是這樣才會不孕。瓦倫提娜也這麼警告黛安娜，同時要求她提防陌生人，並教導她如何正確經營友誼。家庭比什麼都重要，瓦倫提娜說，但冷冰冰的腳或許不再是問題了。

距離那道雙開門只有一公尺了。走在她身旁的醫生沒說話。帶領她們前往手術室的通道排滿了紅色垃圾桶，其中裝著……裝著什麼？血？紗布？被切除的增生物？桶子內很可能裝著身體殘塊，裝著那些遭到拋棄的夢魘。瓦倫提娜壓低視線，望向地板。有一種像是泥土、垃圾及死亡的濃重動物氣味瀰漫在她的臉上，在她光裸的肌膚上。她不該受到這種對待，她毫無準備。被恐懼攫住的她再次望向那排蓋著的桶子，腦中想像其中的那些臟器。

她的雙腳讓她往前移動，她不知怎地仍有辦法行走。她的私人診所醫生、那位嚴肅的護士，以及這位醫生一路指引她朝這裡走，朝長得一模一樣的兩扇門走，所以她繼續走，並不停告訴自己這是她必須做的事。她們已經走到通道末端，醫生把雙手搭到門上。「瓦倫提娜·尼可雷夫納，」她說。瓦倫提娜抬眼，看到醫生的圓臉上出現了一絲和善。「別擔心，他們會讓你失去知覺。」

醫生把門推開。瓦倫提娜發現有一組陌生人正穿戴著手套、手術袍和口罩在那裡等著。她的人生已被遺留在身後某處。

「去吧。」醫生說。

瓦倫提娜好冷。通道上的那股氣味已深入她的舌頭，她可以嚐到土味和血味。一小時就會結束了，她心想。一切都會沒事的，她心想。一定會沒事。必須要沒事。之後不會再有腫疱，不會再有癌症，就算這個腫疱真是癌症，也一定會被連根拔除。她告訴自己，一切很快就會過去了。

她心想，結束之後，我不會讓任何人知道發生了什麼事。我不會告訴辦公室的人，也不會告訴警察、丈夫，和女兒。我回去時就會是原本那個女人。

十二月

克賽莎從小就對舞者略知一二——她在埃索長大，每次放短假時都會去看舞團表演——但她本人對成為舞者沒什麼興趣，直到同村的表妹也來城裡之後，克賽莎才出現了與之前不同的渴望。這位表妹名叫艾莉薩，她跟克賽莎進入彼得羅巴甫洛夫斯克的同一所大學就讀時，克賽莎正要升上大四。為了在這座城市中過得安全，她們母親認為這對表姊妹該住在一起。兩個女孩於是在城市丘陵地帶的山腳下租了帶一間臥房的公寓，把所有家當搬了進去：克賽莎的行李非常整潔，是從小小的宿舍中搬過來的；艾莉薩的行李卻布滿灰塵，因為她是從家裡往南搭了十二小時公車才抵達此處。

兩人的不同不只展現於行李箱的狀態。艾莉薩只有十七歲，她有張可愛的臉龐，黑色頭髮挑染了橘黃色。她進大學讀的是哲學，而克賽莎讀的是會計。上學的第一週，艾莉薩認識的人跟得知的八卦就比克賽莎三年來累積的還多。有時艾莉薩還在外面熬夜玩樂到很晚。就連整座城市都貼滿失蹤兒童海報的八月，艾莉薩都選擇視而不見，甚至有一、兩次徹夜未歸。

「我不喜歡她這樣。」魯斯蘭說。

他還在埃索的老家。自從克賽莎到外地讀書後，她和魯斯蘭已經發展出一種相處的默契。他們每天早上都會講電話，晚上也一樣，到了每個月底，他還會開長途車去找她。為了能夠和諧相處，也為了監督克賽莎，他們一直維持這種相處節奏。自從她搬到彼得羅巴甫洛夫斯克之後，他就不停提醒她「女孩子有多容易失蹤」。自從戈洛索夫斯卡亞家姊妹失蹤的消息往北穿越了三百公里，傳到他們以前一起住的村中，他就更殷勤地警告了。而現在魯斯蘭知道了她表妹的社交生活風格後，更是多了個必須擔心的理由。

「艾莉薩是值得信任的人，你了解她。」克賽莎對手機說。她身穿睡衣待在家裡，公寓窗外仍未陽光普照，但她已開始穿灰色運動褲和海軍藍背心了。當時是九月初，秋季學期都還沒開始，他就在找麻煩。

「艾莉薩總是少根筋，或許她已經在城裡玩瘋了。」他說。

「她沒有，她只是朋友很多。」

「她現在人在外面嗎？」

克賽莎沒說話。

「你人在哪？」魯斯蘭問。

「我在家，」她說。「剛剛就跟你說了。」電話中傳來他的粗重鼻息。她走去微波爐旁邊，設定了一秒鐘，讓它發出聲音。「聽到了吧？」她在微波爐嗶嗶叫時說。

「好吧。」他冷靜下來。微波爐、電視，或者克賽莎的吉他聲，都是現在可以讓他安心的家居聲響。之前克賽莎在宿舍時，他是透過室友的說話聲來確認。而在學年正式開始前，新公寓內又空蕩蕩時，克賽莎曾嘗試讓艾莉薩來向魯斯蘭證明自己在家，但魯斯蘭從不相信艾莉薩的話。「有別人在嗎？」他總愛問。「有別人在嗎？有別人在嗎？」所以克賽莎必須想辦法用其他方式證明自己不在任何「犯罪現場」。

* * *

九月中時，艾莉薩決定加入大學舞團。她已經去練過一次舞，而且喜歡到認為兩人該一起參加。那是一個小型舞團，遠遠搆不上職業水準，主要就是在國內巡演，去一些擠滿人的表演廳中表演堪察加當地的民俗舞蹈。整體來說更像一個「地方性小舞隊」，總之是以好玩為主。「我們需要參加這個，」艾莉薩不停說服克賽莎。這能讓兩人有更多時間相處，也能藉此發揚她們的文化根源。「也能讓你不要每天下午都待在公寓裡。」

「我不會跳舞呀。」克賽莎說。她們正在廚房等湯燉好，整個空間彌漫著加熱包心菜、酸模、鹽味奶油和雞高湯的味道。

「你一定會，」艾莉薩說，「就算不會也沒關係呀。你就混在大家當中，看起來美美的就好。」她用雙掌捧住克賽莎的臉頰。「瞧瞧你，克賽莎，你長得就像個明星。」

克賽莎往後退開。「別開我玩笑了。」克賽莎長得像兩人的外婆，她是純種鄂溫人，骨架粗大、眼皮厚重、眉毛很淡，鼻尖上翹。她的臉太「原住民」了，她自己清楚，屁股也大得根本不可能當什麼明星。

「我沒開玩笑。」克賽莎搖頭時，艾莉薩也跟著把頭搖不停，還在熱氣蒸騰的廚房內一邊點頭一邊揮舞起雙手。

「我不知道，」克賽莎說，「我不想。」但她臉上還是不禁露出微笑。

「你是不知道，還是不想？」艾莉薩不停向她招手，她的手指像小魚一般纖細。

「我不擅長那種事。」

「我也不擅長呀！」這是謊話──艾莉薩小時候就曾在她們村裡一個舞團跳過舞，對那些老舞步非常熟悉。不過話一旦說出口，艾莉薩就不會放棄，她這人向來不讓步。

克賽莎只能用一個鬼臉回應。「別胡鬧啦。」她說，但她其實很喜歡這樣，她喜歡艾莉薩固執的身體語言，還有那雙瘦巴巴又快速舞動的手臂。

「這個舞團的成員都是學生，沒什麼特別的呀。來嘛，你就試試看嘛。」

正拿起湯勺的克賽莎跟著表妹的動作不停點頭。讀了三年大學──每堂課都是管理學或統計學，每天下午都在寫作業，學期末則是靠著口試高分確保自己能繼續拿到獎學金，而讓她開心的一切全必須仰賴在埃索度過的暑假、在埃索度過的寒假，還有每個月魯斯蘭開車來找她的那一個週末時光──其實克賽莎不會反對來點不一樣的體驗。不過，她還是說，「我不會去的。」

「瞧你頭點成這樣，你根本已經答應了。」

艾莉薩就這樣改變了她：不是透過出遊邀請，而是她帶回家的渾身喜悅。「魯斯蘭不會讓我去的。」克賽莎以此作為最後的抗議。但看到艾莉薩嘴唇一歪，克賽莎就知道：她說溜嘴了。

＊＊＊

他是她此生唯一的初戀。每天晚上，克賽莎都會想著他的一切入睡：他說話的音質中有種粗糙感、肌肉線條非常緊實、肚臍底下長毛，還有眼皮上逐漸加深的一條條皺褶。魯斯蘭比克賽莎年長七歲，以前總會來家裡跟她哥哥奇嘉一起打電動，而她就坐在兩人身後盯著魯斯蘭的背，也盯著他在鬆垮T恤上方晒傷的脖子。她以前總夢想自己只要長得夠大就能吻他，而現在她夠大了，也確實吻過了，簡直就是夢想成真。

隔週五魯斯蘭來看她，她在日式軟地墊上緊抱著他。艾莉薩當天晚上回到公寓，解開帆布鞋的鞋帶，直接略過這對情侶走入臥房。她把外面的衣服換下時沒關緊房門。「克賽莎有跟你說跳舞的事嗎？」

魯斯蘭低頭望向克賽莎，他的嘴唇已經因為預期聽到壞消息而緊抿。

艾莉薩穿著內搭褲走出來。「我們有個大學舞團，」她的聲音蓋過了兩人正在看的電視節目。「現在打算召募更多女生。她不就是個完美人選嗎？」

「她又不會跳舞。」魯斯蘭說。

「噢，她沒問題啦，」艾莉薩說。「反正人去就行了。參加這個舞團不必有什麼特殊才藝，誰來他們都收。」

他一臉不屑。「我可不記得有什麼大學舞團。」他說——他曾在這座城市讀過幾年大學，當時他還沒和克賽莎開始約會，只是奇嘉打電動的夥伴，而她還只是個高中女生。儘管沒讀完大學，魯斯蘭仍在埃索當地的公共機關找到一份體面的工作，負責管理村中的廢水管，以及整修跨越村中各條河道的朽爛木橋。比起魯斯蘭年輕的時候，克賽莎的爸媽因此更欣賞他了。

「這個團體已經成立一陣子，但不是給白人孩子參加的，」艾莉薩說，「或許你是因為這樣才沒聽說。」

「艾莉薩。」克賽莎阻止她。

「他又不在意。」

「所以是那種團體，」他說，「打獸皮鼓的那種。」他捏了捏克賽莎的肩膀，然後放開她，站起身。「你覺得他們不可能收我？」

「除非你晒出一身超好看的古銅色皮膚。」艾莉薩說。

他蹲下，雙臂往前伸。「就算我讓他們看過我的能耐也不行嗎？嘿！」他大力跺著腳往前踏，模仿他從小看到大的舞步。他用一隻拳頭假裝握著一把手鼓的提帶，另一隻手大幅度揮動，假裝正在敲擊鼓面。

艾莉薩朝他的方向躍去。她的雙手高舉，身體原地扭轉，頭滑向一側，肩膀滑向另一側，身體隨之傾斜延伸，臀部搖擺，雙膝也跟著擺動，她的腳跟抬高，但雙腿仍和諧地支撐在地面。她高聲吶喊，魯斯蘭則在一旁繼續跺腳前進，胡亂高唱著自己發明的鄂溫語，克賽莎笑了，因為知道他們想要她笑，但其實這兩人的動作讓她心中一陣騷亂。在這個畫面中，魯斯蘭強壯又結實，下巴有著古銅色鬍碴，而艾莉薩的節奏跟他完全同步。他們根本是天生一對。

克賽莎伸手抓住表妹艾莉薩的手肘，這個阻止的手勢沒有一絲猶豫。「舞團是這樣的嗎？」

「差不多吧，」艾莉薩撲通一聲坐在日式軟地墊上。「到時候就知道了。」艾莉薩抬眼望向魯斯蘭。「除非她不能去？」

他挺直背脊。「這話什麼意思？」

「我猜你可能不會讓她去。」克賽莎瞪著表妹，但艾莉薩拒絕把眼神從魯斯蘭臉上移開。

「我們之間的關係不是這樣，」他說，然後問克賽莎，「你想加入這不知哪來的舞團嗎？」

她不知所措又緊張，努力想猜測他眼睛下方的紅潮代表什麼意思。「我不知道，我以為你可能會……我覺得這有可能是個跟外界保持聯繫的好方法，也能讓我不至於忘記家鄉。」

「你還需要有人幫忙，才有辦法不忘記家鄉嗎？」他說。「操，要去就去吧。我又算老幾？你的老爸嗎？難道我之前有規定你該怎麼過日子嗎？」

* * *

每個週一、四和五的下午，這個舞團都會在大學的音樂教室聚會。克賽莎在第一次練舞後向魯斯蘭報告了心得：「還不錯，有點尷尬。」艾莉薩要求所有人跟克賽莎握手。舞團中有些人跟這對表姊妹一樣在師範學院讀書，但還有一些人讀的是山丘上的科技大學，另外還有個男孩是十年級的高中生。

「舞團裡有幾個男的？」魯斯蘭問。

克賽莎不知道精確數字。「一半一半吧。」她說。所有人都是原住民：鄂溫人、科里亞克人、伊捷爾緬人，還有楚科奇人。大家都是黑髮棕眼。

「自己小心一點，」魯斯蘭說，「他們一定都很想跟我的原住民女王一起跳舞。」

他是唯一可以這樣鬧她的白人，畢竟他跟她全家人一起長大。她在艾莉薩的年紀來到城裡，第一個星期內就有兩個同學嘲笑她，其中一人在上課前問她，「你從哪裡來？」而就在她開始解釋自己「來自埃索」時，另一個同學小聲地說「就是被麋鹿養大的」。然後他們一起笑了。

她感覺大受羞辱，沉默地坐了一陣子，才將手指按上臉頰，在熱燙肌膚上留下一個個冰涼的圓圈印子。

她是個在高中時因為學業表現傑出拿過金牌的人，而且還在大學的會計學程中拿到了獎助金資格，卻這樣被嘲笑了。只因為她說話的方式，只因為她句子中的抑揚頓挫太過跳躍，讓她聽起來就是個北方人，所以這些城市孩子立刻就認出她的身分。他們討論她的方式彷彿她是在獸群中生活一樣。

在老家的時候，沒人把克賽莎及她的哥哥當作未來的銀行家或攝影師看待，對大家來說，他們就是放牧人的孩子。她家是埃索眾多的肉類及皮毛的供應商之一。她的祖父母和父親終年都跟動物一起住在苔原上，母親則會和她及奇嘉一直在埃索待到學期結束，然後再一起回到荒野。克賽莎小時候沒享受過學校放假的時光，因為家裡的其他人會把她拖去空曠的放牧地工作，而此時村裡的白人孩子能去街上踢足球，並在下雨時躲進有屋頂的地方。夏天的埃索很美，村舍會被重新漆上紅、黃、藍的原色，園圃中長滿蔬果，河水漲得很高，而圍繞村莊的山巒色調會因為濃密樹葉顯得厚重。克賽莎一直到十七歲才有機會欣賞到這種景致。在此之前，她的暑假全得奉獻給放牧工作：她會在馬背上騎上好幾公里，雙腿跟背都痠痛不已；蚊子會鑽進她的衣服底下，讓她的皮膚因為自己的血而布滿紅點；她還得在凍人的河水中快速洗澡；奇嘉會一直鬧她；母親對什麼都厭憎不休；奶奶總在罵人；男人們為了去年該靠屠宰動物賺到卻沒賺到的錢爭論，又為了今年該還的債務爭吵不休。在這段期間，克賽莎總是渴望能讀上一本書、聽一首流行歌，或者看一齣電視劇，什麼都好，只要能別再面對眼前這片單調無聊的景致就好，她受夠這些草呀山丘呀灌木叢呀鹿角呀還有地平線了，也受夠在他們再次回家之前的每天、每週、每月的無論早餐、午餐、晚餐，都會因為吃麋鹿肉而留在口中的濃重金屬味。

實在髒到不行。人的感官都會變得遲鈍。放牧營地非常臭，充滿了煙、肉，還有黴的氣味，而這樣的味道竟不知怎地一路跟隨她來到城裡。

但至少她還擁有魯斯蘭，其他什麼都不重要了。克賽莎每天都在等他傳簡訊來，沒上課的時候，她跟其他同學的距離越來越遠，一心只等著那通長達兩小時的電話，就連睡覺時也是想著他入睡。他熟悉她的外表、聲音和氣味，不會有人像他那樣愛著自己了。

* * *

舞團總監名叫瑪格麗塔．安納托列夫納。她是個矮小的科里亞克人，平常總是用頭巾將頭髮往後固定起來。她教的都是傳統舞蹈，也把所有人當成過著傳統生活的人在指導。她把放牧舞用的皮索發給男生，而當他們又蹲又踢又在空中揮動皮索時，她會用比音樂還大的聲音吼叫，「揮高一點！你們這樣是要怎麼套到鹿？」在苔原上時，克賽莎的父親、叔叔還有爺爺都曾走入數千頭動物狂亂奔馳的獸群中，也曾逮過奔跑中的公牛，或者將掙扎的動物壓制在地。不過這些跳舞的男孩當中，有些人根本沒用皮索套住過任何動物，練習時也只是任由那些皮帶子軟趴趴地從手中垂下。果然是城市人呀，克賽莎的爸爸看到一定會這麼說。

但不是所有人都這樣。除了艾莉薩之外，還有幾個女孩是來自埃索附近的聚落。有一位名叫錢德的研究生來自極北方的帕拉納[5]，那裡距離鄂霍次克海不遠——克賽莎的哥哥就是在

5帕拉納（Palana）建於一九六二年，在堪察加半島西部，距離鄂霍次克海只有八公里，是俄羅斯堪察加邊疆區科里亞克區的首府。二〇一〇年調查的人口約三千人左右。

當地的捕魚營地遇見現任女友。有個在技術大學讀書的男生大老遠從阿查瓦亞姆[6]而來。他的臉很扁，總是好像在皺眉的模樣。他幾乎不說話，克賽莎也就聽不出他的口音。

跟舞團在一起的時光非常迷人，但也很糟。自從克賽莎搬進城裡，這是她第一次能跟魯斯蘭談一些課堂以外的事，即便不過是跟「某位高中生」或「假皮索」有關的話題，確實還是挺有趣的。她會在練習時站在艾莉薩身後，專心確保自己的動作和她一致：雙腿併攏、腳趾抓地、腳跟抬高、雙膝彎曲。無論音樂、錄製的鼓聲，還是口簧琴都有點太大聲了，瑪格麗塔．安納托列夫納又不停大叫著確保大家跟上節拍。穿著牛仔褲及針織毛衣的克賽莎跳著舞，整個人慢慢掉出思緒之外，沉浸入自己的身體，沉浸入自己的呼吸、肌肉，還有血液的湧動。而在她前方，艾莉薩陽光色的髮絲隨節拍掃動。

不過，這個舞團也吞沒了她原本簡單規律的生活，讓一切複雜起來。瑪格麗塔．安納托列夫納有一項不得分心的規定，所以每次練習時克賽莎都得將手機留在包包裡。前幾週時，克賽莎只要重新拿起手機，都會看到螢幕上塞滿訊息。你在做什麼？有要事。如果你不回我的話……

她實在很難忽視魯斯蘭的簡訊，很難不向他報平安，也很難在打擊樂透過音箱響起時將腦海中的他抹消，然後在音樂關掉後才讓他重新現身。她很難控制身體的動作——瑪格麗塔．安納托列夫納向女孩們示範如何雙膝跪地、身體後彎、脊椎上拱，直到馬尾都能掃到小腿骨為止。而當男孩們努力讓敲打出的鼓聲一致時，瑪格麗塔．安納托列夫納則不停吼著要他們認真一點。到了晚上，克賽莎和艾莉薩會在臥房內練習左右搖動屁股的舞姿。

就連嘗試交朋友都很難。艾莉薩似乎一直很懂得處理友情，但克賽莎不記得自己好好嘗試過。在這個世界裡，克賽莎關心的所有其他人，都是打從小時候就認識的人。

不過她還是喜歡這些舞者，儘管大家對世界的認知各有落差——他們當中有些人從未接近過任何一頭野生動物，另外還有些人在進大學前沒見過公共公車。無論如何，跟她這些年來在彼得羅巴甫洛夫斯克認識的人相比，這些人讓她覺得更親近。相對於白人孩子而言，她更容易理解這些人。她也喜歡瑪格麗塔・安納托列夫納，她會鼓勵他們像幼鳥索求食物一樣啾啾叫。這種描述要是出自任何其他人之口，聽起來可能都很荒唐，但瑪格麗塔・安納托列夫納說起來卻絲毫不顯愚蠢。這些舞都有一些古老的名字，全都跟多神教信仰有關，所以瑪格麗塔・安納托列夫納教他們如何以多神教的精神舞動，也就是得讓自己看起來像條魚，她說，把你的手臂往後伸，扭動，撐開你的喉頭，撐得更開、更開，然後吞下海水。

＊＊＊

克賽莎跳雙人舞步的舞伴是錢德，也就是來自帕拉納的那位研究生。他在所有男孩中看起來最厲害。他很聰明，以古西伯利亞語言家族為題的論文拿到了博士學位，而且總是非常專心聆聽總監下的指示。他長得很高，動作靈活。第一次練習時，艾莉薩將克賽莎的手塞進所有其他人手中，其中曾有幾個孩子試著跟她調情。「你們家族中所有人都長那麼好看嗎？」有個人這麼說。不過錢德只是問了她從哪裡來，然後歡迎她的加入。

---

6 阿查瓦亞姆（Achavayam）是一個以楚科奇人為主的小村莊，位於堪察加半島東北部。

艾莉薩的舞伴則是那位來自阿查瓦亞姆的學生。他們似乎完全合不來，因為男方容易緊張，又沉默寡言，而艾莉薩非常愛講話，甚至為了能用更多語言跟別人交流學了德文和英文。有時她會把小時學過的舞步混入現在的舞步中，他發現後就會開始跟她爭論，而每當他提出一項批評，艾莉薩就會丟出三個論點反駁。艾莉薩說她完全受不了他，但克賽莎覺得不是這樣。艾莉薩其實受寵若驚，因為竟有人以如此純潔的心態關注自己。

儘管如此，克賽莎還是不會想跟艾莉薩的舞伴跳舞，因為他那雙細細的眼睛非常銳利，嘴巴也總是挑剔個不停。相反地，錢德總是能帶領她。在其中一支舞中，女孩們站著，男孩跪在她們面前。他們彎身接近彼此，接著女孩的手彷彿抓住空氣繩索般將舞伴拉到她們腰際。隨著播放音樂的每一分鐘過去，錢德臉上始終掛著兩人初次見面時那種安然自若的神情，無論是光滑的額頭、挺直的眉毛，還是高高翹起的下巴都波瀾不驚。某次他們將這組舞步練了好幾次後，他起身，穿著牛仔褲的膝頭因為灰塵白了一片，然後說，「你進步很多，克賽莎。」她是真的因為那組舞步喘到不行，但也同意他說的話。

* * *

「跟我說說今天過得如何吧。」魯斯蘭說。

一片黑暗中的克賽莎躺在床被底下。她把手機平衡在臉頰上，雙手擱在腹部的小丘頂端。房間對面的表妹床上空蕩無人。「很瘋狂，」她說，「瑪格麗塔．安納托列夫納對著艾莉薩大吼，有那麼一秒，我以為艾莉薩要吼回去了。她臉上有那種表情。」其實，圍繞著克賽莎的城市中充滿了勢必會激怒魯斯蘭的事物：幾星期前有兩個小女孩在海岸線邊消失、她們的學校大頭照被貼在大學的布告欄上、民間搜索隊爬上山丘，還有街上警察把她當成必須為此罪行負責的深色皮膚壞人一樣看待。克賽莎想讓魯斯蘭覺得自己很安全，也希望爸媽和哥哥這麼想，所以打電話給他們時幾乎報喜不報憂。最好別說什麼會讓他們擔心的事吧。結果最後聊的不是校園生活，就是跳舞。

＊＊＊

從下課到開始練舞前的休息時間有一個半小時。艾莉薩和舞團的一些人會利用這段時間去咖啡廳，大家在那裡一起吃片蛋糕或共享一壺紅茶，但克賽莎無法負擔這項開銷。而且她跟魯斯蘭有個默契，就是兩人去哪裡都會讓對方知道，而和其他人一起去咖啡廳會讓魯斯蘭問個不停。所以她乾脆提早到練習室，坐在外面寫功課，等瑪格麗塔・安納托列夫納帶鑰匙來開門。

某個十月的星期四，錢德也提早到了。克賽莎看見兩條穿著運動長褲的腿出現在課本前方，抬頭發現他站在那裡。「你在讀什麼？」他問。

「沒什麼。」她說。

他坐在她旁邊，將修長的身體收攏起來，包包放在兩人中間。他伸手拿她的課本。「這可不是沒什麼，」他翻閱著，「是經濟學。」他把書遞回去，拿出自己的筆記本，開始做自己的事。

＊＊＊

錢德來自一個捕魚的家庭。在他的家鄉，人們會在冬天捕海豹，春天捕綠青鱈，夏天捕比目魚，秋天捕蟹。「就是安納托列夫納口中的那種傳統生活。」他說。

克賽莎從沒嚐過蟹肉。錢德將頭靠在走廊的磁磚牆上。他們一如往常地在上鎖的練習室外頭等著。「下次我回老家，」他說，「帶點蟹肉來給你。」

她從沒交過像他這樣的朋友。跟她成長時期的朋友及課堂上的陌生同學相比，和他相處起來很舒服，很乾脆。錢德是這些人中的例外。

他在練舞時對其他人很友善。瑪格麗塔・安納托列夫納特別喜歡他。她總會在糾正別人時毫不猶豫地大吼大叫，但面對他時輕言軟語。不過除了克賽莎之外，他在舞團中似乎沒跟誰特別親近。每當瑪格麗塔・安納托列夫納開始播放牧舞的音樂時，他就會瞄向克賽莎，舉高皮索，他知道這樣會惹惱克賽莎，也知道她會因此笑出來。在這樣的時刻，她心想：我們是朋友！每想及此的她總是既驚訝又安心。

她很期待能嚐嚐蟹肉的味道。她請錢德多說一些有關帕拉納的事情：他希望自己還住在那裡嗎？他的家人來過彼得羅巴甫洛夫斯克嗎？他見過她哥哥的女友嗎？答案是沒有、沒有，還是沒有，錢德說，但為了不感覺太冷淡，他又補充了一些童年的小故事。他描述了一個距離埃索北方四百公里的地方，那裡的人口規模遠遠比不上彼得羅巴甫洛夫斯克，但公寓大樓卻蓋得跟這裡一樣高。那裡冬天時會被徹底冰封，還有一條直通大海的多風大道。那個小鎮的科里亞克語名字是皮林林，他告訴她，意思是「有一座瀑布」。跟她從小聽到祖父母說的鄂溫語相比，他的語言的發音位置在喉嚨的更深處。當她嘗試發出他語言中的母音時，他微微一笑。

他也跟她聊起埃索。唯一從帕拉納往南延伸的陸路是一條只有在一月到三月可通行的雪道，不過錢德還是去過克賽莎的村莊十幾次，因為他為了往返帕拉納和彼得羅巴甫洛夫斯克時搭的飛機常因為壞天氣降落在埃索的小機場。為了等風暴過去，錢德會在她的村莊待上幾天。她給他看了一張哥哥拍的老家照片，他雙手捧住她的手機，用兩隻拇指放大照片，雙眼緊盯螢幕。走廊很溫暖，他們兩人都坐在自己的外套上。

「我看過這棟房子，」他說，「你們有養貓嗎？」

克賽莎稍微瞇起眼看他。「以前有。」

「一隻黑白貓？印象中是這樣。」

她瞬間往後退開。「沒有，你果然沒看過我們家。」她是為了測試他才這麼說。

「真的有。」無懈可擊。所有博士生都這樣嗎？他點了一下螢幕，讓照片縮為一般尺寸。「是一棟有黑白貓坐在籬笆上的藍房子。」

「還有我在裡面。」

「還有一個克賽莎在裡面。」

她讓他繼續滑看手機中的其他相片，並一張張為他解釋。「這是我母親，她在廚房裡做晚餐……她不喜歡這張照片。她基本上就是不喜歡被拍照。她不覺得自己漂亮。」錢德搖搖頭，以此沉默地反對這個說法，克賽莎再次對他的得體心存感激。那張照片只呈現出她母親的側臉，因此若是義正詞嚴地反對這個說法又太過頭了。她又滑到下一張照片。「這也是我家，同一天晚上拍的，就是她煮的那頓晚餐。」錢德仔細看了那些食物、家具，然後才滑到下一張。「這是魯斯蘭。」她說。

照片中的魯斯蘭穿著白色內衣，靠她的相機很近，臉上似笑非笑。她是跨坐在他的大腿上拍下這張照片的。她希望錢德沒看出來。熱氣襲上臉頰，她努力想裝作沒看過這張照片。

「他很帥。」錢德說。

又是一個合宜的回應，緊張的感受消失無蹤。「他是很帥。」兩人就這樣一直翻看照片，直到瑪格麗塔．安納托列夫納走到兩人面前，手上拿著練習室的鑰匙。

＊＊＊

錢德也和一個俄羅斯人約過會，對方是白人女孩。當時他在城市裡讀碩士研究所，兩人在一起四年。「我那時候很愛她。」他說。克賽莎看著他面對自己的側臉，也看著他的下巴線條、高顴骨，以及線條堅挺的鼻子。「不過她很固執，我們會吵架——她比我早一年讀完大學，拿到了國際關係的學位，然後想離開堪察加去工作，但我想……」

「尼米蘭。」她說。那是錢德教她的另一個科里亞克詞彙，意思是「定下來」。他也教她如何用科里亞克語說「游牧民族」，當時是她第一次提起祖父母會帶著鹿群移動。（他也有問她一些詞彙的鄂溫語該怎麼說，但儘管她聽得懂自己家人說什麼，對於發音有信心的詞彙卻只有小學時學到的那幾個：「亞撒特坎」是女孩、「尼阿利坎」是男孩，而「亞拉格達」是謝謝你。）

錢德轉頭望向她，雙眼幽光閃爍。「沒錯，」他說，「我做不到。」聲音溫柔得像是有一隻指頭沿著她的脊椎往下輕撫。他轉頭回去面對那些磁磚，磁磚表面反射了兩人頭頂的燈光。「我本來要在畢業後搬進她的公寓，但她不停暗示這只是第一次，之後我們還會搬好幾次家。一開始是搬到彼得羅巴甫洛夫斯克，然後是喀巴羅甫斯克、然後是韓國或之類的地方，總之會是某個全新領地。我跟她說我得考慮一下。她說，好，你想花多少時間想都行，但我們結束了。我也說，好呀，你這樣說我也沒辦法。我考完最後一場考試，就回家幫我爸工作了。我們之後一個半月沒說話。夏天快結束時，我開始打電話給她，但她的手機一直沒開機。我以為她封鎖了我的號碼。」他的睫毛很直、短短的，看起來乾燥。「你知道她在哪嗎？」

「不知道。」

「澳洲。」

「澳洲！」

「對，在澳洲，」他說。「她跑去那裡當『安親寄宿生』，就是靠幫忙帶小孩換取住宿。最後是她有個朋友打電話告訴我的……我永遠忘不了那通電話的內容。她還在那裡，最後我聽說她結婚了。」

這女孩真是超越她的想像。克賽莎和魯斯蘭在她申請大學時還沒交往，若兩人那時交往了，她應該會繼續住在埃索，以遠距上課的方式入學。其實她大一的整年都想輟學，但她父母堅持要她繼續拿獎學金讀書，她也確實想以優異表現拿到學位，魯斯蘭也同意監督她的行蹤——正是因為這些原因，她才繼續待在離家這麼遠的地方。無論如何，她快畢業了，只剩一年半了。

「澳洲呀，」克賽莎說，「你想念她嗎？」

「不會，」他說，「我受夠了。」

「受夠什麼？你不打算再約會了？」

「就是那種女孩。」他的表情冷靜。他的上唇弓形曲線不明顯，皮膚底下有鬍碴根部的小小黑點。「我受夠俄羅斯人了。」

克賽莎聽她的族人說過類似的話。她將頭往後緊貼住磁磚。「你不是真心的。」

「我是。」

「哎呀，你應該是個聰明人才對呀。」

「不不不，你還沒發現不能信任他們嗎？他們對我們的關心永遠比不上對自己的關心。」克賽莎等著錢德說出那個唯一的例外：魯斯蘭。但他沒有。在她心中，魯斯蘭已從原本她打算為其辯護的男人，悄悄變成可能拋下她的人——比起她離開魯斯蘭，魯斯蘭更可能輕易離開她。不過，錢德開始講起一些跟「愛情」無關的事。「北方發生了一些事，」他說，「但沒人關注。然後同樣的事也在南方這邊發生，卻變成大新聞。還記得九八年的燃料危機嗎？我們老家有一整年完全沒有電。帕拉納那裡有人凍死。但城裡的人講得像是只不過冷了三、四個月而已，好像其他沒電的時間根本無所謂，反正沒電的又不是他們。」

克賽莎沒聽過這件事。燃料危機時的她年紀還小，幾乎回想不起什麼。「又或者是那兩個在夏天失蹤的俄羅斯女孩，」錢德說，「媒體一天到晚報導。他們不停在電視上播放警官和女孩母親的畫面，結果比起小時一起長大的鄰居，我還更認得他們的長相。但那個三年前消失的鄂溫女孩呢？誰報導了那件事？還有人想起來嗎？」

「鄂溫女孩？」克賽莎問了，「莉莉亞嗎？」

他沉默了一下。「你認識她？」

「不認識，」克賽莎說，「不太認識。她哥哥某年夏天在我們的放牧隊裡工作，就這樣而已。你怎麼會認識她？」

「我不認識她。」錢德看著克賽莎的眼神中有了一抹之前不存在的關懷，「我是那年秋天搭飛機經過埃索時聽說的。」

那個女孩消失時，克賽莎才剛上大學。她的名字是莉莉亞・所羅迪可瓦。雖然莉莉亞只比克賽莎早一年從村裡的高中畢業，兩人在老家的生活卻沒什麼交集。就連曾帶莉莉亞出去約會過幾次的奇嘉，後來都在高中時期跟她失去了聯絡。莉莉亞的成績很差。小時候雖然長得甜美可人，在大家面前也很害羞，卻有流言指出她跟男人的關係很亂。人們說莉莉亞會為了錢讓男人摸自己。埃索的男孩會在她經過時對她鬼吼鬼叫。克賽莎曾有幾次在上學日的深夜，透過臥室窗戶看到莉莉亞小小的身軀消失在村裡運動場的陰影中。

莉莉亞和克賽莎之間沒有任何共通點，但在莉莉亞不見後的幾個月，克賽莎不停遭到父母、哥哥還有魯斯蘭的警告：不要一個人出去、保護你自己、避開可能的誘惑、別跟陌生人說話。奇嘉堅稱莉莉亞已被某個嫉妒心強的追求者殺害了。也是從那時候開始，魯斯蘭第一次決定要時時刻刻跟克賽莎保持聯繫。

「你覺得她到底出了什麼事？」錢德問。

「她逃家了。」克賽莎說。

「是這樣嗎？」他說：「我聽說她沒留下隻字片語，就這樣人間蒸發了。」

「她……」克賽莎顯得猶豫，「埃索的人開始談論這件事時，我已經住在城裡的宿舍。

我無法告訴你真正發生了什麼事，但莉莉亞在家過得很不開心。她的哥哥，也就是那一季為我祖父母工作的那個人，其實是個很瘋的傢伙。她的兩個姊姊都已經為此離家。他們的父親死了，而母親……莉莉亞在那裡的生活真的沒什麼好留戀的。」她對他微笑，「說不定莉莉亞也去澳洲當『安親寄宿生』了。」

他沒跟著笑。「她是那種感覺會逃家的女孩嗎？」

「我們怎麼會知道哪種女孩會做出什麼事？」克賽莎說這話時聳聳肩，「我真的不認識她，錢德。我們應該連話都沒說過。」

「我懂了，」他說，「我只是會在看到城市新聞時想起她而已。」

「我懂，我也會。」當莉莉亞和克賽莎的住處只隔了幾個街區時，她對克賽莎而言不過是個偶爾會傳出流言的人，但自從她消失後，克賽莎有三年的人生軌跡都隨之改變。現在總是有人在確認她的行蹤，她還得在固定時間跟某人通電話。

克賽莎知道她該心懷感激。如果那女孩沒有拋棄自己原本的人生，魯斯蘭會這麼決心地守在她身邊嗎？

「村中警方一下就放棄搜索工作了，不是嗎？而現在城裡卻一天到晚派出搜索隊去找那對失蹤的姊妹。就算沒什麼新進展，人們還是不停在討論，」錢德說，「一個白人、一輛深色的車，而且就在市中心……嫌犯可能是任何人。」

錢德說得沒錯。就算是在城市裡，莉莉亞仍可能像是從未存在過一樣。這些記者報導這對姊妹的方式，就彷彿之前沒人失蹤過一樣。

但這種受人抹消的處境幾乎就是莉莉亞離開的原因。克賽莎跟莉莉亞並沒什麼相似之處，但她能懂她，她懂那種相信未來不會更好、家庭只是牢籠的心情，也懂她會因此偷偷做出迫不及待出走的逃亡計畫。克賽莎以前也有那種感受，那是在魯斯蘭選擇她之前。

錢德把雙手放在彎曲的膝頭上，他說話的聲音很低。「一個白人男性和一輛深色的車。到處都是這種人，」他說，「你懂我的意思。」她懂。錢德不是在攻擊魯斯蘭。他甚至不是在談自己的前女友。他說的是別的，是一種埋藏在更深處的共識，是一種屬於原住民的痛楚。

＊＊＊

如果沒有她，錢德和魯斯蘭會合得來嗎？他們只差一歲：魯斯蘭二十七，錢德二十六。魯斯蘭的個性比較難搞、尖銳，而錢德的學究氣比較重，不過若他們上同一間學校，或者被徵召加入同一個部隊，兩人勢必會成為朋友。就算他們一個是白人，一個是科里亞克人，而且都從未懷疑過自己的文化根源，她也相信他們會成為朋友。

＊＊＊

克賽莎沒去十一月最後一個星期五的練習，就跟上個月的最後一次練習一樣，她為了魯斯蘭的來訪待在公寓裡大掃除。艾莉薩週末時住在朋友家（「我不想聽見你們發出的噁心聲音。」她這麼說，克賽莎聽了只能尷尬地扭動身體）。克賽莎跪著刷洗浴缸底部，一旁的手機大聲放出樂音。整個空間聞起來是人工合成的柑橘味。她可以感覺到自己的膝蓋緊貼著油氈地毯，感覺到身體的重量以及流汗後的發熱。然後她突然把一切想清楚了：她很開心、真的很開心，而且比以前的任何時刻都更開心。

許多小小的喜悅在秋天匯聚在一起。現在克賽莎什麼都有了：男友、新家、好成績、才藝，還有一個朋友。

克賽莎和魯斯蘭的聊天內容和錢德不同，大多關於共同鄰居、共享回憶，還有對彼此的渴望，這一切也將兩人繼續緊緊連結在一起。每當魯斯蘭壓力大、工作進度落後，或遭主管斥責時，他就會花上大把時間挑她的毛病。你去了哪裡？跟誰去？你確定嗎？她把手上的海綿擠乾。鼻子內都是柑橘的刺鼻氣味。她不在意他總是放大一切檢視的做法，真的，因為她在他的關注下成為更好的人，但每週能有三個下午放下這一切，跟懂得同理一切的對象說出自己的心裡話，是多麼棒的事呀。

能夠同時擁有他們兩人實在太幸運了。魯斯蘭這人氣燄高張，錢德卻對她一無所求。多年來，她總是告訴自己，她擁有魯斯蘭一人就夠了——甚至可以說是富足了！但現在她修正了自己的想法，因為克賽莎在彼得羅巴甫洛夫斯克又找到了一個人。有些人總是孤獨一人、飄蕩無依，而克賽莎卻擁有兩個依靠。

魯斯蘭到她住的公寓時已經將近十一點。開車過來之前，他在埃索花了一個早上忙著用瀝青把道路鋪平。他們在日式軟地墊上做愛，他的身體活力四射。他帶來的帆布袋丟在地板上，空氣中仍有清潔液若有似無的氣味。克賽莎撫摸他，心中湧現全新的讚嘆之情。

結束之後，他說話的聲音聽起來很嚴厲。「你今天等我來時過得很好嗎？」

「我過得很棒。」

他仔細研究她的表情。「你做了什麼？」

她的手滑向他腰側，把他抱近自己的身體，再用手指撫過他肋骨的滑順線條。「沒什麼，」她說，「真的沒什麼。」

兩人都沒說話。「表演一支你學到的舞給我看。」他最後說了跟上次來訪時一樣的話，她也把臉再次埋入他的胸膛呻吟著抱怨，但還是站了起來。窗口灑入的月光照亮她光裸的胴體。他翻身滾到她身旁，想看得更清楚。

克賽莎選了她最喜歡的一段舞。在那段雙人舞中，錢德跪在地上，她傾身向前召喚。她的臂部搖擺，手指勾動空氣，踮腳走向魯斯蘭，然後退開、踏步、旋轉、微笑。他望著她。這些年來跟他同床共枕的她總是害羞不安，但現在卻毫不遲疑地化身為一道耀眼白光。她往前靠近，又再次退開。她的身體流暢地展現出下一個舞姿，接著又是下一個，輕鬆得彷彿一條河沿著水道前行。她跳得很好，她很清楚。她跳得彷彿不需要任何舞伴——彷彿她可以獨力完成這一切。

＊＊＊

週一的走廊上，克賽莎看到錢德出現時很開心。他的運動鞋、牛仔褲和便宜的華夫格針織上衣都讓她放鬆。「我就覺得會在這裡找到你。」他說。

「不然我還會去哪裡？」她已經在等待時拿出了課本，但在他接近時放下。

「練習取消了。」他說，她定住。「瑪格麗塔．安納托列夫納星期五就告訴我們了，艾莉薩沒跟你說嗎？」

克賽莎的手指正勾在提袋拉鍊上。「沒有，我還沒跟她見到面。」她和艾莉薩整個週末唯一有過的互動，就是在她表妹傳訊來問自己週末如何時，克賽莎回傳了一些親親臉和眨眼臉，就是那些代表喜悅心情的小黃臉圖案。

取消了。她不會告訴魯斯蘭，因為這代表練習隨時有可能取消，也代表這不是一個可靠的行程，換句話說，她也會因此變成一個不可靠的人。她把拉鍊拉上，雙手重新放到大腿上。

「沒出什麼事吧？」她問。

「安納托列夫納嗎？沒事。她就是約了醫生得去看而已。」錢德在她身邊坐下。

克賽莎歪頭看他。「那你為什麼來？」

「來找你呀，你週末過得如何？」

她談起所有事。她談起之前看的電影、談起家鄉的新消息。她沒談性，沒談幸福，但或許還是都表現出來了。

「他離開時你一定很難過。」錢德說。

「是很難過，」她說：「但沒像之前那麼難過。」

在還沒有很久之前，這麼說像一種背叛，不過她和錢德都明白她的意思——以前的她就連離開微波爐定時器的音響範圍都會害怕。但現在魯斯蘭已經更能適應她的改變，她的狀況也改善不少。

「下次帶他來參加練習。」錢德說。

克賽莎笑了。「他不會來啦。」

他把身體往後靠，凸顯出喉頭的放鬆曲線，兩人就這麼安靜坐著。暖氣的聲音在走廊的另一頭斷斷響著。

「我們都很想你，」他說，「我很想你。」

「我也想你。」她說。

他直直盯著她。「我得問你一件事。」

「好呀。」她的內心湧現一陣恐懼。她覺得又是害怕又是好奇，兩種情緒如同在海水中湧升的沙粒般翻攪著。

「你為什麼參加這個舞團？」

「艾莉薩找我來的。」

「我知道，」他說，「但艾莉薩常要你做不想做的事。她也每天吵著要你一起去咖啡廳，你卻從來不去，為什麼就願意參加舞團？」

他嘗試從她口中得到某個特定的答案。他先是專注盯著她的雙眼，然後是她的臉頰，她的嘴。那種令人反胃的翻攪感受出現在她的胸口。「我不知道，」她說，「我猜……我不知道。」

「你想要有些不同的體驗。」

「可能吧，」她說，「沒錯。」

「你想要有所改變。」他靠近她，「我也是，別害怕。」他說話時把她放在大腿上的手握起來。

他就這麼握著她的手。就這樣，但她靠著牆面的背脊還是感覺到了脈搏。錢德。錢德是她的朋友。她不想要他放手。

她有在上個週末想到他。當時她剛從日式軟地墊上起身，赤裸著身體為魯斯蘭表演舞步，並在那一刻想起了錢德。她剛剛就有說她想念他，那不是謊話。

他是她的朋友，但又不只是朋友。難道不是這樣嗎？她每週三次來到這條走廊，但其實暗自盼望能來上五次。他們聊了那麼多次，每次他都坐在她身邊。她之前就盼望今天能在這裡見到他。

他們早已一起跨越了某條界線。他的手指與她的交纏。「別害怕。」他又說了一次，或許是因為注意到她肌膚下的脈搏跳動。

「我不怕。」她說。她不怕他。他吻了她。

＊＊＊

克賽莎小時候總在家族聚餐時隔著膠面桌布望著魯斯蘭，一下子假裝自己是他的女友，一下子又罵自己搞什麼扮家家酒。眼前這個皮膚晒得漆黑的男孩是他們的鄰居，是她哥哥的朋友。這種幻想中有一些卑鄙、荒謬的成分，即便是這麼小的她也能感覺到。

然後是她高中畢業的那個暑假，就在她搬離家中的一個多月左右，魯斯蘭跟她說話時開始不再把她當成奇嘉的小妹了。他會在任何一個晚上問起她要去哪，然後出現在她說的地方，跟她的同學說已經到了門禁時間，接著帶她回家。奇嘉已經為了服兵役在前一年離家，克賽莎的父母也在放牧季去了苔原，為了度過放牧區的時光，他們帶去了許多馬、一袋袋麵粉，還有許多半加侖裝的伏特加酒。魯斯蘭因此成了掌管一切的人，他非常認真看待自己肩負的這項責任。他們會一起走過吱吱嘎嘎響的橋梁，經過板條木屋，以及覆滿砂土的道路。整座黑漆漆的小村彷彿遺世獨立。魯斯蘭最後在一盞街燈下吻了她，還彷彿她無比美麗般的捧住了她的臉。

兩人交往的第一個月，就在莉莉亞離家的幾星期前，克賽莎不停懷疑這一切是不是在扮家家酒。一切太美好了。每次魯斯蘭來她家，她都會滿心讚嘆地打開大門迎接。無論兩人在哪裡見面，她都擁有跟那個完美夜晚一樣的感受：當時他倆獨自在街上，身體沐浴在燈光中，一起成長到了人生下一個階段。

等她離開埃索之後，他更渴望她了。不但每小時查勤、每個月都會開車下來，還確保她在城裡能避開所有可能的風險。成為他的女友仍像個不可能達成的妄想。多年以來，克賽莎總希望自己變得更好，成為一個真正值得他關注的女人，但她真的不是。她總是想辦法逃離他無孔不入的關注，所以不是找藉口，就是不聽話。

在一起這麼久之後，克賽莎終於逐漸露出本性。知道真相的感覺很好，但為此感覺良好其實也很卑鄙：莉莉亞離開後，她向魯斯蘭保證自己不是那種女人，但她就是——他所恐懼的那個女人現身了：她是個不忠的女人。

＊＊＊

「我很想念你，」錢德對著她的耳朵說。他的髮絲輕柔掃過她的臉頰。那具她數星期來一直繞著舞動的身體此刻靠得好近。「我週五時一直想像你和他在一起的樣子。」他親吻她的下巴、她的鎖骨，而她抬起下巴讓他繼續。他將臉埋入她的頸項。她用一隻手扶住他的後腦勺，任由他待在那裡。

＊＊＊

似乎不該有任何改變，反正也不會有人知道。克賽莎和錢德還是照原本的模式行動，每次練習前的一個半小時，他們還是在那條走廊見面，只是現在聊天時會緊靠在一起，他們一起擁有了許多祕密。「真希望我當時就遇見你了。」他有一次這麼說，並表示自己指的是高中的她，其實真正的意思是跟魯斯蘭交往前的她，但這樣的「當時」從未存在過。

錢德的嘴巴嚐起來很甜。魯斯蘭的嘴巴很著急、有香菸的氣味。她認得魯斯蘭剛起床、喝酒，又或者剛吵架過後熱燙燙印在她唇上的氣味——無論好壞，她全都記得，也都喜歡。但錢德的嘴巴好甜，總是好甜。他的唇柔軟、豐盈、牙齒平滑，舌頭總會搜索著她，然後滿足地輕吐一口氣。

有時她懷疑自己對錢德是否有情感，因為她對錢德的需求比魯斯蘭少太多了。但她確實喜歡那一口輕嘆，那一口氣息讓她變得無比強大。

＊＊＊

她快樂嗎？答案是否定但也是肯定的，至少能說跟之前的快樂不同。十一月時，她是如此勤奮地為了魯斯蘭刷著地板，但此刻的她卻想不起當時的她在想什麼。

她反而是回憶起其他事，一些很久以前的事。她以前會在學年的最後一天回家時發現父親在家，並因為看見他而欣喜若狂，畢竟之前幾個月他都跟動物一起在外生活，但她也知道他的出現代表了什麼：隔天他就會把她和其他家人帶離埃索，加入放牧隊的行動。

初夏時節，放牧人會把鹿驅趕到靠近村莊的地方，好讓這些動物在離家只有三十公里（而非三百公里）的地方以青苔維生。即便距離較近，克賽莎一家仍得為了加入他們騎好幾個小時的馬，期間還得穿越許多的平原及山隘。在她還小的時候，父母會用繩子的一頭綁住她的腰，另一頭拴在馬鞍上，每當她在母馬寬闊的背上打起瞌睡時，她父親會大吼她的名字，把她嚇醒。這件事反覆發生的過程中，太陽也就這麼劃過他們頭頂的蒼穹。十歲的她終於逐漸可以自己掌控馬的韁繩。隨著馬的年紀變大，腳步也慢了下來，但苔原仍保持著同樣懾人的空茫。

克賽莎怕透了那樣的旅程。每次到了最後，她的父母都會用一樣的方式結束這趟行程：一邊在平原上到處尋找放牧牲口一邊吵架。他們會為了各種事對彼此大吼，比如她父親的酗酒問題、她祖父母的健康問題、他們對她和哥哥生涯規劃的狹隘想像、鹿肉市場的萎靡、鹿的生產力疲弱和毛皮破爛的問題，還有政治家因為拒絕補助扼殺了放牧產業。在夏天剩下的日子裡，她的父母會想辦法挽救搖搖欲墜的婚姻，她的父親每天早上轉移營地時，會把家人的所有行李搬到動物背上，而母親則會在晚上將最好的一片肉留給他吃。即便如此，從放牧季開始到結束的漫漫長日仍一年比一年糟糕。

終於，在上大學的那個夏天，她告訴家人不能再跟他們上苔原了，因為開學前有太多需要先讀的書，她這麼說。或許是因為她從未拒絕家人，他們直接答應把她留在家中，她對此心存感激，接著感到無比驚奇，因為那是她最後一個無人看管的夏季。時節流轉，之後她的一切就交由魯斯蘭掌管了。

但三年後身處彼得羅巴甫洛夫斯克的此刻，她想起在最後一個夏季錯過的苔原光景，也想起過去多年在那裡見到的一切。

比如透著藍光的黑色夜晚，比如無止境的乾黃色白日。她憎恨那些夏季，因為必須在雨中紮營、假裝沒聽見有人用鄂溫語叫罵、毛皮焚燒的氣味也讓她越來越反胃……但這一切也成為她生命中回憶起來最生動有趣的時刻。這些日子年年重複：她父親回到村中，他們一起踏上旅程，等終於到達目的地後，奇嘉加入負責看守動物的男人排班隊伍中，克賽莎則在祖母手下的廚房團隊中負責挑水，麋鹿會在一個晚上把地上的草清光，隔天清晨他們得打包帳篷和行囊，接著就是每日的轉移營地行程，所以他們又要再次坐上馬背，沿著整個放牧隊伍要花上一整年才會走完的環狀路線走下去。這樣每日、每年反覆不變的過程，就像永無止境地重新扯開一個傷口，這些夏日時光也因此在她的回憶中結下一道道傷疤。

家族中的其他人會分別睡在不同帳篷中，但克賽莎的祖母會在做飯的圓頂帳篷內為克賽莎及奇嘉準備兩個床位。吃過晚餐後，他們的祖母會封住火爐，只讓煤塊留下一點餘燼，然後在周遭鋪開用來蓋馬的毯子，再把這對兄妹獨自留在一片驟然出現的沉默中。太陽幾乎要到午夜才會落下，但圓頂帳篷內早已因為煤煙而顯得陰暗。克賽莎和哥哥躺在那裡，聞著一整天的汗水味，還有身體底下因為剛被踩踏過而散發的新鮮草味。

某天晚上，克賽莎不知為何在半夜醒來。帳篷頂端的煙孔被月亮填滿。她那位還是學生的胖嘟嘟哥哥在一公尺外發出呼吸聲。

火爐的煤塊啪啦輕響。她轉身側躺，望向火爐。煤塊一片漆黑，但不知為何仍有劈啪聲傳來，她繼續看著，卻又不是很明白。劈啪聲越來越響。一分鐘之後，她才終於搞清楚來源並不是火堆，而是外頭有麋鹿正走過帳篷旁。因為不明的原因，有群男人帶領麋鹿直接穿過他們的營地，因此吵醒她的是在帆布牆外八千隻鹿蹄的輕巧踏步。

為什麼回想起這些兒時的畫面呢？這些日子以來她總有其他得想的事：課堂作業、考試、哥哥的女友答應明年夏天提供給她的銀行實習機會，還有始終在等著她打電話回家的那些人。當生活承受得了的時候，她想著魯斯蘭，當承受不了的時候，她就想著此刻環抱自己的錢德。他的唇輕輕刷過她的髮絲。

或許是因為她在練舞時很認真，結束後出現的痠痛就跟之前整天砍柴、顧火、還有拆搭圓頂帳篷而導致的感覺一樣。又或許是因為她又跟原住民待在一起了，畢竟在離開埃索之後，她是第一次跟這麼多原住民一起相處。當然也可能是因為舞團教的那支放牧舞，錢德拿著皮索時看起來實在傻呼呼的，但那條皮索跟她父親和祖父用過的工具很像。

她想起她的家人，想起他們的牲口，想起學到的各種教訓及必須做的家務，還有那一大片綿延起伏的空曠土地。或許是因為隔了一段時間回顧，才讓童年顯得純粹，但即便現在的她非常喜歡這些男人吻上她的唇，內心仍有一絲想回到過去的渴望。

* * *

艾莉薩回家時，克賽莎正抱著吉他閒散地打發時間，藉此逃避學校作業。那天是星期四，舞團沒練習。她的表妹因為外頭的寒氣紅通通的。「坐過去一點。」艾莉薩說，克賽莎於是在日式軟地墊上為她讓出了位置。兩人坐著，膝蓋彼此碰觸。艾莉薩的腿很冰。冬天來了，雪已經整整下了一週，公寓窗外的城市已成為綿延隆起的白色山脈。關靜音的電視上正播著戈洛索夫斯卡亞家姊妹的學校大頭照，接著又被下跌的油價曲線圖所取代。

「你覺得她們會在哪裡？」艾莉薩問。

克賽莎撥了撥弦。「誰？」

「那對姊妹呀。你認為她們還活著嗎？在某個地方活著？」

克賽莎面對表妹時不用假裝自己距離危險很遠。「我不覺得。」

「有時候我會想像她們就在隔壁公寓，你不覺得她們會被找到嗎？」

「我希望她們已經死了。」那兩個失蹤的女孩跟莉莉亞不同，她們的年紀還不可能逃家。「無論發生了什麼事，我希望是很快就結束了，這樣她們才不用受苦。」

新聞再次開始播報氣象：暴風雪還會持續下去。包心菜捲正在爐子中加熱，豬肉和洋蔥的氣味瀰漫整間公寓。「你都還好嗎？」艾莉薩問。

「很好呀，」克賽莎反射性地回答，但這話才說出口，她就覺得不夠有說服力，所以又說了一次，「都很好。」

「你看起來似乎不太一樣。」

「沒有呀。」艾莉薩因為她回答時的突兀口氣笑了出來，克賽莎改變了刺痛指尖擺放的位置。

「我看起來哪裡不一樣？」

「你很緊張。我猜魯斯蘭大概搞砸什麼事了。」

克賽莎的眼神離開吉他的琴頸，往上瞄了一眼。「沒有。」

「好。」

「他不會的。」

艾莉薩用力扭動著嘴唇說，「那太棒了。」彷彿收到指示一樣，克賽莎的手機在兩人坐的地墊上震動起來。艾莉薩挖出手機，望向螢幕，遞給克賽莎。

「嗨，」克賽莎說。她的表妹站起身，走向兩人的臥室準備換衣服。「沒什麼，我想你。」克賽莎為魯斯蘭彈了一個G大調和絃。「聽見了嗎？我在家，我很好。」

＊＊＊

在加入舞團後，就許多方面而言，克賽莎都成了一個更好的女友。她變得更有耐心、更能鼓勵魯斯蘭，和他互動起來也更有反應。一旦她在私底下表現得越糟糕，也就是任由錢德的唇沿著她的脖子往下親吻，她就更了解魯斯蘭的好，他在這些年以來一直照顧著她。所以她更常發訊息給他，對他的要求也變少，每當他在電話中感到無力時，她也不再試著為自己辯解，而是將他安撫到平靜下來為止。

＊＊＊

「我有一個大好的消息，」瑪格麗塔·安納托列夫納說。她的絲巾在音樂教室的燈光下閃爍著微光。「校方已經同意在這個月底送我們去參加東風族群祭，這是一項榮譽，真是一項殊榮呀，我們會在超過一千人面前表演。」她的口氣非常歡快，所有人都在她講完後又快又響亮地拍起手來。「我們已經有兩年沒去了。」最後這一小段話幾乎被眾人的興奮情緒淹沒。

「錢德，你可以跟大家進一步解釋嗎？」

克賽莎剛好瞄到錢德在起身前望向她。「實在太棒了，」他說，「沒錯，學校去年沒贊助我們。這是一個三到四天的……」

「是十二月二十三日到二十六日。」瑪格麗塔・安納托列夫納突然插話。

「我們就是去跳舞、認識其他舞團的人、見識一下真正的大城市，然後會投宿在一間旅館。」他不是對著克賽莎的方向說，但她知道是說給自己聽的。「會是有趣的體驗。」

艾莉薩尖叫，所有人也跟著興奮起來，就連瑪格麗塔・安納托列夫納都在笑。克賽莎將兩手緊貼在一起，跟著其他人一起鼓掌，但實在不知道接下來該怎麼辦。錢德曾告訴她，舞團會有公開演出，但在她的想像中……就是去當地的醫院病房參演，或者到某間小學上台表演罷了，而不是必須要飛到俄羅斯位於太平洋側的首都，並得因此錯過學校課程，而且還這麼快就要出發……魯斯蘭會怎麼說？他這個月沒打算來看她，是她要回埃索的家慶祝新年，但是……跑去另一個地區、投宿旅館，還跟他不信任（也不該信任）的人一起出遊？

克賽莎跑去廁所打電話給魯斯蘭。「怎麼啦？」他接電話時這麼說，身後是男人和機械嘈雜的聲響。

她跟他說了東風族群祭的事。

「符拉迪沃斯托克[7]，」他說，「老天爺。」

「我懂、我懂。」

「光是這活動的名字就很荒謬，什麼『東風』呀。」

「我懂，」她又說了一次，「但其他人都很興奮，艾莉薩還直接在總監宣布時尖叫了。」

「她當然興奮啦，」他說，「實在太了不起了，可以免費去符拉迪沃斯托克一趟呢。我就跟你說，去跳舞很不錯吧。你會在那裡待多久？」

「四天。」克賽莎說，口氣就連自己聽來都很不甘願。他的舌頭嘖嘖彈了幾聲，她知道自己表現得對這趟旅程越是不感興趣，他就越可能讓自己去。

但這只讓她感覺更糟。自從和錢德初次擦槍走火之後，她就一直試著對魯斯蘭好一些。但所有的努力——溫柔問候、各種關愛的小舉動，還有更常保證自己最愛他、也最愛待在家裡了——到最後都成為對她有利的行事策略。難道這就是她一直以來計畫的結果嗎？

「獸皮鼓和東風，」魯斯蘭說，「真希望能看你表演。」

她避開廁所裡那一排鏡子。她想哭。「真希望你也能來。」她說。

他沒有搭機旅行的閒錢，他們家族中也沒人有這種餘裕。所以就算說希望他們來也沒差——儘管真來也只會毀了兩人的關係，她還是可以這麼說。

---

7 中文傳統名即「海參崴」。一八六〇年被清朝割讓給俄羅斯帝國後，今因領土爭議而改名為「符拉迪沃斯托克」。

＊＊＊

下一次練舞之前，錢德把她抱得好緊，她幾乎無法呼吸。「其他人晚上都會出去玩，」他說，「他們一定覺得你不會跟去。到時候你就待在房裡，我會告訴他們我病了、累了，或者有研究工作要做，然後就會去找你。」

「好。」她說。他們不可能永遠停在親吻階段。在她的掌心下，他的胸膛肌肉因期待而緊繃。

兩人在走廊時總是緊黏著彼此，但練習一開始就會待在練習室兩側。她因為即將發生的事而浮躁不安。瑪格麗塔·安納托列夫納宣布每週的練習增加到五次，克賽莎聽了卻無法回頭去看他。她想像他和所有人都知道她腦中的畫面：他的身體壓在自己身上。音樂開始。錢德踏步朝她靠近，她卻嚇得後退。

＊＊＊

「你下次何時會跟魯斯蘭見面？」艾莉薩問。這對表姊妹躺在各自床上，心思還留在大學走廊的克賽莎在艾莉薩說話時睜開眼睛，眼前所見全是黑暗。

「新年那時候。」她說。

「你跟他在一起時不開心嗎？」

「有時候。」克賽莎內心湧現罪惡感，她繼續盯著上方的黑暗。

「或許他可以在我們出發前來一趟。」

「實在沒時間。」克賽莎說。她側身面對手上拿著手機的艾莉薩，螢幕發出的光線讓艾莉薩看起來更年輕了。她的眼皮眨呀眨的，繼續玩起手機，掛在手機頂端角落的吊飾在她的指節上劃出一條黑線。「只有你老是在擔心。」

克賽莎對表妹提出的這類問題很厭倦。她再次面向天花板，試著讓自己回到練習室外的走廊，彷彿還是幼時坐在營火邊做白日夢的小女孩。「我跟他見面的時間夠多了，別擔心。」但這話聽來沒她想像的有說服力。她還想著錢德今天跟她說話的神情，還有撫摸她的方式。

他們在旅館的第一晚會是如何？錢德的耐心背後有一股力量在蓄積，兩人見面的每個下午，他都得在相處時光的尾聲勉力解開擁抱住她的手。只要她同意，他明天就會立刻剝光她的衣服，把她壓倒在磁磚牆上。光是想到這個畫面，克賽莎的肚子裡就像有蝴蝶在飛。

和魯斯蘭交往的第一個夏天，她在童年睡的床上將處女之身交付給魯斯蘭。為了怕做錯，過程中她幾乎沒動，結束後他說她像條冰冷的死魚，然後替她穿好胸罩，吻了她。現在她已經知道如何取悅魯斯蘭了，但錢德或許期待更多，腦中想像的或許是更美好的體驗。又或者他可能對她的身體失望，她穿著衣服時比脫光好看，而他很快就會發現這件事了。

不。錢德這麼善良，一定不會覺得她有哪裡不夠好才對。她在黑暗中微啟雙唇，想像他的臉，想像那一對在走廊光線下閃爍的棕黑色雙眼，還有能證明愛慕著她的急促呼吸。

＊＊＊

現在舞團更常穿著正式舞服練習了。克賽莎的牛仔褲上方覆著一件厚重的皮製連身服，衣服從最下緣到膝蓋處刺繡了許多紅色方塊，還有一串串珠子從腰際的整排金屬徽片上垂落。每當她舉起雙臂時，皮毛會在她的脖子處隆起。他們再過不到兩週就要搭機去參加祭典了。等回來結束最後一場考試，她會搭巴士北上回家。

這會是一段讓她做出選擇的關鍵時期。她會先跟錢德上床，然後跟魯斯蘭見面，並藉此明白自己究竟打算跟誰走下去，然後將這段同時跟兩人交往的殘酷時期劃下句點。

她想永遠跟魯斯蘭在一起，但不知如何繼續下去。現在她在講電話時表現得夠乖巧，所以他沒注意到什麼問題，但只要一踏上通往老家的人行道，他難道不會一眼發現她的背叛嗎？就算他沒逮到她——她愛魯斯蘭，她真的愛，這點始終沒變，但在她做了這一切，以及所打算做的那一切之後，繼續跟他在一起真的對嗎？

＊＊＊

在所有人之中，克賽莎只有在面對錢德時表現誠實，所以她告訴他，「我不知道那趟旅程之後會發生什麼事，」她說，「不是去符拉迪沃斯托克，我指的是回埃索之後。」

他們正盤腿坐在走廊地板上，他把她的手指節勾到自己唇邊。

「有可能我一見到他，兩人就立刻回到過去的樣子。」錢德點頭。「之後我就不能繼續待在舞團了。」克賽莎說。

錢德說的每個字都在烘暖她的肌膚。「也有可能是另一種結果。」

「很難說，我真的不確定。」

她仔細看著他的臉，看他長滿斑點的臉頰，還有那兩道嚴肅的眉毛。他笑出聲，然後發出一陣短暫的悶哼。「真是要忍不住了，」他說。他扯了扯她的手臂，她彎身靠在他的大腿上。「旅館裡的床單都很潔白，而且鋪得很整齊，」他說，「床墊舒服得讓人像在夢中。你能想像嗎？我們會一起做那場美夢。」

＊＊＊

之後艾莉薩回家時，克賽莎正在講電話，艾莉薩取下冬帽，指向手機，小聲問，「魯斯蘭？」不然還會有誰？克賽莎點點頭。「幫我跟他問好。」她表妹說完後就轉身鎖起公寓大門。克賽莎望著她表妹穿著羽絨衣的背，說了，「艾莉薩說嗨。」他們之前從不是那種會「為我問好」的關係。魯斯蘭以前還會說她是瘋女孩。

「好。要出發去祭典前記得跟我說一聲。」魯斯蘭說。至少他始終沒有改變。

「八天。」不是這週五，而是下週五。「再之後那個星期，我們就能見面了。」魯斯蘭嘆了口氣，從他肺臟呼出的氣息似乎很沉重。「真希望快一點。」克賽莎閉上雙眼。他不知道自己的衷心盼望會帶來什麼結果——他不知道他的渴望會將兩人帶往什麼結局。

＊＊＊

瑪格麗塔．安納托列夫納拍手要大家安靜。「一對對就定位。」克賽莎走向練習室中央，不用抬頭確認就知道錢德在不遠處。她的唇和臉頰才在今天下午被他吻得無比敏感，身體也因此感覺柔軟無骨，彷彿與他的身體感官相連。克賽莎緊抿起嘴唇等待。

「我的舞伴不見了。」來自阿查瓦亞姆的男孩說。

「艾莉薩去哪了？」瑪格麗塔．安納托列夫納大吼。錢德已來到克賽莎身邊。來自阿查瓦亞姆的男孩雙手交叉在胸前。

「我們練習前沒看見她。」有個女孩說。

總監用力戳了音響上的幾顆按鈕，音樂因此響起又停下。「完全無法接受，」她說，「距離族群祭只剩一星期了，你們明白嗎？你們應該為了彼此負起責任來。克賽莎！」克賽莎嚇得跳起來。「她去哪了？」

克賽莎的手機還塞在包包裡，但要是她提議打電話給艾莉薩，事情只會更加一發不可收拾。瑪格麗塔．安納托列夫納一定只會大吼「練習時不准分心」。克賽莎說，「她應該快到了。」

瑪格麗塔．安納托列夫納又用力敲了音響上的一顆按鈕。「排好隊伍。『鮭魚舞』預備。」男孩們聚集到練舞室中央，克賽莎也跟其他女孩一起就定位。所有人都穿著正式服裝。他們為艾莉薩留了個空位，但後來總監揮手要他們聚攏，補上那個空缺。

克賽莎把手指搭在胸口。歌聲響起，男孩開始舞動，抬起雙腳彷彿正涉過看不見的河水。他們瞇眼在髒兮兮的地板上到處張望，尋找魚的蹤跡。克賽莎彎曲著腳趾，等待女生進場的時機。她的心思飄到了表妹身上，艾莉薩生病了嗎？她今天沒去上課嗎？自從市場在週二崩盤後，她們的母親就一直傳簡訊來表達對金錢損失的憂慮。難道她們付不出艾莉薩的學費了嗎？她被叫回埃索了嗎？克賽莎今早離開公寓時，她明明還在的呀。

錄製的鼓聲轟然響起。克賽莎舉起雙臂和其他女孩一起往前踏去。男孩們肩並肩圍成一圈，女孩們就在他們身邊如同魚般游動。他們不停轉換方向，直到每個人都找到自己的舞伴。來自阿查瓦亞姆的男孩對著眼前的無人缺口皺眉。

錢德用手抓取克賽莎頭上的空氣，她躲開，然後彎腰旋轉到下一個陣形。她抬頭望去。瑪格麗塔·安納托列夫納正面對著舞者的反方向。她鬆了一口氣：艾莉薩就站在練習室門邊，正從她挑染了一簇簇橘色的頭髮上拎起帽子表達歉意。艾莉薩身後還有人站在門邊，她帶了個男人來。

她帶了魯斯蘭來。

克賽莎本來該如魚鰭般攤平的雙手突然握緊拳頭。他背著她偷吃了，克賽莎內心狂亂，不然他們兩個這樣一起出現是為什麼？不過她表妹和男友似乎都毫無欺瞞地微笑著。艾莉薩指著魯斯蘭，靠著嘴唇扭動對克賽莎無聲說了些什麼，然後在空中揮動雙手。這些日子來兩人一搭一唱的提問突然都能拼湊起來了：克賽莎最近還好嗎？她何時出發？她打算下次何時跟他見面？

艾莉薩為克賽莎帶了魯斯蘭來。他們兩人想必是共同規劃了一切；一定是因為覺得克賽莎看起來很緊張，而魯斯蘭又無法在符拉迪沃斯托克照看她，所以才在她出發前驚喜現身。合成器音透過音箱發出巨響。克賽莎與一整排女孩一起轉身背對門，她把頭微微抬高，她維持著舞步節奏。

她的內心清淨平和，如同一片冰凍風景，而且堅硬如骨。

＊＊＊

所以這就是她最後一個同時擁有兩人的時刻了。儘管魯斯蘭和艾莉薩無法從這個角度看到她的眼睛，克賽莎卻不敢望向錢德。她一直期待著這個足以決定她未來的時刻，但真正到來時，她才知道：她同時和兩人交往的那幾週才是最棒的，不能再棒了。魯斯蘭早上會打電話叫她起床，她的手機整天都會跳出他的訊息，然後是一個半小時的錢德時光……那些日子都已經過去了。

音響傳出的女性歌聲蓋過了原本的鼓聲，底下潛藏著男性嘶吼的低音。這段舞步將克賽莎帶回舞伴身邊。她還是抬眼看了。她知道之後的她得謹慎一些，但這次她就是忍不住——她往上一瞄，看見錢德的甜美可愛赤裸裸展現在眼前，那張臉還因為渴望她而扭曲。

克賽莎踏出了排好的隊形，也踏出了他的領地。

她轉往門的方向，速度快到膝蓋都扭歪了。她跑過分隔了她和男友的漫長幾公尺。她需要跨越這段距離。魯斯蘭和艾莉薩或許能容許她因為突然看到兩人一起出現而一時感到震驚，但現在該是反應過來的時候了。魯斯蘭可能已經在懷疑她了，她得趕到他身邊。

她撲到魯斯蘭身上，雙手掛上他的脖子，直到感覺他的身體緊繃起來，她才知道自己過關了。他雙手緊抓住她的腰，一串串珠子因此全擠在一起，而她熟悉的那張嘴靠了下來。

他對著她的耳朵說了些什麼，但音樂太大聲，她聽不到。她用力親吻他，臉頰緊貼著他的臉頰。他把她抱得更緊。她本該想出一些發誓自己沒偷情的證詞，但腦中浮現的全是回憶：

跟她度過那些下午的錢德、跟她度過週末的魯斯蘭，還有她只透過轉述得知的潔淨如新的旅館床鋪。她回想起和錢德無法再擁有的聊天時刻，想起舞團中的男孩用皮索練舞，想起練習的第一天曾和十幾個陌生人握手，也想起魯斯蘭在來看她時開車塞在路上，還有他小時候跟哥哥一起在街上踢足球的畫面。她想起兩人愛上彼此的那個夏天，想起她的父母、她的哥哥，想起他們總是擔心她，還有他們的鄉村生活。她想起他們騎的馬、走過的小徑、在苔原上度過的那些夜晚，當時她比較年輕，也比較勇敢，所以能夠一個人睡。那時的世界比較清澈，聞起來是煙跟草的氣味，一旁還有數千隻麋鹿經過她的身邊。

新年

雖然才八點鐘，拉妲卻已經很醉了。她在克莉絲汀娜回到廚房前又幫忙乾掉了另一瓶酒。克莉絲汀娜重新加入他們時，看起來就像電信服務廣告的看板模特兒一樣，她單手高舉一支手機，身穿兩截式泳裝，頭上綁著金色髮辮。「猜猜誰要過來？」她為了壓過音樂大吼著問，同時擠進長型軟椅上。拉妲被克莉絲汀娜腳底壓扁的金屬箔紙分散了注意力，那些銀色的閃光就這麼消失在廚房的桌子底下。「瑪莎要來。」

「誰？」桌子另一頭有個男人問了。

「瑪莎！」克莉絲汀娜說。她的表情非常機靈、滿意，雙唇因為伏特加而泛出更亮的粉色。拉妲聽了簡直不敢置信。「瑪莎．扎科諾娃！」

「她誰？」那男人又問，口氣更挖苦了。幾個人笑出聲。

竟然是瑪莎。音樂實在太吵了，拉妲想要清醒過來，這想法就跟她之前想放縱的渴望一樣強烈。她把注意力集中在眼前的食物：蛋糕、醃肉、鹹味辮子乳酪、一條條橘子皮，還有堆成柱子的盒裝果汁。還有一顆蘋果，她想吃蘋果，所以伸手越過桌布拿了顆蘋果。這是他們租來的度假小屋，走廊底端有個蒸氣室，整個空間都因為其中散出的蒸氣而溼滑，相較之下，那顆水果卻顯得異常冰涼。拉妲把蘋果放到大腿上。「我來。」擠到她旁邊的男子把蘋果從她光裸的大腿上拿走，開始用削皮刀削光它的皮。

拉妲把注意力重新放回克莉絲汀娜身上。「所以是怎樣，」她問，「你是指今晚？」

「對，就是今晚，」克莉絲汀娜說：「你不希望她來？」

「沒有、不是這樣，」拉妲說，「我有什麼好不想的？」

「很好，因為她已經在路上了。」有人又撬開了一瓶酒的瓶蓋，克莉絲汀娜為了添酒把杯子傳過去。「她從父母家搭計程車過來。我跟她說這裡沒多的床了，但她說睡在地上也沒關係。」

「她正嗎？」克莉絲汀娜的表哥問。「我的床可能還有位子唷。」

「你不是她喜歡的型啦，」克莉絲汀娜說，此時她的杯子已經傳回來了。她向所有人舉杯，「誰來致敬酒詞呀？」

那個男人把切片去核的蘋果還給拉妲。拉妲把其中一片丟進嘴裡，然後對他舉起手中的酒。最後一杯了，她答應自己。「敬新年，」男人說，「希望我們明天見面時仍健康快樂。」

「希望我們能滿足所有口腹之慾。」那個表哥說，接著對整桌人如同野獸般露出牙齒。坐在他隔壁的女孩撞他，他們那側的長型軟椅因此震了一下。拉妲喝的那一小杯烈酒使喉嚨燃燒起來，她又拿了片蘋果。人們圍繞著桌子談論彼此。拉妲的腦子浸泡在酒精中，理解外界的速度變得緩慢。

克莉絲汀娜怎麼有把握瑪莎喜歡哪一型？瑪莎她……自從大一之後，她們已經有七年沒跟瑪莎見面了。在那之前的暑假，拉妲和克莉絲汀娜其實跟瑪莎算不上朋友。後來瑪莎在聖彼得堡國立大學爭取到獎學金就讀名額，而在出發前，她們三人花了好幾個星期一起擠在床上看情境喜劇，還保證之後每天打電話給彼此，但瑪莎搬走之後就像消失一樣。一開始她還會回訊表示自己課業太忙，沒時間講電話，接著就不回訊了。

第一學年的考試結束後，瑪莎的父母就邀請拉妲和克莉絲汀娜一起去機場迎接回來過暑假的女兒。在海關外，她們看見了一個變瘦的神經質女孩，就連擁抱她時，都能感覺到她的身體無比僵硬。她的人是回來過暑假沒錯，但心不在。

之後就沒了。瑪莎整個暑假都不回她們的訊息。等到秋季學期開始時，她們認定瑪莎已經搭機回學校上課。新年假期到來，接著是隔年暑假，五年就這麼過去了，她們幾乎沒有從聖彼得堡得到任何隻字片語。克莉絲汀娜還是努力跟她保持聯繫，但也只是久久一次，她會和瑪莎在線上聊天，然後把最有趣的部分告訴她：瑪莎以優等成績畢業，在「西方公司」找到一份工作，薪水拿的是歐元，還和一位室友住在緊貼著涅瓦大街南側的一間公寓裡。

同一時間，克莉絲汀娜和拉妲拿到了地方大學的學位，跟父母住在一起。克莉絲汀娜在主要道路十公里處的運動用品店工作，拉妲則在阿瓦洽旅館擔任櫃檯接待員。希望瑪莎回彼得羅巴甫洛夫斯克拜訪她們是不切實際的想法，克莉絲汀娜說。花大把時間飛回來根本不划算。瑪莎在聖彼得堡的房租一個月就是兩萬八千盧布。

拉妲對這種可有可無的資訊實在無話可說。「噢。」她在克莉絲汀娜嘗試說明瑪莎近況時這麼說，又或者就是說，「很棒唷。」她不想留下任何把柄，因為光是她的語氣都可能被克莉絲汀娜拿去告訴國家另一邊的那個人，然後被她們一起取笑。噢，我們的小拉妲嫉妒了啦，克莉絲汀娜一定會這樣告訴瑪莎，她就是那種什麼八卦都喜歡的類型。真是奇怪呀，明明可以選擇和很多人維繫友情，瑪莎卻選擇了克莉絲汀娜和她的各種小道消息。其實小時候的克莉絲汀娜和瑪莎並不常來往，倒是拉妲和瑪莎感情很好，是可以對彼此掏心掏肺的那種交情。

至少拉妲的感覺是這樣，瑪莎一定也有自己的看法吧。她們就住在隔壁大樓，每堂課也都坐在隔壁。每次瑪莎找到一本好書，她都會從頭到尾讀給拉妲聽，有時一讀就是好幾星期。拉妲會躺在瑪莎的臥房地毯上，聽瑪莎正經八百的讀書聲從床上傳來。拉妲用這種方式聽完了所有夏洛克．福爾摩斯的故事：那位名偵探彷彿透過瑪莎的嘴在說話。我親愛的華生，這般礙事實在由不得我。大概就像這樣。瑪莎離開時也帶走了拉妲付出的愛，而且始終沒有還回來。

唉，反正就是這樣。拉妲又嚼起另一片蘋果。瑪莎要來了，她今晚會出現在這裡。

或許這樣比較好。今晚近距離跟瑪莎見上一面，總好過在兩人曾一起走過的街上無端撞見。這樣拉妲才有辦法在這樣的年終問候她、放下她，然後以擺脫舊日創傷的姿態迎接新年。

音樂變成某條快歌。拉妲身邊的男人又幫她倒了杯酒。「不，不用了。」她說。

「沒關係的。」他一邊說一邊把酒杯推過去。

他身後的窗戶結滿霧氣，你無法藉此看見外頭任何一顆星星，夜色因而呈現一片無瑕的黑暗，也看不到來自車流的燈光。拉妲嘆了口氣。她的肌膚因為剛到此時做的蒸氣浴而柔嫩。這個男人大腿的緊實肌肉緊貼著她的腿，兩人接觸的地方因汗溼而滑溜。拉妲貼近他的耳邊：「謝謝你。」她對他字正腔圓地說。

「沒什麼啦。」

她可以聞見新的汗味及老舊的菸味。「可以再跟我說一次你的名字嗎？」她問。「你是誰的朋友？」

他對她微笑，坦露出的寬闊胸膛上有紫色的青春痘疤。「我是伊格爾，托里克的朋友。」拉妲搖搖頭表示不懂，他指向對桌那位黑髮陌生人。

「托里克是我舅舅的教子，」伊格爾說，「其實是我舅舅邀請我來的，他總是要我多出來走走。」

「真有意思。我的家人大概會希望我多待在家裡。」拉妲說。她喝掉那一小杯烈酒，回應他的微笑。「你和舅舅住在一起？」

「我自己住。」

「在彼得羅巴甫洛夫斯克？」

「在北邊。」

「噢，我想起來了。」她剛剛之所以忘記，是因為伊格爾看起來不像北方人。但有人在他的車剛停進來時提起那邊村莊的事，應該就是托里克吧，她想。

「你是誰的朋友？」他問。

「克莉絲汀娜的。」曾經是瑪莎的，現在不是了，但或許以後又會是。

瑪莎要來這裡了，真怪。這棟屋子裡的人其實拉妲幾乎都不認識。這些人包括克莉絲汀娜、她的男友和表哥，還有兩個來自拉妲和克莉絲汀娜大學的畢業班同學，其中一個同學還帶了她的警察丈夫一起來。拉妲在晚間新聞裡看過那名丈夫的臉，此刻他正在桌子另一頭滿嘴食物地跟別人爭論本地的政治情勢。至於伊格爾，拉妲現在認識了。然後就是一大群所謂「朋友的朋友的朋友」。在這群九人團體之外，另外還有五個人因為輪到他們而在享受蒸氣浴。

瑪莎小時候就不太參加派對。瑪莎二十歲生日時，拉妲、她和她的母親一起去爬了阿瓦恰火山。那是好多年前的事了，但拉妲還是清楚記得那天的細節……火山腳下是一整片如同食物色素的酸性黃葉片，山頂是粗獷的鏽色，水壺裡的水有礦物的味道，她的兩條腿規律不停地運作。戈洛索夫斯卡亞家姊妹在去年失蹤之後，拉妲看著兩個女孩的大頭照想起了自己的童年。當時她和瑪莎花了許多時間一起在堪察加閒逛。她只要閉上眼，就能想像自己還活在那個年幼軀體中，胸前一片平坦，身體輕盈得像沒有重量，而走在前方的瑪莎如此嬌小。

以前的瑪莎什麼都不要，只想跟她單獨待在一起。但她去聖彼得堡之後變了，大大改變了。

計程車抵達時，這群人正對彼此大吼著有關電影的話題。車頭燈從廚房窗戶照進來，克莉絲汀娜立刻跑去開門。獨自被留下的拉妲意識到自己此刻微醺、緊張又近乎全裸，她應該先換回一般衣服才對。這是她多年來首次見到瑪莎，穿著泳衣實在太瘋狂了。拉妲的劉海此刻又乾又捲，她不禁摸了摸額頭，但現在也無從補救。其他人似乎沒在介意。她身邊的伊格爾是個和善但有些礙事的傢伙。拉妲把兩隻手壓在雙腿底下，望向走廊。

「各位，這是瑪莎。」克莉絲汀娜回來時對大家宣布。「小莎，這邊是柔雅、寇亞、托里克、佛洛迪亞、伊拉、安德莉尤卡和伊格爾。別擔心，你忘記時我們會再跟你重新介紹。這位則是我們的小拉妲囉。」拉妲試圖站起來，但卻卡在桌子跟其他人的身體間動彈不得，還得彎著身體才能扭出來，但就算能夠自由行動，她又打算怎麼做呢？擁抱這個早已遺忘她的朋友嗎？這樣似乎……不了，拉妲重新坐下。瑪莎把背包丟在牆邊，跟著克莉絲汀娜一起擠上長型軟椅。

瑪莎變得更美了。她的頭髮跟肩頭齊平，皮膚就跟香檳一樣清透，而且沒穿胸罩。她的長相還是帶有那種特色——細長的雙眼跟嚴肅的嘴巴——拉妲的母親以前在兩人還小時因此稱她為「小阿姨」，但那種特色也從孩童時期的拘謹，慢慢演變得更為放鬆、自然了。她的身體看來活力充沛。

瑪莎伸出一隻手，越過桌子和拉妲握手。「嗨。」她的手指因為外頭的空氣顯得冰涼。

「嗨。」拉妲說。她的體內又升起一陣暖流。

「你從哪裡過來的？」有人問。

瑪莎收回手。「彼得羅巴甫洛夫斯克。」她說，在此同時，克莉絲汀娜卻說了：「聖彼得堡。」

「我上星期才在聖彼得堡呢。」桌子另一端有個女孩說。

「噢，是這樣嗎？」瑪莎說話時用的還是那種怪異又低沉的嗓音，聽起來像是從整齊如同珍珠的成排牙齒後方擠出來的一樣。那些牙齒就跟瑪莎還在讀書時一樣小巧、可愛又顆顆分明。

「你在那裡做什麼？」警察問了。

「我是程式設計師。」

「我很喜歡那裡，」剛剛的那個女孩繼續說，「但沒辦法住在那裡，太多瘋狂事了。」

「來為我們的客人倒杯酒吧。」克莉絲汀娜說。屋子後方起了一陣騷動，一定是蒸氣室的門開了。裡面有個人正在唱歌，還把每個音符都拉得很長。伊格爾為從走廊過來的朋友們倒好一整排小杯烈酒。

他們喝了起來。拉妲不停望向桌子對面。她和瑪莎上一次慶祝新年是十七歲的時候，那時兩人去了一家酒吧，克莉絲汀娜在舞池親了一個男孩，拉妲在廁所裡吐了。那晚結束時，她們一起搭計程車回家，那時瑪莎坐在兩人中間。拉妲的太陽穴一陣陣抽痛，但靠在瑪莎冰涼的肩膀上感覺舒服許多。即便是凌晨三點，城市的人行道上仍擠滿了人，而計程車上方的天空一次又一次爆出新的煙火光芒。

拉妲和瑪莎對上雙眼。「你有帶泳衣嗎？」

「在我的包包裡。」瑪莎說。

「我們去蒸一下吧。」伊格爾說。剛從蒸氣室走出來的那群人全身閃著水光，因為口渴而到處找水喝的他們已經移動到了另一邊，他也就順勢從桌邊擠了出去，拉妲跟上。地板溼答答的。她站在廚房門口，任由其他人擁擠經過，直到看見瑪莎從背包裡拿出橘色的兩截式泳衣，才轉身走向屋子後方。

三溫暖跟走廊之間隔著一道霧面玻璃門。他們一群人走進去：伊格爾、克莉絲汀娜、克莉絲汀娜的男友、克莉絲汀娜的表哥、拉妲，後面還有拉妲不認識的一個女孩跟著。三溫暖內有木頭的氣味撲面襲來。拉妲為了呼吸努力吞嚥口水，如同碎木片般的空氣被她一路吞下。

在極燙的木長凳上，他們找了位子坐下，克莉絲汀娜的男友用勺子在蒸氣爐上稍微澆了一點水。蒸氣洶湧升起，壓迫著他們的四肢和肺臟。瑪莎穿過霧氣走進來，拉妲瞇眼瞧著。

「你每年都會為了跨年租下這種地方嗎？」瑪莎一找到座位就問了。

「這是我朋友的習慣，」克莉絲汀娜的男友說，「柯慈亞，就是那個瘦瘦的男人。不過這是我們第一次來。很不錯，是吧？」

「滿不錯的。」瑪莎說，她動了動，將雙腳從椅子的木條上抬起來。

克莉絲汀娜對著伊格爾說，「你也是第一次參加嗎？」

他說，「我只要有空就會進城，但這是第一次來跨年。」

克莉絲汀娜的表哥笑了。「對啦，他是我們來自北方的客人。你沒辦法在近一點的地方找到派對參加嗎？」伊格爾向前傾身，兩隻手肘撐在膝蓋上。一片紅疹開始在他背上擴散開來。「在家鄉沒朋友嗎？」表哥問了。

「友善一點。」克莉絲汀娜警告他。

「我不介意開長途車，」伊格爾說：「只要能來這裡好好玩上一場。」

瑪莎在蒸氣中低垂著頭。拉妲問她，「你回來多久了？」

瑪莎抬起臉，「昨天早上到的。」

拉妲不認識的那個女孩開口了，「撐不下去啦，」她走下地板，身上白一片粉一片，然後打開門走了出去。一陣冰涼氣流捲了進來。

克莉絲汀娜的表哥挪動屁股，朝瑪莎靠近。拉妲感覺有人戳了一下自己的大腿，是克莉絲汀娜，她要拉妲注意那邊的動靜。這個表哥比她們大上幾歲，或許在大家都還小時見過瑪莎，但一定不記得她之前書呆子的模樣了。在亮色的兩截式泳衣之下，她的皮膚是泛黃的象牙色，短髮晃呀晃的。這樣的瑪莎看來老練世故，彷彿是個不需要經歷童年的成年人。

伊格爾傾身靠近拉妲。「多來一點嗎？」他問。汗水從他厚實的臂膀流下。

「如果你想要的話。」拉妲喃喃回應。

他走下去，將勺子劃過桶子中的水，雖然過程中沒回頭看她，但這似乎是為了她做的。光是看著他示好就讓拉妲獲得一種卑鄙的慰藉。他不吸引人，一點也不，但看著他的寬闊肩膀和柔軟腰身，她就決心要喜歡他。他看起來就像她的父親、像她的舅舅，也跟學校中排隊在她前方的一百多個孩子沒兩樣。為了這種熟悉的感覺，她願意讓他笨拙地取悅自己。

聖彼得堡的男人或許看起來不同，更有藝術氣息吧。但像伊格爾這樣的男人——來自北方、孤單、酒喝得太快、愛幫女孩子忙，而且願意開八小時的車來參加派對——那就只有堪察加這裡才有了。他來自堪察加最低賤的地區。當他轉動水勺時，蒸氣室內又爆出一陣熱氣。

他回來之後坐得離她更近，兩人溼滑的膝蓋碰在一起。拉妲再次感覺克莉絲汀娜在戳自己，她什麼都沒說。現在他們已經成為三對男女，兩人兩人坐在一起。那個表哥正在小聲跟瑪莎說些什麼，為了聽清楚的瑪莎身體跟他靠得很近。在她的肩胛骨之間，汗水沿著脊椎流下。

伊格爾的膝蓋繼續緊貼著拉妲。這裡的情況跟廚房不同，當時他們本來就擁擠地坐在一起。在這個地方，伊格爾明確讓她知道自己在示好。若有意願，她隨時都能跟他睡。

說不定她會跟他睡。伊格爾有一點哀傷、有一點硬來，但他為她削了那顆蘋果，他會是陪她度過今晚的不錯人選。拉妲也緊靠著他的膝蓋。

這樣很好。瑪莎回來了，而她的回歸比拉妲預想的狀況還好。在拉妲之前的想像中，她非常害怕這個即將回到她們身邊的女人，但發現對方的樣子還算符合自己的記憶，是有改變，但不至於完全陌生。瑪莎說話的聲音、她的嘴巴，還有那些古怪的習慣都還一樣。拉妲試圖用被酒精蒙蔽的清醒心智去衡量眼前處境……沒錯，她認為目前還過得去。

總之，現在瑪莎有機會看到拉妲跟這個男人相處，對方顯然對她充滿慾望。在成長的過程中，拉妲和瑪莎從未跟男孩親吻過，就連試也沒試過。現在她們已經是女人了，只要在合理的限度內，她們愛做什麼就做什麼。

「小莎，你家人還好嗎？」克莉絲汀娜問。

瑪莎抬眼看向她，眼睛底下的肌膚因溫度而緊繃。「不錯，」她說，「一切正常。」拉妲腿部被伊格爾碰到的地方更燙了。「凡亞過得如何？」她問瑪莎。「那是你的男友嗎？」那個表哥問。

「我弟弟，」瑪莎說：「他很好。」她微笑，牙齒在蒸氣室內的霧氣中顯得特別白。

「他今年要從高中畢業了。」

「不會吧！」拉妲說。

「他正在申請符拉迪沃斯托克的大學，他想從商。」那個以前總是看著她們玩樂的小跟屁蟲竟然要畢業了。曾有一次，瑪莎的父母在外過夜，三個女孩跟他講了一大堆鬼故事，最後害他尿溼褲子。而他現在竟要去學習如何營運一間公司了。

「真不賴。」克莉絲汀娜說。她把劉海從額頭往後撥，毫無遮蔽的臉上最顯眼的就是顴骨和嘴唇。「你們還真是懂得體驗世界的人，過得還真不賴。」

「你算是四海為家的人囉？對吧？」表哥問。

「是嗎？」瑪莎說，「不是吧，不算是。」

「你不懷念堪察加的生活嗎？」他問，她搖搖頭。「你不懷念堪察加的男人？」

「不懷念。」

「那你是沒遇見對的人。」

克莉絲汀娜的手指輕輕沿著拉妲的大腿撫摸。蒸氣讓所有血液衝上拉妲頭部。透過瑪莎背部的線條，她知道瑪莎很不自在，那片美麗的背脊呀，上頭光裸的肌肉緊繃又光滑。拉妲看了好想說，瑪莎呀，現在是新年假期，放鬆一點，讓他撫摸你吧，正如拉妲打算讓伊格爾今晚擁有自己。瑪莎呀，她好想告訴她，做就是了。再次成為我們的一分子。

牆壁冒出嘶嘶的蒸氣。克莉絲汀娜從凳子上滑下，肩膀因為汗水而閃閃發光。「我要出去了。」

瑪莎快速起身，拉妲也站了起來，此時她的視線周圍出現一片片黑點。男孩們一定會跟上。克莉絲汀娜帶著她們走出蒸氣室，進入吵雜的走廊。

克莉絲汀娜打開房子的前門後冷得尖叫。時間還沒到午夜，但天空已是一片深沉的黝黑，數百萬顆星子朝下閃爍著光芒。克莉絲汀娜的男友把她推上被冰層覆蓋的水泥階梯，其他人則跟著推擠出去。廚房裡的人們正大吼大叫，警察的聲音壓過了其他人。門關上後，屋內的喧騰瞬間轉為無聲。

拉妲抱住自己，戶外的冷空氣仍潛行而來，但因為蒸氣留在身上的餘溫，她還沒真正感受到那抹寒氣。空氣清澈，地面出現許多冰晶，她知道氣溫遠低於零度。她的緊張情緒想必此刻已蒸散殆盡。有隻手在她的尾椎處穩定扶了上來。她低頭望向自己的雙臂，發現它們正散出白煙，而身後的伊格爾將嘴唇靠上她的耳邊。「你好嬌小。」

那應該是在稱讚自己吧，她想。「我已經長大成人了呢，」她說，然後把重心輕巧往後移，靠在他的手掌上。

「真的嗎？你多高？」

「一百五十五公分。」其實是一百五十四公分。

他的手仍扶在她背上。「你有去過埃索嗎？」他問。「我可以帶你去。」

有人往他們身上推擠過來。在階梯另一側的瑪莎開口，「住手。」

「怎樣啦，」克莉絲汀娜的表哥說，「你什麼毛病呀？」瑪莎已經離開所有人身邊。那位表哥則舉高雙手。

「我沒興趣。」瑪莎語調沒有起伏地說，那聲音就是**我親愛的夏洛克．福爾摩斯先生**。

表哥放下手臂。他跟克莉絲汀娜一樣高，嘴唇也一樣翹翹的，不過那種嘟唇在他臉上卻多了絲善感氣息。「該死的女同性戀。」

他的口氣似乎很認真。情場上總有人死得不明不白。拉姐現在感覺冷了，她凍壞了。

「別跟她講那種話。」克莉絲汀娜說。

「就算我是女同性戀又怎樣？」瑪莎說，「至少不是什麼僉他的變態。」她走下階梯，踏入蓋滿雪和碎石的地面，加入另一群人。所有人沉默不語。克莉絲汀娜長長的脖子往前彎。

那個表哥說「她們讓我覺得噁心」，然後進屋去了。

另外兩個男人也跟進去。伊格爾最後才進去，但還是去了。現在只剩下她們——拉姐、瑪莎，另外還有克莉絲汀娜，就跟過去一樣。

瑪莎在階梯邊緣坐下，泳裝下半截背部皺在一起。「這裡太冷了，不能坐，」克莉絲汀娜說，「你會不孕。」

瑪莎沒回話。

一輛車從車道出口呼嘯而過，車燈照亮了樹。有人這麼晚了還要再去參加另一場派對。

「別放在心上。」克莉絲汀娜說完，轉身走了。

門再次關上，終於現在只剩她們兩人。拉妲也蹲下，坐上階梯，水泥刮擦著她的大腿後側。

「他那些話不是認真的，」她告訴瑪莎。「你還好嗎？」

瑪莎直盯向前方，雙臂交叉放在膝蓋上。所有人的車子都排列停在她們前方的車道上。

「這是我最後一次來這裡了。」她說。

「克莉絲汀娜的表哥是白癡。留下來過夜吧。」

瑪莎對著結冰的前院點頭。「我指的是家鄉，是堪察加這個家鄉。」

這個夜晚快要讓拉妲的肺臟完全凍成冰塊了。「你才剛回來，不是嗎？」她說。

「是啦，嗯，」瑪莎說。她的雙肩聳起，坐姿一如往常。「是我父母要我這個冬天回來，但現在他們要我永遠別回來了。」

「不可能。」

「他們今晚是這麼說的。」

蒸氣室的餘溫早就散光了。瑪莎的皮膚上立起一顆顆白色的雞皮疙瘩。拉妲想要撫摸那片肌膚，她就是湧起了這股衝動，以前要碰觸到瑪莎是多麼容易呀。她就是拉妲認識的那個小女孩，但又同時是另一個人。

「但你在聖彼得堡過得很開心，」拉妲說，「是吧？克莉絲汀娜說你很開心，一直以來都很開心。」

「大概是吧，」瑪莎說。她把頭枕在交叉的雙臂上望向拉妲。「回去後得找一間新公寓。我剛跟女朋友分手了。」

「噢。」拉妲說。她想，是那個室友嗎？克莉絲汀娜之前說瑪莎有個室友。

原來那是她女友。瑪莎真是蠢。那是女友——瑪莎是在門外說的，而她所熟悉的那些高大男人就待在牆的另一邊呀。那裡有位警察，那裡可是有位警察呀。在幾乎要結霜的表面之下，她內在的蒸氣、酒氣及怒氣開始一陣陣冒出。現在她想碰觸瑪莎了，不是輕柔的碰觸，不是用指尖去碰觸她細緻毛髮立起的手臂。她想用力抓住她的手腕搖晃。傑出的瑪莎，拿到獎學金和科技學位的傑出瑪莎呀。這個完美的瑪莎，在全球規模公司找到工作的完美瑪莎，每個月花兩萬八千盧布跟另一個女人住在一起的完美瑪莎。瑪莎這輩子總擺出一副獨一無二的姿態。如果她因此就相信可以這樣搞……

有些人就是不會在意你是否本來就獨樹一幟，他們無論如何都會懲罰你。舉例來說，就算是個聰明的女孩交了女友，鄰居也一定會去打她的小報告。警察只要逮到機會就會傷害你。才在幾年前，就有個人在鄂霍次克海側的某地因此被活活燒死。瑪莎在十七歲時搬離家中，她回想在堪察加的生活時，腦中浮現的畫面八成是火山、美味的魚子醬，還有記憶中直通雲霄的碎石山路。她不知道這些日子以來，像她和拉妲以前一樣純真的女孩會遇上什麼事。她們的人生是會因此全毀的。任何女孩都有可能。戈洛索夫斯卡亞家姊妹就因為獨自散步而陷入險境——光是這種錯誤就能讓她們賠上性命。

只要沒有做該做的事，只要放下你的戒心，他們就會逮住你。只要給他們機會就完了。拉妲不敢相信瑪莎竟敢天真地跑去交女朋友。他們會傷害你，拉妲非說不可，你可能因此沒命。

在一片靜默中，有首流行歌從廚房窗戶流洩而出。怎麼可能有人如此用功讀書，但卻還是這麼蠢？

拉妲說，「你不能在這裡說這個。」

瑪莎沒說話。

「你可能因此沒命的。如果你打算這樣，為什麼還要回來？」

「我哪樣了？」瑪莎說。「我沒有變，你比任何人都清楚我是什麼樣的人。」

拉妲把雙臂交叉放在自己的膝頭，再把臉頰放在手臂上，然後望向瑪莎。她努力想要生氣，「小莎，」她說，「聽我的話，可以嗎？」

「不可以。」瑪莎回答，露出微笑。

那些牙齒，還有她歪歪的可愛臉龐，都讓拉妲那顆早已被她偷走的心，疼痛到無法直視。

星星散落在她們頭頂的天幕。寒氣深深陷入拉妲的骨頭裡，她覺得自己的骨髓一定已經凍成青藍色。過了一陣子後，拉妲說，「至少答應我，平常小心一點好嗎？」

「為了你嗎？」瑪莎說，「我什麼都願意。」

人們的各種聲音從身後屋內傳來。瓶子碰撞、笑聲起落。坐在屋外這麼久實在太冒險了，因為克莉絲汀娜的表哥可能已經在廚房裡大發議論，不停說拉妲跟瑪莎一起在暗夜中幹了各種好事，但拉妲實在捨不得離開。她等了好多年。她們的友情早已永遠佚失了大半，但瑪莎再次開始跟拉妲說話了，即便只有那麼一次，但無比誠懇，彷彿她們還是彼此生命中無比重要的人。

我親愛的，我親愛的。我的小甜心。

「你保證？」拉妲問。

「我保證。」但上帝清楚，她曾打破自己的承諾。

拉妲坐過去，把頭靠在瑪莎的肩膀上。在拉妲的太陽穴底下，瑪莎的肩膀清涼、平滑，如同一份恩寵。「我也願意為你做任何事，」拉妲說，「只要我做得到。」

「我知道，」瑪莎說，「只要能力所及，你會的。我很清楚。」

呼出的氣息在兩人臉前化成白煙、往上旋轉，消失。

「我們該進去了。」拉妲說。

瑪莎說，「你今天午夜時會跟我待在一起嗎？」拉妲靠在她肩上點點頭。「就像現在這樣。我這樣問真傻。」

「不，不傻。」

「這是我待在這裡的最後一晚。」

伊格爾這類男孩之前就出現過，反正之後也會再出現。「我們可以就這樣坐著，」拉妲說：「不是什麼難事。真的。」

天空是無窗的巨大房間，星星遠得令人無法置信。在乾冷的黑暗中，拉妲努力對抗著血液中的酒精，靠著意志力為未來創造新的回憶。就各方面而言，這一刻都比她不會踏上的埃索之旅來得意義重大。她不該忘記其中任何一秒。

無論去到哪裡，瑪莎或許都蒙受著拉妲的關愛，但那樣的關愛無法確保任何人的安全。除了兩人一起健行、一起讀書、一起在庭院裡玩遊戲，還有一起在床上看電影的回憶之外，拉妲會切實記住此刻：她的朋友光裸著肩膀，無比固執又愚蠢的誠實。時間接近午夜，天氣將她們擱在碎石上的腳趾凍得發白。兩人都在微笑。美麗的瑪莎，早已長大成人卻又孩子氣的瑪莎。她不怕勢必襲向她的一切傷害。

一月

一九四七年的羅斯威爾飛碟墜毀事件。多年前發生的通古斯大爆炸。丘比斯・瓦頓遭受不明飛行物綁架案、薩索沃神祕爆炸案，還有彼得羅巴甫洛夫斯克天體發光現象。太平洋側有目擊者表示看到巨大紅球墜毀的六一一飛碟事件。一九八九年的佛羅尼斯不明飛行物事件。

娜塔莎還在讀書時就從弟弟那裡聽到這類故事了。打從那時候開始，再加上埃索圖書館中有衛星網路之後，丹尼斯關於外星目擊事件的「固定演出劇目」總在不停擴充：日本一六二八航班、智利的埃爾博斯克空軍基地、土耳其的顏尼肯特大樓，和倫敦奧運開幕式。另外還有國際太空站窗外、二〇一一及一二年耶路撒冷上方的天空、二〇一三年劃過車里雅賓斯克上方的火球，還有在堪察加最杳無人煙的地帶，逐漸往低空盤旋的一道道紫光。

如果外星人真的登陸地球，娜塔莎會要求他們在統治世界的一開始，就先刪掉她弟弟的記憶。透過十五年的研究，丹尼斯在腦中儲存的不明飛行物體目擊資訊已經等同一整套百科全書，還會為了更新資訊不停推出補充本。新年才過了四天，他就已經開始重提那些無中生有的事件，而且每次都是從頭講起。娜塔莎當時正用醃漬覆盆子為家人做鬆餅早餐，他們的母親正在剝一顆橘子。

「埃爾博斯克空軍基地。」丹尼斯說。

娜塔莎用兩手輪流擺弄刀叉，沒抬頭看他。她的弟弟跟媽媽是在新年前一天的下午來到娜塔莎位於彼得羅巴甫洛夫斯克的公寓，預計在這裡待上一星期——娜塔莎得小心分配她每次感到挫敗的程度，好確保她能撐到最後一天，但真的很難。現在慶祝新年的相關活動結束了，已經沒什麼可以分心的事，她只想不停地把丹尼斯搖晃到翻白眼為止。專心做鬆餅實在不是她此刻最需要的慰藉。

「目擊過程被攝影機透過七個角度拍下來了。」

「我們都知道了，親親。」娜塔莎對著盤子說。

「國防部長在大白天時看見了，有個物體……」

「有個物體偷偷尾隨他們的噴射機，」她複誦之前聽過的內容，「我說我們都知道了。」

他們的母親用涼涼的手搭在娜塔莎的手背上，柑橘的氣味在兩人之間飄散開來。

「別這樣，」她說，然後對著娜塔莎的孩子說：「你們從來不做這種事，對吧？你們一定不會在別人開始講話時打斷他們吧。」

娜塔莎臉紅了。「媽媽。」

他們的母親收回了那隻手。她對著娜塔莎的女兒說，「尤卡，你永遠不會這麼無禮，對吧？」坐在桌前的小女孩在位子上挺直身體。「所以大人成為壞榜樣時，我們不該學習。告訴我，你書讀得如何？去年讀的書當中，哪一本最棒？」

「尤卡看太多書了，不太可能都記得。」娜塔莎的兒子說。娜塔莎戳弄著一片鬆餅。都已經是三十一歲的博士候選人了，她還是會被媽媽罵。她的家人每次來訪都會害她再次成為一位青少女。過去幾天來，她因為在假日偷吃太多巧克力，額頭上長了一排青春痘，今天早上還得改變髮型才有辦法遮住，整顆頭感覺一塌糊塗。

「《野性的呼喚》，」尤卡說，「奶奶，你讀過嗎？」

娜塔莎的母親將下巴撐在一邊的手掌上，想辦法擺出極度感興趣的模樣。「傑克．倫敦的書，我當然讀過。」

「列維就沒讀過。」

「閉嘴啦。」男孩說，娜塔莎把手中餐具用力放到桌上，娜塔莎的母親要求大家乖乖吃飯，這個早晨又這樣回到了正軌。

至少她的孩子沒怎麼被丹尼斯的古怪嚇到。在跟舅舅一起度過許多次寒暑假後，列維和尤卡已經習慣遵照奶奶的指示行動：輕鬆以對、轉移話題，不要積極對話。就算假期中所有因為活動產生的興奮火花都已熄滅——畢竟電影也看了、禮物也拆了——他們仍沒有無聊到會去找丹尼斯對話。丹尼斯此刻就在桌子的另一頭挑揀著食物。他無疑正在等一個提起車里雅賓斯克隕石事件的最佳時機。

娜塔莎也會把感興趣的事無休無止講個不停嗎？比如她對細身寬突鱈族群的觀察？沒有呀。那為什麼她弟弟會被鼓勵講個不停呢？她真的好想問。

若有機會，她想介紹她的孩子認識小時候的丹尼斯。當時的他一樣害羞、一樣偏執，但更專注於現實中的事，而不是這些天馬行空的故事。成長過程中，他們三人一起度過了快樂的暑假——娜塔莎和丹尼斯把彼此壓到村中社區泳池內溫暖的青綠水中，而他們的小妹就坐在一旁開心尖叫。

現在丹尼斯只沉浸在自己的世界中，莉莉亞也不在了，而娜塔莎連跟大家一起吃完一頓早餐都有困難。

娜塔莎清了清喉嚨，「很抱歉打斷了你。」

「影片就在網路上，」丹尼斯說，「如果你願意的話，我們可以一起看。」

娜塔莎拿起茶杯，以便在杯緣上方對母親瞪大雙眼示意。她母親說，「我們不會在電腦前度過這個假期。列維，現在換你了。你最近讀了什麼書？」

這些跟外星人有關的話題是丹尼斯九歲時開始的，他高中時期的晚上幾乎全在看跟「外星入侵」有關的電影。如果沒有非得完成的工作，娜塔莎會爬上沙發，坐到他身旁，把莉莉亞抱在腿上，然後對著吊在鐵絲上的紙板太空飛船咯咯發笑。丹尼斯之前也會在場景變得荒唐時一起笑，在他開始將重心轉往外太空之前，他其實願意參與一般人的生活。

但現在不是這樣了。列維和尤卡認識的是不一樣的丹尼斯、不一樣的這個家，而他們所認識的世界，也跟娜塔莎成長時期那個如同綠色夢境般的世界不同。不過，娜塔莎仍可以讓孩子們在這幾天過得更自在。除了瘋掉的舅舅，還有已經因為香檳連續第三天頭痛的躁動母親之外，他們值得更好的假期。「你們今天想做什麼？」她問。

「騎馬。」尤卡說。

列維嘆氣。「冬天不能騎馬啦。」他說，而尤卡說，「可以，可以騎。」他又說，「不能，不能騎。」娜塔莎用「噓」打斷他們兩人，他們只好繼續悄聲吵架。娜塔莎望向她母親，而母親則在等著看她出手的模樣。每次家人來訪時，娜塔莎都會忘記自己在家中擁有的權威地位。

其中的荒謬之處是：幾乎無法盡到姊姊及女兒義務的娜塔莎，現在必須獨力負責自己的學業、工作和兩個孩子。「你們覺得，」她母親對著桌子問，「去溜冰如何？」

＊＊＊

娜塔莎載著他們停在綜合運動中心前時，丹尼斯又試了一次。「二〇〇八年，在顏尼肯特……」

「等一下，」她轉頭往後喊，「我需要集中注意力。」他們開的是她丈夫的車。猶里又出海了，他在越過國際換日線後的某個太平洋港口傳了照片回來，其中的他正在歡慶新年，但比他們這邊整整晚了一天。他一手拿著啤酒，對著手機的鏡頭俏皮地擠眉弄眼。娜塔莎回傳了一張比中指的自拍照，接著立刻傳去另一張自拍：在床邊桌燈的打光之下，她拉低上衣，嘴唇和臉頰因為低瓦數的燈光而交織成一片暗金色。這幾張照片說明了兩人婚姻的成分：一點愛、一點怒氣，還有很多很多的海水。

她一邊換檔，一邊仔細聽，想確定是否有猶里認為必須處理的引擎雜音出現，最後把車停進了正確位置。當母親費力端詳前方的保險桿時，坐後座的丹尼斯又說，「顏尼肯特。」

「再等一下。」娜塔莎說。她解開安全帶，心裡打定主意絕不讓他把故事講下去。但一走下車，面對眼前的沉默，她卻不再那麼有把握了。兩個孩子已往前多跑了幾步。她的弟弟悶悶不樂，只是駝著背走在她和母親身邊。娜塔莎應該要問他那棟土耳其大樓的事——她可以用他說過的話引導他開口——那是人類有史以來錄到最重要的外星影像，她知道他一定會這麼說——但她就是不想。

人行道上方延伸的樹枝已因為結霜而轉白，溜冰場的鐵欄杆上也覆蓋著白雪。今天有許多家庭一起來溜冰，還有年輕情侶手牽手一圈圈溜著。「好多人，真不知道你怎麼有辦法住在大城市裡。」母親說。為了不讓小孩聽懂，她是用鄂溫語說的。

娜塔莎強迫自己擺出忙著找錢包的模樣，同時也用鄂溫語回應，「真不知道這句話你什麼時候才會講到不想講。」她母親用鼻子哼了一聲。

收費員上方有張價目表用膠帶貼在原本的告示上。娜塔莎很想看看新價目表底下的原價——在上個月貨幣貶值後，現在的入場費大概是之前的兩倍吧。她付了母親租借溜冰鞋的費用，替尤卡的鞋子裝上冰刀。列維則穿著自己那雙笨重的黑色冰鞋，走向舅舅後開口問，「你打算溜嗎？」丹尼斯搖搖頭，「那你為什麼來？」

「別這麼沒禮貌，」娜塔莎說，「丹尼斯，你確定不想溜嗎？」他又搖了一次頭。她的兩個孩子已經在溜了。本來她打算問弟弟要不要喝杯熱巧克力，但他是個成年人了，可以自己找樂子。她於是綁好鞋帶後蹬腳出發。

一六二八航班。六一一飛行事件。這些故事沒完沒了。

冰鞋緊緊箍住她的兩隻腳踝，她單腳溜過一群陌生人。一旦身邊有了空間，她開始環顧溜冰場。列維跟幾個偶然遇上的同學在一起，尤卡握著娜塔莎母親的手。丹尼斯站在溜冰場邊緣，眼神和娜塔莎對上，她揮手，然後一如往常地越過冰面尋找莉莉亞。就是找找看。她想像自己在超過三年之後，可能就會在離公寓幾公里之處的蒼白都市人群中發現莉莉亞的臉。但莉莉亞並不在。

娜塔莎覺得四肢發軟，像是要融化一樣。她往左傾，滑過另一群人。所以現在只剩他們倆了。娜塔莎和丹尼斯。她心裡明白，但不知為何又老是忘記，因此每次走入人群時都還是在搜尋妹妹的身影。現在只剩下他們倆了……

她又轉了個彎，再次尋找丹尼斯無精打采的身影。他把兩隻手肘靠在溜冰場邊的矮牆上。下午的乾冷空氣掃過她的肌膚。太陽是一個清冷的圓圈，是白日上的一個孔洞。在幾乎是溜了第一百圈時，娜塔莎的丈夫打電話來。他說話的聲音總是延遲一秒，她等著連線變順暢。

「照片很不賴。」猶里說。

她對著手機笑開。「謝啦。」

「我給所有人看了。」

「第一張還第二張？」

「第二張，我開玩笑的啦。」他趕在她發作前說明，「孩子如何？」

她立刻就找到兩人的身影，她看見了尤卡的針織帽和列維的紅灰外套。「他們很好。老在鬥嘴，但很好。」

「你媽有幫上忙嗎？」

「當然，她棒呆了。」

「你才是最棒的，」他說。她用手指輕撫長滿痘痘的額頭。他繼續說：「我一直在想你。」

「那把潛水艇掉頭開回來吧，我們在斯巴達克，我想跟你一起在溜冰場繞圈圈。」

「我想跟你一起窩在某個溫暖的地方。」他說，她笑了。經過十二年的調動生涯後，他們倆已經很擅長應付這種電話。其實現在這樣還比兩人一起擠在小公寓中更好。在家時，猶里會因為無聊而變得煩人，但去海上執勤時沒機會讓她看到其他樣子，只會展現出最好的一面。人總是要隔一段距離比較好相處，

當你不需要聽對方講太多話時，什麼聽起來都很甜美。丈夫掛掉電話之後，娜塔莎溜過靠在牆邊的弟弟，他們的母親正在一旁擦眼鏡。近距離愛一個人實在很難。

莉莉亞明白這個道理。娜塔莎知道她就是因為這個原因才逃家的。畢竟高中畢業後，娜塔莎和猶里就為了能和兩家親戚保持距離搬離當地——為了逃離猶里酗酒的家長、娜塔莎母親的挑剔，還有丹尼斯的胡言亂語。莉莉亞一定是做了一樣的決定，只是她跑得更遠，直接離開了堪察加，而且毫無預警。

事情發生時，娜塔莎和猶里已經住在城裡了。娜塔莎偶爾會收到妹妹發來的訊息，講的都是小鎮八卦、感情糾紛，還有丹尼斯的「精選發言」。他們的母艦從外氣層監控著地球。又或者雷達正在追蹤針尖形的飛行器。娜塔莎會回訊邀請妹妹來探望孩子，莉莉亞總是說再說、再說，她說她很想念他們，也說很快就會來拜訪。

但她始終沒來。就在滿十九歲前的那個秋天，她消失了。他們的母親不明白為何有青少女想逃離埃索，她去找了警察，警察同意花一、兩天的時間尋找莉莉亞的行蹤。於是有警官拿她的照片給當地公車司機看，還去敲了幾戶鄰居家的門。埃索警局的規模很小，不過就是彼得羅巴甫洛夫斯克警局的一個偏鄉分局，而就算是彼得羅巴甫洛夫斯克警局，偶爾都得按照莫斯

科的指示辦事。這樣的小分局各方面都不具備處理失蹤人口的能力。相較之下，娜塔莎進行的搜索工作感覺都比較有效——她在埃索挨家挨戶地調查、詢問彼得羅巴甫洛夫斯克機場的保安隊，還連續幾個月不停傳訊息給妹妹：你在哪？請回訊。不過最後也沒獲得什麼成果。

「莉莉亞十八歲了，也已經畢業。她就跟許多女孩一樣耐不住無聊生活，」埃索的警長當時如此跟娜塔莎的母親說：「她一定是離家去見識這個世界了。」

當然，現在娜塔莎知道警長說得沒錯，但當時這些話激怒了她。如果是要見識這個世界，她得先透過彼得羅巴甫洛夫斯克離開這座半島。難道她真有進城卻沒跟娜塔莎道別嗎？家裡一定是發生了什麼事，才會讓莉莉亞跟娜塔莎斷絕聯繫。有人逼走了莉莉亞，難道會是丹尼斯嗎？

三年過去了。即便是再過三年、五年，又或者是七十年，娜塔莎還是會記得莉莉亞剛消失的那些日子。在母親打電話跟她說了這個消息的隔天早上，她帶著丈夫及孩子一起從彼得羅巴甫洛夫斯克開車前往埃索，路程中她還將車子停在路邊，對著泥地乾嘔。莉莉亞不見了。娜塔莎氣到反胃作嘔。到家時，她發現他們的母親因為哭得太厲害，整張臉腫得跟蜥蜴一樣。丹尼斯說莉莉亞不是自己離開的，一定是被帶走了。當他朝著屋頂及星星的方向指的時候，娜塔莎揙了他一巴掌。

就像一場醒不過來的夢魘。那個時候，莉莉亞的各種物品、書本，還有皺巴巴的衣服都還散落在屋內各個角落。娜塔莎當時只有五歲和七歲的孩子在客廳睡著了，而在廚房內，娜塔莎看到她母親連眨眼都有困難：眼鏡背後的睫毛從她的痠痛眼皮歪斜地戳刺出來。猶里的手沉沉地搭在娜塔莎背上——自從接到莉莉亞失蹤的電話後，他不停用各種方式撫摸她。當丹尼斯說出那句話時，原本蹲在沙發上的娜塔莎立刻從座位上跳起來，用盡全力摑了他一巴掌，聲音大得嚇人。他的臉頰比她預期的還硬，而她的手不但打到他的下巴骨，也打到那兩排緊閉起來的牙齒。

娜塔莎直到今天都覺得很抱歉。丹尼斯只是說了原本就會說的話，他真心相信他們的妹妹已經被帶到遙遠的星系間，但娜塔莎還是希望他能更費心記得某些時候發生的事，比如莉莉亞畢業之後最關鍵的幾個月，也希望他能多關心莉莉亞在做些什麼、還有跟哪些人混在一起。但娜塔莎自己也始終懷抱著同樣愧疚，要是她更常回去探望家人就好了——又或者堅持要莉莉亞來城裡探望自己就好了——但無論是想重新再來一次，或是說一些本來有可能拯救他們的話，總之現在都太遲了。

總之，娜塔莎不再那麼憤怒了。

為了向自己證明這點，她朝母親和弟弟的方向溜去。「我正跟丹尼斯說要把自己包緊一點，」她母親說。「從海上吹來的風實在太強，列維和尤卡冬天一定老在生病。」

「沒有，他們很習慣了。」娜塔莎說。她因為這段對話把臉別開，看著自己的孩子溜過。溜冰場外的海灣看起來像一只銀盤子。「而且今天海面滿平靜的。」

她母親用一隻手指著繞住外套領上的圍巾。「我這裡感覺冷，就像有把刀抵住我的喉嚨。溫度才剛好在冰點以下，但風會讓你以為快要凍死了。」娜塔莎和猶里搬家之後的這些年，娜塔莎的母親總在抱怨城裡的犯罪率，但自從他們家跟村中警察打過交道後，她就改講起其他話題：天氣。

娜塔莎母親沒說的話比她弟弟說出口的話更糟糕，她心懷怨恨地針對莉莉亞的消失做出了各種推論。戈洛索夫斯卡亞家姊妹被綁架之後，娜塔莎在某次打去埃索的電話中提起此事，而她母親是這麼說的，「現在你倒是感興趣了？」

「這話什麼意思？」娜塔莎問，但她其實很清楚是什麼意思。電話另一頭的母親沒說話。經過漫長的一分鐘後，娜塔莎說了，「所以你聽說這個新聞了。很可怕，對吧？」

「現在你倒覺得可怕了，」她母親說。「對，是很恐怖。她們的照片就貼在我們郵局裡。但現在你終於意識到這種事總在發生了吧。」

「什麼事？媽媽？」她母親寧可瞧不起警察、懷疑他們的鄰居，甚至想像她最小的孩子被人抓去殺害，都不願承認莉莉亞只是想逃離他們身邊而已。「這兩個是孩童，年紀大的跟列維同個學校，只大他一年級。她們是被誘拐走的，」娜塔莎說：「她們不是莉莉亞。」

她母親嘆氣，嘆氣聲透過電話尖銳傳來。「尤卡和列維開學前需要準備什麼，你跟我說吧。」她說。然後又說了：「她們被殺了，我很確定。她們被貼在這裡的海報上沒提到任何有關誘拐的內容。不過，小塔，你最好還是別隨便聊起這種事。我們又能改變什麼呢？什麼都不能。」

在那之後，娜塔莎就沒在兩人對話中提起這則頭條新聞了。即便到了多年後的現在，她都沒問村中警長跟母親說了什麼，又或者在超市排隊結帳的鄰居會怎麼偷偷談論他們家。列維和尤卡咻地滑過她身旁，踩著冰刀的膝蓋彎曲，準備開始下一輪。她母親開始說，「那些手套……」

娜塔莎對著某個走過來的人舉手招呼。「抱歉，媽媽。」她先快速用鄂溫語說，接著用俄語為彼此介紹：「新年快樂！很高興見到你們。這是我母親亞拉・伊挪肯提弗瓦，還有我的弟弟丹尼斯，他們是來探望……」

「從北方來的，北方的埃索。」娜塔莎的母親說。

「這位是安菲撒，她的兒子跟列維同班。」娜塔莎跟這位貓一樣的金髮女子不熟，她跟這位鄰居只有在公車站或奇怪的學校表演會中閒聊過。至於丹尼斯，感謝上帝，他沒擁抱他們。他只和他們眼神接觸，打了招呼，但沒有進一步動作。

「很高興你們也在這裡，」安菲撒說。她冬帽下的那對眉毛彎彎的，用眉筆畫得很完美。「我們過去幾天都困在公寓裡。你看，他們發現彼此了。」她朝冰面抬起下巴。

娜塔莎轉頭看到兩人的兒子正跟一群六年級的同學在溜冰，因為使勁而臉頰紅通通的尤卡則跟在大家後方。娜塔莎叫了女兒的名字，尤卡沒聽見，又或者是假裝沒聽見。

「猶里在家嗎？」安菲撒問。

「三月才會回來。」

「那能有家人來拜訪實在太好了。」安菲撒對著娜塔莎的母親微笑。「就算娜塔莎非常厲害——她真的把一切都處理得很好——我確定她還是很感謝有你們來陪她。你們常來嗎？」

「只是來過寒假的。他們夏天會來找我們，」娜塔莎的母親說：「不過一年來這裡一次就夠了。工作讓我很忙——我在家鄉負責經營文化中心。彼得羅巴甫洛夫斯克對我來說太難應付了。」

「我懂，我真的懂，」安菲撒說，「我自己就是在北方長大的。」

娜塔莎驚訝地望著這位鄰居，安菲撒的皮膚很白，講話也沒口音。「我之前完全不知道。」

「是真的，在帕拉納，我是懷了米夏之後才搬來這裡。」

「其實能遠離城市比較好，」丹尼斯說，「住在小鎮是最安全的。倫敦奧運時，那些飛船監控了所有人，有照片為證，天空上有三個光點連成一線。」

娜塔莎閉上雙眼，將心思專注於腳踝被冰鞋箍住的緊繃感受，還有貼合著大腿的發熱內搭褲。有些許挫敗的情緒開始在她胸口揮之不去，但沒有怒氣。

再次張開雙眼時，她看見了安菲撒。這位鄰居伸手抓住娜塔莎的手肘。「這星期過來吧，」安菲撒說，「兩個小男生可以給彼此分心，我們就能有一、兩小時的獨處時光。」在她那如同貓一般的微笑中，有某種微小但足以辨認的祕密訊號正在對娜塔莎發送：你不孤單。

＊＊＊

安菲撒的公寓跟他們的公寓位於同一排建築中，中間只隔了幾個出入口。溜冰過後兩天，列維踏過停車場，走向了那道門。「慢一點。」娜塔莎在他身後喊。她牽著尤卡走過一個個還沒鏟掉的雪堆，手臂下夾著一盒巧克力，其中每顆都做成不同形狀的貝殼，表面則有黑、白及牛奶巧克力創造出的螺旋紋路。

她兒子走過了預定入口，娜塔莎得大吼著要他回來。自從星期日交換過電話號碼之後，她和安菲撒就一直在傳訊息：一開始談的都是些瑣事，像是打招呼或問候對方過得還好嗎，接著就是笑話、網路的搞笑迷因圖，還有安菲撒對著一瓶蘇聯香檳皺眉的自拍照。你和列維應該來我家，安菲撒今天下午在訊息中寫道。米夏需要有人可以一起玩，我也需要。十五分鐘後，娜塔莎傳訊致歉——我們確實很希望能多出門，但我女兒……那就把尤卡一起帶來吧，安菲撒說，直接過來。

門鈴響起，大樓的門在他們面前打開。列維跑上樓梯，娜塔莎跟在後面走上去，聽見有人說話的回音。等娜塔莎和尤卡走到正確樓層時，安菲撒已獨自站在那裡，身上穿著奶油色毛衣和有星系旋轉圖樣的內搭褲。「他們在米夏的臥室裡，」安菲撒對著尤卡說，「走廊的第二道門。」小女孩扯下靴子，丟下外套，立刻往裡頭衝。等安菲撒和娜塔莎獨處時，安菲撒說，「終於如願了！」

水壺加熱時，兩人坐在廚房內的桌邊。娜塔莎帶來的禮物放在兩人中間，安菲撒拿起一顆鸚鵡螺形狀的白巧克力，單腳蹺在椅子上，兩隻眼睛畫了青銅色的眼線，看起來就像個青少女。「跟我聊聊，他們打算待多久？」她問。

「到十一號，其實沒很久。」

「也夠久了。」

「感覺像是永遠不會結束，」娜塔莎說。「一接到你的邀請，我就把夾克套到列維身上，速度快到袖子都要扯破了。」

水在水壺裡咕嘟咕嘟翻騰。走廊的另一端，男孩們大喊著類似軍隊命令的詞彙。安菲撒把巧克力丟進嘴裡，接著站直身體，取了兩個馬克杯來。「我懂，相信我。去年的新年是我們第一次沒在我父母家過節。」

「你們用了什麼藉口？」

「米夏得上音樂課。我可以給你那個音樂教室的名字。」安菲撒在流理台上攪拌兩人的茶，湯匙撞擊馬克杯側時鏘鏘作響。她在毛衣下襬穿著內搭褲的雙腿又細又黑。「但幫不上你們的忙，你的家人已經習慣來這裡拜訪了。」

娜塔莎把頭埋入擱在桌墊上的雙臂。只有當安菲撒把茶放下時，她才抬起頭。「我在裡頭偷加了一點威士忌。」安菲撒說。

兩杯飲料中都有一片檸檬和針尖般的茶葉漂浮在一起。「謝了。」聽著，我不希望你覺得我是那種不知感恩的惡劣傢伙，」娜塔莎說，「我只是這星期狀況不太好。」然後她心想，「其實是過去幾年的狀況都不好。」

「別擔心我是怎麼想的。我生來就是個惡劣的傢伙。」馬克杯中飄出蒸氣，安菲撒深吸進去。「吃午餐了嗎？要吃點什麼嗎？」

就在安菲撒微波兩盤米飯配魚排，並從冰箱裡的大碗中舀出沙拉時，娜塔莎跟她說了許多家裡的小故事。令人意外的是，她發現對她傾訴並不難。那天早上，舉例來說，列維打斷了舅舅某個重複講過好多次的故事，然後問，「你為什麼老是這樣？」當丹尼斯悲傷地沉默不語時，列維說，「你看？又來了，就是這樣。」

安菲撒將冰箱門關上。「你弟想說什麼？」

「你當時也聽見了。」

「只聽見一點。」

娜塔莎學他肩膀垂下，雙眼瞪大。「來自倫敦的照片證明出現了三艘不明飛船，天空上有三個光點連成一線。」有一抹細小的愧疚情緒流過體內，但太享受這一切的她沒打算停下來。

「噢，你學得真像。」她的鄰居說，「繼續說。丹尼斯怎麼回應？」

「他假裝這一切都沒有發生吧，我猜。」

安菲撒把兩人的餐盤放下，伸手去拿了紙巾和餐具。「太可惜了，那可是個好問題。」

「那是個無禮的問題，我要求列維跟他道歉。」娜塔莎說。整個空間迴盪著小茴香、奶油，還有溫熱鮭魚肉的氣味。「但確實是個好問題，顯然是這樣。我也不是沒想過親自問他。」

「十一日前邀我過去吧，我來問他。」安菲撒把椅子拉近桌子，抬高下巴，然後也誇張地表演了一下。「為什麼你老是這樣？可以別再這麼做了嗎？」娜塔莎看著桌子對面的那張笑出來，自己也對此感到驚訝。安菲撒看起來非常年輕、可愛，真的，而且有那麼一刻看起來就像莉莉亞。

娜塔莎之前完全沒注意到兩人的相似之處。她們的膚色跟髮色都不同，安菲撒又比莉莉亞高上不少，但眼睛的某些角度、脖子某些地方的弧度都一樣。莉莉亞也一直瘦瘦的、顴骨高，個性風趣。「你幾歲呀？」娜塔莎問。

「還說人家無禮呢！二十六歲。」安菲撒說。她將頭往後抬起，兩人的相似之處就這麼消散了。安菲撒舉起馬克杯，娜塔莎也一邊舉起馬克杯一邊回想起妹妹。「願我們提出的所有好問題都能獲得解答。」安菲撒說。

娜塔莎也為此舉杯。

加料過的茶飲滋味擴散到全身，她口中嚐到了松樹和蜂蜜的味道。天色暗去的傍晚，娜塔莎穿過停車場走回家時，雪晶在腳底下嘎吱嘎吱作響，車流靜默地在公寓大樓另一側不停穿梭而過。此刻的娜塔莎覺得放鬆、覺得被愛。尤卡和列維在一旁嘰嘰喳喳地碎語。遠方的太平洋上，猶里正好下哨，準備放鬆休養，而娜塔莎並不嫉妒他擁有的孤單假期。人都需要有人陪伴。她整個人被包裹在威士忌的酒精中，內心深信：終於再次有人能理解她一路走來的感受。

晚餐時，孩子們跟奶奶說了米夏的遊戲規則。列維舉起雙臂，假裝手中拿著電玩《決勝時刻》中的武器。內心仍倍感溫暖的娜塔莎把馬鈴薯泥舀到所有人盤子上。她抬眼發現丹尼斯正盯著她看，心中卻對他毫無不滿。感謝安菲撒為她提供了必要出口。娜塔莎迎上他的眼神，微笑。

* * *

隔天早上，娜塔莎開車載母親和弟弟到市中心的滑雪場，有個搬到彼得羅巴甫洛夫斯克的表姊答應要帶他們去幾條越野步道繞一繞。車停下來時，娜塔莎的母親在副駕駛座轉身望向兩個小傢伙，身上穿的尼龍及羊毛衣物沙沙作響。「你們確定不一起來嗎？」

「他們打算去朋友家。」娜塔莎說。

「又去玩那個遊戲嗎?一整天盯著電視不好吧,你們需要一點新鮮空氣。」

「你不是一直說這邊空氣對他們不好嗎?」娜塔莎傾身越過母親大腿,打開車門。「再見啦,媽。」

「港口空氣對他們不好,但這邊是山裡的空氣。」她母親說話同時離開了座位。後座穿著雪靴的丹尼斯也下車了。

「我四點來接你!」娜塔莎對他們喊。

回到安菲撒家的廚房,拿出威士忌後,兩人就聊起男人。據安菲撒表示,米夏的父親就跟猶里一樣一直是軍人。她從臥室取來相簿:相片中的他還是個青少年,貨真價實的青少年,他的一頭亂髮下露出一對大耳朵,還有從學生制服領中伸出的瘦巴巴脖子。安菲撒一頁頁輕緩翻動相簿,所有相片上都有那種源自底片的泛黃朦朧霧氣。「這是你嗎?」娜塔莎問,手指向一個穿著及膝裙、左右綁著兩根髮辮的女孩。安菲撒說,「我就是那時懷孕的,十五歲。」接著把相簿轉了個方向,好讓娜塔莎看得更清楚。

她們談起自己獨力撫養孩子的話題。安菲撒的父母還住在一起,但娜塔莎的母親也是自己帶小孩長大。「我實在不該拿自己的處境去類比……我其實不算真的是自己一個人。猶里一年當中有半年會在。」娜塔莎說。

安菲撒搖搖頭。「小塔,你開玩笑的吧?你就是自己在帶小孩。猶里是個好男人,但如果他沒有一直待著,他就是沒有像你一樣在顧孩子。」娜塔莎很喜歡這個說法,無論是安菲撒說的內容，還是她自在、自信的說話的方式，都彷彿兩人是好姊妹。安菲撒又強調，「我是說真的。」

她們也聊兩人的工作。娜塔莎是海洋學院少數的博士生，她和其他研究員白天都待在實驗室，大家總是一邊預測下一季的漁獲捕撈上限，一邊抱怨著手邊進行的論文。

「你真聰明。」安菲撒說，她今天化的妝比較淡，臉頰已經因為酒精而泛紅。

安菲撒是彼得羅巴甫洛夫斯克警局的行政助理。「所以你知道戈洛索夫斯卡亞家姊妹被綁架的所有資訊囉。」娜塔莎說。

安菲撒聳聳肩。「就跟大家知道的差不多，可用資訊實在不多。」

「所以到底發生了什麼事？」安菲撒翻了個白眼，娜塔莎說，「都到這個階段了，你一定有辦法透漏些什麼吧。」

「我想想。」安菲撒從馬克杯中小口啜飲飲料。「我們蒐集了城市中每間加油站的監控影像。我們試圖追蹤那個姊姊的手機，但一無所獲。我們找了廢棄場中遭人遺棄的車輛。你有聽說嗎？我們還帶狗去嗅有沒有屍體的氣味。」

「噢，老天。」

「我們只找到了幾個酒鬼，還得把他們護送回老婆身邊。還有什麼……你知道我們的警察曾查了兩個女孩的父親一陣子嗎？那男人住在莫斯科，我們還真的派警官去把他帶來偵訊。他們把整件事搞得像個笑話。」

「不是父親幹的嗎？」

「實在太丟臉了。他已經好幾年沒見過那對姊妹，連贍養費都沒付，更別說會花錢買通私人飛機去安排綁架細節了。總之，要在沒人看到的情況下離開彼得羅巴甫洛夫斯克是不可能的。」

「我不確定……」她想到圍繞著城市且揚滿沙塵的空蕩蕩道路，想到綿延無盡的苔原。娜塔莎的妹妹就在沒有目擊者的情況下穿越了這片土地。

「你想想，關於這對姊妹的警報四小時內就發出去了。那個人當時能開去哪裡？你不可能帶著兩個陌生孩子現身在任何村莊內，無論你想把女孩帶去碼頭、機場，還是任何地方，都一定會有人注意到。」

莉莉亞離家那晚，是告訴母親她打算在朋友家過夜，所以多爭取到兩天逃跑時間。默默離開的她只帶了隨身包。後來他們才發現她根本沒去誰家過夜。莉莉亞當晚就因為多年來默默醞釀的理由離開了。「瞧，你比他們每個人都聰明，」娜塔莎說，「你說得沒錯。」

安菲撒對她微笑。「唯一合理的可能性，是那兩個女孩當天就死了，甚至在她們的母親通知我們之前就死了。警司認為她們或許是去海灣游泳後溺水了。」

娜塔莎把椅子拉近餐桌。「但警方難道不是認為有人把她們帶走了嗎？目擊證人呢？」

「仰賴城市中的謠言蒐集訊息的結果就是這樣，」安菲撒說：「那個所謂的目擊證人……她看見了一個男人，她是這麼認為啦，她看見一個好像帶著孩子的男人，還說她確信那男人開著一輛很不錯的車，但整段過程就三秒鐘。她遛的那隻狗都可以是比她更好的證人。」

「她其實沒真正看到什麼嗎？」

「她自己其實也承認呀。但女孩的母親跟『統一俄羅斯黨』有點關係，她為這個黨工作，我們的資深雇員一開始嚇死了，因為區長直接表示關切。大家壓力都很大，需要找出某個人來負責。大家需要相信有個嚇人的高大綁架者存在，所以就捏造了一個出來。」

娜塔莎「嘖」了一聲。捏造出的綁架者——要是她母親可以親耳聽到有人這麼說就好了。

「真不能信任新聞報導的內容，以後我只從你這裡獲取情報。」

「我說的話聽起來太有可信度了，是吧？」安菲撒說。「但其實我在警局的大部分時間，都在假裝自己腦袋空空，那些警官才不會來找我麻煩。」她坐直身體，雙手交疊放在桌上，擺出溫順姿態，泛紅雙頰上方的額頭非常光滑，整個人看來剛正不阿。

「擺出美美的樣子來逃避工作？說真的，應該是你來當我們的警司才對。」娜塔莎說。

安菲撒解開交疊的雙手，又為兩人斟了一杯。

「媽媽。」尤卡喚她，娜塔莎嚇了一跳。安菲撒笑了。女孩站在客廳地毯及廚房地板磁磚的交界處，看來躁動不安。

「怎麼啦？我的可愛小兔兔？」

「可以回家了嗎？」

「發生什麼事了？」尤卡擺出「我要勇敢」的表情，她的雙眼溼潤，但下巴緊繃。即便成為母親這麼久了，娜塔莎還是每每感到讚嘆：她和猶里竟然創造出兩個如此古怪又奇特的生物。在以「實習家長」身分照顧小她九歲的莉莉亞期間，娜塔莎也為了同樣的事感到驚奇：一個如同麵團的嬰兒究竟是如何長成一個意志堅定的孩子？

那段日子，娜塔莎也曾強迫自己以憐愛眼光看待那種特質，那是初露鋒芒的人堅持要「做自己」的嘗試。父親過世時，莉莉亞才五歲，而父親遺體放在家裡供外人瞻仰的那幾天，莉莉亞坐在娜塔莎大腿上問了許多問題。他不舒服嗎？他聽得見我們說話嗎？如果打開他的雙眼，我們會看見什麼？「他死了，」娜塔莎告訴他，但這個答案並無法讓她滿意。連續好幾小時的時間，娜塔莎將頭靠在莉莉亞脊椎和脆弱肩胛骨中間的背上，用雙臂環抱莉莉亞的腰。熱氣從她小妹的肌膚散出，她的體內是這樣充滿了生命力。

「男生在吵架。」尤卡告訴她們。

「男生吵架呀，」安菲撒說，「沒事的，甜心。」

尤卡在等待媽媽的反應。娜塔莎嘆了口氣，起身，把女兒抱到自己身邊。「跟列維說準備回家了。」尤卡帶著這個消息小跳步離開，安菲撒小口啜著茶。娜塔莎突然一時興起，彎腰親了這位朋友的臉頰。那臉頰粉嫩、光滑又令人安心。安菲撒抓住她的手，抬頭對她微笑，然後放開手。

回家後，列維宣布，「我恨米夏。」

娜塔莎正用玻璃杯裝水龍頭的水。在預定要去滑雪場接媽媽和弟弟的時間之前，她有一小時的醒酒時間。「別說那種話。」

「是真的。他打電動時落後就關掉開關，還說是不小心的。」

「說不定真的是不小心。」娜塔莎說。

「才不是，」列維說：「他是故意的。一看就知道。」

＊＊＊

到了星期四，她兒子拒絕再去安菲撒家。「但他們在等我們去。」娜塔莎說。

「我才不管，」列維說，「我不喜歡米夏。他沒有按規則玩遊戲。」

他們正坐在電視機前的沙發上，但只有尤卡認真盯著螢幕。娜塔莎的母親拿著書坐在扶手椅上，一副明顯在偷聽的模樣。「你這樣會讓米夏難過。」娜塔莎對著兒子喃喃低語。他太大了，她無法把他抱來抱去，也無法逼他去任何不想去的地方。

「親愛的列維，你下午想跟我們待在一起嗎？」娜塔莎的母親問。娜塔莎皺起眉頭。列維看起來就像迷你版的猶里，臉上有跟猶里一樣的圓潤下唇和黑色眉毛。此時他將身體往後緊靠住椅墊。「不要。」

「小塔，別擺出那張臉，」她母親說，「難道我們不該待在一起嗎？我們也沒那麼常來這裡，是吧？」她為了讓孩子聽懂特別用俄語說。

「你說得沒錯，」娜塔莎說，「沒錯，還真沒錯。」被剝奪掉安菲撒這個出口之後，她開始變得有點刻薄。娜塔莎的女兒躺在他們腳邊的一顆枕頭上，突然將音量調得很大。螢幕上出現一個紅頭髮的肥皂劇明星。

「那我們要做什麼呢？」娜塔莎的母親問所有人。「我們的假期已經過去一半了。與其去越野滑雪，不如去高山滑雪？」

丹尼斯說，「我們要去哪裡？」

「你有好好看過窗外的景色嗎？」娜塔莎問，「你有在彼得羅巴甫洛夫斯克注意到任何高山嗎？」

丹尼斯用下巴朝母親的方向示意，「你們可以自己帶小朋友出去。」

他們的母親緊捏著手上那本敞開的書頁，額頭開始出現皺褶。「丹尼斯，拜託別那麼敏感。你知道你姊沒有要傷害你的意思。」

娜塔莎是跟這些家庭成員一起困在這間公寓裡了。這個真相實在令人吃驚。所有她想見到的人都離她好遙遠。就算某天母親死了，娜塔莎仍會陷在這個困境中，而且沒有知心好友，勉強算是有半個老公。她之後得照顧丹尼斯、聽他無止境地說著同樣故事，然後不停對自己的孩子叨唸，直到他們終究散落各地。

列維向前靠過去。「丹尼斯舅舅，」他說，「如果你今天待在家裡，我就跟你待在一起。」

丹尼斯轉向他。「我跟你說過丘比斯．瓦頓的事嗎？」列維聳聳肩。「他是個美國人。丘比斯．瓦頓在一九七五年遭到綁架時，他的朋友就是目擊證人。他們在森林裡看見一個金色圓盤。這個圓盤帶走了丘比斯．瓦頓，他消失了五天。終於他又返回一間加油站。回來的他描述了那些『小灰人』的模樣，他們很矮，頭很大。」丹尼斯撫摸著自己的下眼瞼。「大大的棕色眼睛，但沒有眼白。比正常尺寸大上五倍。丘比斯．瓦頓跟調查人員說，他們可以直接看透你。」

娜塔莎直直盯著眼前的螢幕。

「那是假的。」她的兒子說。

「列維。」娜塔莎的母親語帶警告。

「是真的。丘比斯．瓦頓通過了測謊，」丹尼斯說，「他們不會在大城市中降落，但若你對他們不構成威脅，身邊沒有很多其他人時，他們就會出現。我也在同樣狀況下看過，在荒野外，當時我跟放牧隊伍一起工作，就在莉莉亞那件事的前一年。」

「夠了，」娜塔莎的聲音有點太大了：「列維，我跟你說了，他們在等我們過去。如果你不想去，那就別去，但請了解你對朋友有多殘酷。」她兒子做了個鬼臉，她於是知道米夏不是他的朋友，實在還算不上，但她無論如何還是起身了。「尤卡？」

她女兒手肘撐著枕頭，臉靠在手上。「我也留在這裡，媽媽。」

「好吧。」娜塔莎說。她去門廳取外套。牆的另一邊，電視發出刺耳噪音。

「別去。」她母親用鄂溫語說，娜塔莎已經厭倦她兒時使用的這個語言。

如果外星人真的降落了，他們應該帶走丹尼斯，而不是莉莉亞才對。這不正是娜塔莎所希望的嗎？一種星際等級的交換？「我很快回來。」她用俄語對著客廳中所有人大喊。他們不再是泡在溫暖池水中快樂游泳的孩子了——娜塔莎和丹尼斯之間不存在任何情誼了。

他想談他的太空飛船，就儘管去跟他們說吧，看看會是什麼下場。

＊　＊　＊

「丹尼斯宣稱他接待了來自外太空的訪客。」娜塔莎告訴安菲撒。這位鄰居抬高了眉毛，就連娜塔莎沒帶著列維出現時，安菲撒都沒有表現得這麼驚訝。其實，娜塔莎一開始根本也沒說要來，反而多走了一小段路，白費工夫地打給在電信服務範圍之外的豬里。他在加拿大外海某處，若潛艇按照原訂時程前行的話，他會在星期天打電話來。而目前娜塔莎只能聽到電信供應商口氣起伏誇張的錄音訊息：這個號碼目前無法接通，請掛掉後再嘗試……

安菲撒將頭靠在自己一邊握緊的拳頭上。她們的馬克杯中加了太多烈酒，其中的「茶」已經涼得隨時都可以喝。娜塔莎說，「他有一季參加了麋鹿放牧隊的工作。」她開始解釋：當時丹尼斯二十多歲，不管換什麼工作都會被解雇。他曾短暫擔任過日托服務員、廚師，還有店鋪收銀員。不過都是在他找到目前這份工作前的事了：現在他是在村中一間學校擔任夜間警衛。他們的母親曾為他安排了一個在放牧隊的實習工作，對方是住在他們家附近的一個鄂溫家庭。丹尼斯不吵不鬧地接受了這份工作。他在那年六月出發，當時放牧隊的人剛好繞過埃索，然後在九月晒得一身黑回來。

列維在那個秋天進了幼稚園，當時莉莉亞讀高三。丹尼斯回家的那個星期，莉莉亞打電話給娜塔莎，報告了他的「外星人接觸體驗」。她透過電話傳來的聲音可說興味盎然。她說某天晚上，跟著放牧隊在苔原上的丹尼斯在頭上看到了紫色的光，而光是看到那道光就讓他動彈不得。在此同時，那些動物還繼續在吃草。光照到的範圍越來越多，逐漸填滿了他的視野，接著來自外太空的生物出現在他身邊。他們輕撫了他的手臂，還透過心電感應傳來訊息。當他擔心可能會弄丟正在放牧的動物，怕這些鹿在外星人來訪時遊蕩後消失時，他們要他別擔心，他只是暫時無法動彈，而且他們已經將所有動物和其他放牧者送回營地就寢了。

草葉在夜風中沙沙作響。肩膀高度幾乎不到一公尺的鹿群全部一起蹲坐下來，形成一整片低矮的深色毛皮原野。世界如此安靜，丹尼斯可以聽見自己的呼吸，頭頂有星星及衛星劃過天際。

「他們還真貼心呀。」娜塔莎說。

莉莉亞笑了。娜塔莎當時應該多問一些問題，好針對莉莉亞之後的逃跑計畫取得更多情報，但當時家中似乎有什麼其他傷心事需要討論。她們把話題轉往莉莉亞的課堂，比如哪個孩子打算在高中畢業後離開埃索去讀書。莉莉亞說她也打算這麼做，但不會立刻動身。她也提起要來彼得羅巴甫洛夫斯克拜訪，但十一個月之後，她不見了。

小妹消失後，娜塔莎只有在回家時直接從丹尼斯口中聽過那個故事一次。細節完全一樣：紫色的光、休息的鹿、外星人的嘴巴閉著，但他能直接聽見他們的話在腦中迴響。就在莉莉亞離家的第一個晚上，他在廚房中跟她和母親講了這個故事。他很緊張，呼吸急促，還給故事加了一個新的結尾。「他們跟我說之後會回來帶我走，但卻帶走了莉莉亞，」他說，「她被帶走了。」他的手指朝上。「莉莉亞很安全。」他說，這個保證源自一個栩栩如生的夢境，而無論他或這座半島上的任何人，都不可能去驗證他的話。

「什麼呀，」安菲撒聳聳肩，「所以她到底怎麼了？」

「她逃家了，」娜塔莉說。安菲撒等她繼續說下去。「一開始很難意識到是這樣，因為她沒搭公車離開，也沒車，之前也沒提過想要永遠離開。但我們回想後，很多細節都說得通了。」

她們安靜坐著。圍繞著她們的黏答答空氣因為蒸氣而潮溼，還帶有松樹氣味。「我妹妹有祕密，」娜塔莎說，「她會跟我不認識的人約會。直到她離開後，我們鄰居才提起她之前的『名聲』。所有家鄉的人都說他們早就想到會有這天了。」就連猶里也這麼說，當時的他為了安撫娜塔莎，將她的雙手緊緊抱在身後。

「拜託，這些人自以為專家，」安菲撒說，「事情發生了才這樣講。你別當真。」

「但他們沒說錯，對吧？我們不該為此驚訝才對。」娜塔莎的手指包覆著馬克杯。「但我母親不相信這種說法，她認為莉莉亞就跟戈洛索夫斯卡亞家姊妹一樣被殺害了。」

「無論那對姊妹出了什麼事，兩者情況都太不同了。」

「我媽跟我弟就是無法理解，」娜塔莎說，「沒有人需要把莉莉亞帶走。她自己離開的。有誰能忍受這樣跟他住在一起呢？他總是無休無止說著根本不存在的事。光是必須聽這一切，而且知道他永遠只說這些，誰不會在心裡藏有一些祕密？誰會不想離開？」

過了一下子之後，安菲撒說，「喝一點吧。」她從流理台上拿了茶壺，斟滿娜塔莎的杯子。

娜塔莎抬頭望向她的朋友。「你真的懂。」她說。她心懷感激。

安菲撒伸出手，將手指繞在娜塔莎的手腕上。她的肌膚是如此溫暖、柔軟。兩人之間的水壺閃爍出銀光。安菲撒的手足以使任何怒氣消退。

「家庭中有這種殘障病人一定很難熬，」安菲撒說，「丹尼斯屬於哪一類？第二類？」

娜塔莎張開嘴巴，搖搖頭，「不，丹尼斯不是……他不屬於任何一類。」她驚訝到說不出話來。安菲撒似乎認定丹尼斯屬於政府分類管理的殘障族群，也就是可以拿殘障津貼的那一種人。她確信他病了。「他不是。」

「噢，」安菲撒說，「我以為……你剛剛說他無法工作。」

「他可以工作，他現在就有一份工作。」

「但你之前不就是這個意思嗎？他有毛病呀。」

「別這樣說，」娜塔莎說，「沒有什麼毛病。丹尼斯只是很怪，就這樣。」

「不只是怪，」安菲撒的手指仍繞著娜塔莎的手腕。「就像你之前說的那樣，不是嗎？你很難忍受跟他住在一起。還說只要是過你妹的那種生活，誰會不想走？不是嗎？」

安菲撒的手還握著她的手腕，還握著。娜塔莎確實說過那些話，但安菲撒複述起來卻很惡毒。這些說法讓她的手足成為搞笑的漫畫人物。安菲撒不是故意的。回憶如同嘔吐物般在娜塔莎體內湧起：不是有關莉莉亞本人、她的聰慧還有青春美好的回憶，而是在莉莉亞離開之後，跑來找他們說起有關青少女失蹤八卦的村中婦女。她們是如何擁抱了娜塔莎和她的孩子，又是如何用她們沾滿淚水的溼濡臉龐擦過她的臉頰。她想起她們對自己持家的方式品頭論足，她想起那一波波襲來的審判。

娜塔莎把手收了回來。她受夠了這杯茶的味道。「我該離開了。」

「別這樣。」

「我在這裡待太久了，他們都在家等我。」

安菲撒似乎沒被說服。「嗯哼。」她說。娜塔莎知道眼下這個處境完全是自己的錯——她特地從自家公寓溜來這裡抱怨，對方自然有理由批判自己的家人——但她就是無法忍受安菲撒臉上的表情。安菲撒其實沒有那麼像莉莉亞。她年紀大多了，下巴、臉頰和眉骨都有用珠光粉打亮。為了尋求酒伴，她把自己像條餌一樣在娜塔莎之前晃蕩，引誘娜塔莎跟她親近。

安菲撒跟著娜塔莎走到門邊。「如果冒犯了你，我很抱歉。」

娜塔莎將靴子重新穿上。「不會。不過他們再三天就走了，我該在還有機會時多陪他們一下。」她將為了抵禦寒氣的衣物穿戴完成後，面向她的鄰居。「跟你不同，我其實很喜歡跟家人待在一起。」她說。安菲撒臉上的表情還是像貓一樣狡猾，娜塔莎多希望能說出更傷人的話，但不——她已經情願自己什麼都沒說了，此刻的她已經在為這些發言感到後悔。她總在後悔。彷彿怒氣之下的發言等於又搧了對方一巴掌。

大樓的樓梯間很暗，太陽已在山後落下。

她沒把丹尼斯還小時的樣子告訴安菲撒——社區游泳池的回憶、他是如何一匙匙餵莉莉亞吃麥片粥、他們三人又是如何收集草葉餵食隔壁鄰居圈養的馬匹——她也沒提起丹尼斯剛成年的樣子。那年夏天，放牧隊表示他們之後不再需要丹尼斯幫忙，但他確實有把自己的工作做好。穿越停車場的娜塔莎心中出現若隱若現的罪惡感。她的外套沒有拉緊拉鍊。她再次撥了猶里的電話號碼。那段電話錄音再次朝向她的耳朵放送，無法接通，總是無法接通，正如她無數次打給莉莉亞的結果。她把手機往下甩入雪堆，手機斜斜卡在一片雪白中。她迅速蹲下，重新把手機挖了起來，按了首頁鍵，螢幕運作似乎還正常。娜塔莎用手掌一次又一次擦抹手機。這些天來、這些年來，她總是做出最蠢笨的選擇。

安菲撒不是莉莉亞。莉莉亞親切、聰明，而且很有智慧，懂得將自己的觀點默默放在心底。她現在一定是住在莫斯科、聖彼得堡或者盧森堡。娜塔莎喜歡想像她在歐洲。莉莉亞現在一定已經是個優雅的年輕女士了，說不定她終於進入大學就讀。說不定她已經結婚，自己也生了一、兩個孩子。

手指凍僵的娜塔莎向自己保證，莉莉亞正在環遊世界，某天或許就會回到他們身邊。至於現在，娜塔莎得在沒有手足幫忙傳遞故事的情況之下，想辦法和弟弟相處。

丹尼斯沒有問題，他只是位於正常光譜中比較獨特的那一端。他是娜塔莎此刻唯一擁有的手足，所以她得表現得更和善，她得珍惜仍在身邊的他，而非總是把他推開。

站在家門外時，手上拿著鑰匙的娜塔莎可以聽見裡面的談話聲。她開門重新走進去，躲在角落偷看，發現丹尼斯和列維仍在沙發上。此時尤卡已加入他們的行列，坐成一排的三人彷彿正在指責她的失職。

娜塔莎轉身把溼掉的大衣掛好，手指因為寒氣刺痛。「奶奶呢？」她對著孩子喊。

「她又去找她的表姊了。」尤卡說。

「真不錯呀。」娜塔莎努力讓口氣聽起來夠慈愛。

「但我們想待在這裡。」

娜塔莎去廚房為自己倒了一杯水，然後出來坐在扶手椅上。

她的整張臉都在泛紅。「你們剛剛在聊些什麼？」

尤卡瞄了舅舅一眼。列維說，「沒聊什麼。」

娜塔莎小口小口啜飲著水。她把杯子放在腳邊，身體往前傾，捏了捏丹尼斯的肩膀。他驚訝地瞄了她一眼，她希望那一眼中帶有喜悅。「你在城裡只會再待幾天了，」她說，「有打算做什麼嗎？」

「太常出遊並不安全，」丹尼斯說，「記得在倫敦發生的事嗎？還有彼得羅巴甫洛夫斯克？」

「我記得。」她說。

尤卡說，「媽媽，丹尼斯舅舅跟我們說他見到外星人了。」

娜塔莎重新握起她的手，撫摸她的額頭。「好唷。」

「外星人真的存在嗎？」

她只稍微猶豫了一下。「不存在，我的可愛小兔兔，」她接著對弟弟說：「你自己也很清楚，丹尼斯。」

他的表情沒有任何波瀾，雙眼半閉。娜塔莎在當時感覺到了，那是一種尋找著永遠不可能找到之人的傷痛。

「看吧，我剛剛就說了。」列維對妹妹說。娜塔莎望著弟弟，她正在聆聽。

羅斯威爾墜毀事件。通古斯大爆炸。耶路撒冷目擊事件。娜塔莎在等待丹尼斯改變，而她也會有所不同——她打算成為一個絕佳的姊姊。她會放下自己的怒氣，她不再憤怒了，她只想去聽丹尼斯非說不可的其他一切。

二月

蕾維麥拉起床時就意識到今天是二月二十七日。這個日期沉沉壓在她身上。她頂著這個日子的重量緩慢換上衣服，姿態憂傷，然後走進廚房，看到丈夫正在煮咖啡。「早安。」她說。

「早安。」阿爾泰永說，從他站在爐子前的肩膀線條看來，她知道他也意識到今天是什麼日子。

她為早餐拿出了起司和火腿，在流理台準備兩盤餐點，他則將咖啡倒入杯中，用茶匙在她的杯裡加糖攪拌時鏘鏘作響。他們在一起二十六年了，幾乎已經是蕾維麥拉截至目前為止的一半人生，但她仍會因為阿爾泰永的善良感到訝異。他是她有過最隨和的男人，但她也只有過兩個男人就是了。

「睡得如何？」他問。

她聳聳肩，擱下早餐的三明治，在桌邊坐下。「你今天值班嗎？」

「從中午十二點到晚上十二點。」很快地，他會跟他的救難小隊成員見面，將裝備堆好，準備應付前往山區、冰穴或開放水域的緊急飛航行動，但現在的他只是穿著皺巴巴的T恤。他還沒剃鬍子，身後的廚房窗戶外是一片清朗天色。

她前晚睡得很沉重、很哀愁。她沒夢到葛列柏。意外發生後的許多年，他確實曾出現在她的夢裡——比如葛列柏跑去她的兒時老家、為她過生日，又或者開車載她沿著顛簸道路離開城市，抵達海邊的黑沙岸。「這不可能。」她在最後那場夢中這麼說，「就是說呀。」他一邊說一邊換檔。她想在夢裡撫摸他的手，但又怕讓握著方向盤的他分心。

「天氣要轉暖了。」阿爾泰永說。

她的目光從盤子移上來。「是這樣嗎？」

「幾乎要升到零度了。」

「我不驚訝，」她說，「你總會給自己排最棒的班。我猜你大概整天都會在野餐吧。」

「在雪中吃冰淇淋嗎？最好是。大概中午十二點整，我就會因為某個在滑雪道外晒傷的菜鳥被叫去出勤了。」

「小心點就是了。」她說。他一直盯著她。

「看到這種天氣，今年冬天可能很快就會結束了。」他說，「里亞霍夫斯基警督今天早上傳訊息給我，只要冰一融，他們就要我們開船去海灣搜索那對姊妹。」

麵包在蕾維麥拉的口中顯得很乾。「他一直沒回覆我。」

「我有再問他一次，他沒回應。」

「真是個渾蛋。」她說。

坐在桌子對面的阿爾泰永對她微笑，這個表情讓他臉上的線條更深了。

「你跟他提了亞拉女兒的事嗎？」

「都跟他說了，」阿爾泰永說，「他卻只是一副公事公辦的樣子：警司需要總部下另一波水底搜查的指示。」

蕾維麥拉將手上的麵包放下。幾個月來，彼得羅巴甫洛夫斯克的搜索隊一直協助警方組織各種人力物力，就希望找到戈洛索夫斯卡亞家姊妹。阿爾泰永的搜救工作本來是有事才出動——比如登山者無法從火山下來、雪車壓裂了結冰湖面、漁夫在海上翻船——但這個案子簡直沒個盡頭。秋天時，阿爾泰永曾帶領平民穿越城市尋找兩個失蹤的女孩，天氣變糟之後，他偶爾會透過官員口中帶來最新消息。

警方是多麼孜孜矻矻地尋找這兩具小小的白皮膚屍體呀。這工作還真是用來忽視城裡其他貪腐、不公、酒駕及小型縱火犯的好藉口。里亞霍夫斯基何必為了一個北方青少女的事情回覆阿爾泰永的訊息呢？光是為了準備拖過結冰海灣水面的船隻，就已經佔去這位警督所有寶貴時間了吧。

寒假期間，蕾維麥拉的表妹亞拉從埃索來訪，她說自己的小女兒還沒找到。見面那天，她們一起去滑雪，那本該是個快樂的早上，但後來亞拉就在越野滑雪營地的咖啡店內提起這個話題。蕾維麥拉一邊聽她說，一邊將茅屋起司蛋糕切成三等份。亞拉在一旁搓揉太陽穴，亞拉已成年的兒子則死盯著走進營地時用力跺腳、試圖將靴底跺乾淨的那些人。

蕾維麥拉從沒見過亞拉這失蹤的女兒。亞拉每年只為了探望外孫進城一次，每次也都以同樣的哀傷姿態聯絡蕾維麥拉。兩人見面純粹是出於對彼此的義務。自從蕾維麥拉的父母過世後，她就不再回村子了。那裡已經沒有屬於她的任何人事物，而表妹每年一次陰鬱地為她更新家鄉消息時，更讓她確定不回去的決定是對的。

「政府還沒有掌握任何與你女兒有關的消息嗎？」蕾維麥拉問了。她的表妹只是搖搖頭。「內政部和急難部倒是在這裡不眠不休地找那對俄羅斯姊妹。」

「我們不是那樣的人。」

「我相信。」

「娜塔莎告訴我，那對姊妹在秋天時被人綁走了。」亞拉說，「莉莉亞消失時，我求政府找出必須為此負責的人。但埃索官方的所有人只是到處散播莉莉亞有很多男友的謠言……她是有很多追求者，但正因為如此……」亞拉在眼鏡後方的眼皮垂下，鼻孔放大。

蕾維麥拉安靜地陪她坐了一陣子。在此同時，亞拉的兒子拿起屬於他的三分之一塊蛋糕。「阿爾泰永可以為你跟市立警方說說看，」蕾維麥拉最後說了，「他認識一些人。他們或許能為你立案調查，至少立個案，把那些細節建檔。」她表妹看起來不抱希望的模樣。

儘管如此，蕾維麥拉還是蒐集了一些細節呈交上去。莉莉亞還是個小女孩，年紀輕，只是沒有戈洛索夫斯卡亞家姊妹那麼小。阿爾泰永把警督的電話號碼給了蕾維麥拉，自己也把那名青少女的畢業照傳給警督，卻都沒有獲得任何回音。其實也不太令人訝異，莉莉亞已經失蹤三年了，而且她是鄂溫人，爸媽也不是什麼大人物。

蕾維麥拉實在不該向亞拉建議讓市立警方進行調查才對。結果只會像現在這樣，就連哀傷都看不到盡頭。她表妹的臉頰已經因為這個生命空缺而凹陷下去，蕾維麥拉太清楚這種表情了。

「里亞霍夫斯基沒回應也不令人驚訝，」蕾維麥拉在吃早餐時說，「當有機會幫助一個年老的原住民婦女時，我們的警方更寧願……」她沒說下去，也不再面對阿爾泰永。

更寧願去死，她幾乎要說出口了。她幾乎任憑自己忘記今天是什麼日子。

「唉，他至少該試著做些什麼，」阿爾泰永說。她搖搖頭。他繼續說：「他最近在處理平民線報方面比較小心翼翼，畢竟今年秋天才因此受到警司斥責。但那是他們該做的工作。這些警官都太年輕了，根本不明白何謂盡責。」

蕾維麥拉小口小口啜飲著咖啡。咖啡很好喝，很甜，她不配喝這種咖啡。想辦法讓自己分心吧、一定要狀似悠哉地閒聊……即便在過了這麼久之後，她還可以起床，可以邊喝新鮮咖啡邊嘮叨不休，但葛列柏卻沒辦法了。

坐在桌邊的她起身。「有點遲到了？是吧？」她說。阿爾泰永瞄了火爐上方的時鐘一眼。她去刷牙，看到鏡中的自己早已為了上班著裝完畢。

她跟遇見葛列柏時的那個年輕女孩是同一個人嗎？那時的一切似乎都無比明亮。十七歲的她剛搬到彼得羅巴甫洛夫斯克，那時的城市中滿是鷹架、軍人，還有打磨得光滑明亮的紀念碑。大學入學的第一天，她見到了葛列柏。那時的蕾維麥拉比較瘦、晒得比較黑，是埃索當地青年共產主義聯盟的聯外使者，而他就像宣傳海報上的角色一樣俊美動人，往後瞧時眉毛因為教室的光線皺了起來。

那些年的她是個多麼幸運又愚笨的女孩呀。就連在那個年紀經歷過的最艱困時期，現在想起來也不算什麼了。第一學期過了一個月之後，她在宿舍收到一個包裹。那盒子好輕，她剛開始以為裡頭是空的，但打開後發現有十幾個乾掉的松果，原來她父親蒐集了這些，特地跨越三千公里往南寄送給她。盒子聞起來有家的氣味：森林、土地，還有她父母破破爛爛的衣服。

她把松果裡的種子搖出來，放進嘴裡嚼，哭。那是十七歲的她最孤絕的時刻，她想念寄包裹給她的人。

就在同一個下午，收到松果的她拿了其中一個到班上，越過走道遞給葛列柏。他們在畢業前就結婚了。她還只是個孩子，卻在那時擁有了全世界。

她畫上眼線。蕾維麥拉總在每年的這個日子重新將葛列柏的性格想過一次：他多麼有耐心、他多麼迷人。他會在下課後站在她的桌前等待，而她會放慢收拾書本的速度以拖延時間，就為了享受他高高俯視自己的時刻。某次他們和朋友在公園裡，他還跪下來替她綁鞋帶。他就是這麼寵溺著她，而且總能令她驚喜。他的手指比她的長一點、細一點。就在她終於成為他妻子的那個週末，她搬去和他及他的母親同住，他帶了足足有兩公升的紅魚子醬回來慶祝。三人就這樣用湯匙吃完了一大盆。魚卵的鹹水在他們的齒間爆開，她永遠不會忘記那滋味。

此時阿爾泰永正在另一個空間清理，碗盤在水槽中鏘鏘作響。蕾維麥拉每年回憶的內容都一樣——綁鞋帶、吃一大盆魚子醬——生活中其他的一切罔顧她的意願，它們繼續落地扎根，甚至向上滋長，但她不管。跟葛列柏相關的信件跟紀錄都裝在她衣櫃底下的一個行李箱中。身穿醫院白色制服的她此刻打理著一間他永遠不會看見的屋子，而且已經再婚很久，久到人們對她說「你丈夫」時也不用特定指明是哪位了。

她回到廚房給了阿爾泰永一個吻。「我出門了。」

他把雙手擦乾，跟她走到門口，穿著拖鞋站在那裡看她套上高跟鞋。等她準備好後，他遞出她那件羊毛粗織大衣。「下午一起午餐？」

「如果你不忙的話，」她說，「你如果被叫去出勤的話，再讓我知道？」

「當然。」他說。他總會通知她。她又親了他一次，他在她之下的雙唇柔軟、溫暖又充滿生命力。他今天對她真好，真不公平，畢竟今天她最不看重的就是他了。這一切都不公平。

她退開時發現他的雙眼仍張著，他似乎看見了兩人初遇時的那個女人——那個被毀滅的她。

蕾維麥拉把包包揹上肩膀。「你還好嗎？」他問。

「沒事的。」她說。她必須沒事。

一如往常，她彷彿迷路一般晃過四個短短的街區後抵達公車站。天空是一片水洗過的藍。正在融化的冰層在她鞋底下裂開，身邊的建物旁被鏟起了一道道的小雪壩。意外發生那天，還穿著睡袍的葛列柏母親來到他們房間，陽光從窗簾後透射進來。葛列柏大約在一小時前出門工作去了。蕾維麥拉正坐直身體，日式軟床墊在她身體底下晃動，墊子底下的床架堅硬如骨。「怎麼了？媽媽？」蕾維麥拉說。她之後總會回想起這個提問——那是她腦中另一個不停反覆播放的回憶畫面。她不該問的，薇拉．瓦希里夫納的表情已向她說明了一切。

蕾維麥拉一知道消息就尖叫起來。葛列柏那側的床單聞起來還有他的氣味，但那氣味只會逐漸淡去。他的衣服還掛在衣櫃裡。兩人的矮衣櫃上還陳列著他兒時得到的獎，包括全聯盟先鋒組織[8]給的獎牌，還有學校頒發的各式獎狀。

葬禮上擺了許多照片。緊閉棺木內裝著的人讓她痛苦，想到自己不在棺材裡也讓她痛苦。蕾維麥拉的爺爺死掉時，她才十歲，他的屍體在她的老家展示了三天，她能碰到他如同紙板一般僵硬的肌膚，那種感覺讓她既害怕又安心。但開車時沒綁安全帶的葛列柏必須待在政府的停屍間，直到葬禮時才能取回。他身體的某些部分可能已經沒了。她不知道，也永遠不會知道。光是想像那個畫面就讓她快要瘋了。

薇拉・瓦希里夫納將公寓內所有鏡子都遮了起來，蕾維麥拉的家人之前在埃索也是這麼做的——但葛列柏不是老人，他才二十二歲，他的人生還潔淨無瑕。「你現在是我的孩子了，」薇拉・瓦希里夫納告訴她，「我只剩你了。」但其實葛列柏剛把蕾維麥拉帶回家時，他母親還因為看到她這個原住民女孩而哭出來。他們將小把小把的土丟到他的墓上。他的母親不停顫抖，蕾維麥拉知道自己該用力抱住這名女子的肩膀，但就是做不到。站在一旁的蕾維麥拉只是將被土弄髒的雙手交握著，她身邊的一切不過是他存在時的複本。

蕾維麥拉搬到朋友家的一個房間住。為了不讓自己瘋掉，她得想辦法繼續走下去，所以她把兩人收到的結婚禮物都送掉了，另外也把一起用過的碗盤、他看她穿過的衣服都給人了，最後將兩人生活剩下的最後一點碎屑裝進一個扣環包中。她讀完學位，找到工作，為了生活支付帳單，煮晚餐給自己吃。她在電視上看戈巴契夫大談改革開放。但無論做什麼她的內心始終在尖嚎，而且從未停止。內在的她還是那個二十一歲十個月又兩天的女孩，時間也還停在剛過七點的那個早晨，而一個小時前，葛列柏還躺在她身邊的床上。

早上八點，公車將她送到了醫院的檢傷櫃檯。剛輪值完的護士向她簡報了狀況：還剩下

---

8 全聯盟先鋒組織（All-Union Pioneers）的全名是弗拉基米爾・列寧全聯盟先鋒組織，於一九二二年創立，一九九一年解散。此組織是蘇聯共產黨編制下的「蘇聯少年先鋒隊」，成員年齡多在十到十五歲。

多少空床、還有多少約診，另外一夜之間又有哪些小道消息浮上檯面。蕾維麥拉將大衣掛在椅背上，一邊聽一邊點頭。入院部只有兩個男人坐在牆邊的位置，所謂入院部其實只是條過道，是漆了綠色的狹窄走廊。任何經濟能力夠好的人都會付錢讓自己能在私人診所的候診間好好等待。另一名護士離開後，蕾維麥拉將一名男子叫來檢傷櫃檯，要他陳述自己的症狀。他張開嘴巴，一股噁心的酒氣直接撲面而來。「坐下。」她說。她揮手要另一名男子過來，看過了他的資料，然後要他跟自己上樓進行檢查。

早上的病人一小批一小批出現：言行粗魯的瓦倫提娜・尼可雷夫納來做放射治療、一名青少年的盲腸發炎到幾乎要爆開了，還有一位單板滑雪者摔斷了腿，被用輪椅推向電梯時還能看見他的夾克袖子上有一條條雪痕。蕾維麥拉評估了他們每個人的狀況。她指示大家去照X光、超音波，又或者帶他們到進行手術的樓層。醫生會打電話到樓下開立處方，蕾維麥拉則會打電話到樓上報告病患的數目及處理狀況。有一名男子走進入院部，右肩肌肉處插了一根十字弓的箭頭，她要求他用左手填寫文件資料，然後才帶他進行下一個步驟。

等到走廊中再次剩下一、兩個人時，她才有時間整理桌面，將釘書機跟自己筆記本的長邊對齊放好。她理清腦中思緒，不再多想。阿爾泰永傳訊給她表示得出一趟山區救援任務，她回訊祝他好運。門外的街上陽光普照，空氣中確實漾滿春意。終於有個實習生下來暫時頂替她的位置，好讓她可以去吃午餐。

蕾維麥拉在休息室中拿起一本雜誌來讀，但沒把心思放在頁面上，她只是將雜誌舉在湯的上方，腦中回憶起邁入大學最後一年前的夏天，也就是她和葛列柏結婚的那天。他穿著西裝，而她腳踩素色高跟鞋，髮辮垂肩。她還想起兩人交換誓言後，他抱著自己的模樣——她那一刻就想懷上他的孩子。

或許他們沒懷上孩子是好事吧。如果她抱著一個嬰兒站在他的葬禮現場，之後又會去哪裡？她現在會在做些什麼？

多年之後，當阿爾泰永發現自己不孕時，蕾維麥拉已經到了不會為這種消息驚訝的年紀了，反正也不過是在長長的憾事清單中再加上一筆。無論如何，堪察加也不再適合養孩子了，看看表妹那個女兒消失後在她生命中留下的缺憾吧。蕾維麥拉曾成長其中的社群早已分崩離析，人們在這裡可以輕易消失，甚至遭到遺忘。蕾維麥拉的父母是在一個穩固的家庭中將她拉拔長大，那是一個牧歌般的村莊，住有一群原則明確的人、還擁有生機盎然的鄂溫文化，而這一切都屬於一個具有偉大成就的社會主義國家。那個國家瓦解了，而曾經矗立的地方什麼也沒留下。

蕾維麥拉攪拌著正在變涼的湯。現代生活埋葬曾身為一對愛侶的她和葛列柏。她在十年後又去了婚姻登記辦公室，她和阿爾泰永在跟之前一樣的建築內結婚，但卻是不同房間，他們站在不同的官員面前，依循的甚至是不同國家的法律。所有她和葛列柏新婚時去的地方——他們曾在貝靈紀念碑前、市中心，還有聖尼可拉斯山上親吻——現在都已被塗鴉及垃圾掩沒。就連大學也不一樣了。蕾維麥拉每年秋天都得去收學生的醫療檔案。第一次去時，她走進和葛列柏相遇的那間教室，發現裡頭坐滿了陌生人。

他死了，整個蘇聯也跟著覆滅。蕾維麥拉的國家、她年輕的臉龐，還有她的人生軌跡都出現了全面性的轉變。自從她開始在醫院工作，就曾坐在超過一百位患者身旁，協助他們走完人生最後一段路，所以對死亡非常了解：最後吐出的那口氣、咯咯答答的抽動與顫抖，以及最後的靜默。她的父母也是這樣走的，一個接著一個，她好想念他們。她早在好久以前就放棄去思念所有丟下她的人了。這些人實在太多、太多了。薇拉．瓦希里夫納也是。但葛列柏是唯一在離開前表現得完美無缺的人。只有他的死使她受到衝擊，而且這份衝擊並沒有隨著年歲改變。

要是跟著他一起死，一切就簡單多了。不必然會更好，只是……簡單多了。如果她也在車子裡就好了。她想像過好多次了。

回到檢傷櫃檯，她又想起這一切。她想起他的車、想起那條路，還有那天太陽升起前如冰一般的幽暗。她想起兩人的婚禮、他用雙臂環抱著她，還有他們可能擁有的小男孩或小女孩。她想起二月二十七日。蕾維麥拉醒著，卻又像在夢中。

她的手機震動起來。螢幕上顯示的名字是阿爾泰永同隊組員的妻子。蕾維麥拉壓低頭，接起那通電話。「喂？依娜？」

電話線另一頭有一秒的沉默。依娜說，「出事了。」

蕾維麥拉身邊的等候區人群仍在碎語、嘆氣和呻吟。她額頭底下的櫃檯桌面平滑、冰涼。蕾維麥拉臉朝地面。她等著。

「他們用對講機傳來消息。他們一直試圖聯絡你，要告訴你，阿爾泰永受傷了，」依娜說，「我很遺憾，小蕾，我很遺憾，真的很遺憾。」她的聲音還在電話裡響著。

依娜說有塊石頭。她說石頭砸到他的頭。她說他昏過去。她說沒有痛苦。隊醫試圖把他救回來，但回天乏術。一切都發生得太快了，依娜這麼說。

蕾維麥拉的身體仍對折坐在椅子上，她望著身上的醫院工作服，也看著棉布衣料覆蓋的膝頭。「我不明白。」她說。

依娜提到一顆石頭。那是一場救援活動。有名滑雪者迷路了。她說他們找到了那名滑雪者，然後有塊石頭砸下來。她說是他的頭。沒有痛苦。一場意外。他的頭骨。她想到他的脖子線條、下巴，還有今早望向她的臉，那張臉的背後襯著柔軟白亮的窗口。

「我知道了。知道了。」蕾維麥拉說。

她掛掉電話。有人走向櫃檯。她揮手要對方離開。她忘記問阿爾泰永現在在哪裡。她該打回去嗎？她將手機解鎖，望著通話清單上依娜的名字。太瘋狂了。她打開和阿爾泰永傳訊的視窗，手指在虛擬的鍵盤字母上緩慢移動。她得把這個女人剛剛說的話告訴阿爾泰永。阿爾泰永受傷了。依娜是這樣告訴她的。蕾維麥拉可以接受他殘廢，可以接受他成為虛弱、萎靡的人，只要他活著就好。

她抬眼，依娜站在櫃檯前方。蕾維麥拉望向電腦上的時間。原來過了這麼久。

「我來帶你回家。」依娜眼睛紅紅的，她說：「他們還在山上。」

「好，」蕾維麥拉說：「我明白。」

依娜離開了。有人輕拍蕾維麥拉的肩膀，是那位實習生，她說接下來由她接手。依娜又出現了。蕾維麥拉確定自己拿了大衣。她們走出醫院外。阿爾泰永死了。

蕾維麥拉專心地將自己塞進依娜的車裡。這實在不太容易。她的雙手感覺好怪。她把注意力集中在手指上，在彎曲的指節上，還有指甲因為底下的安全帶而襯出的羊皮紙色。

自從葛列柏的意外之外，蕾維麥拉就恨透車子了。現在她也得恨石頭了。石頭。還有雪。她手機的鈴聲響起。糖攪拌入她的咖啡。陽光溢滿他們的廚房。她以為自己很強壯，但沒有，她不強壯，再也不強壯了，沒了他就沒辦法。

坐在駕駛座上的依娜啟動引擎，抹了抹臉頰。她抬眼望向擋風玻璃窗外。她的夾克隨著移動沙沙作響。「都是因為這種天氣，」依娜說，「冰都鬆動了。這是會雪崩的天氣。」

蕾維麥拉把雙手交疊在大腿上。她不知如何控制它們。排氣口中有冷風吹向她。今天是二月二十七日。

「這是命運。」她大聲說。

依娜吸著鼻子，握著方向盤的她努力忍住眼淚。「什麼？」

蕾維麥拉望向窗外，停車場邊緣排列著一堆堆顏色髒黑的雪，裡頭有水一滴滴滲漏到瀝青路面。太陽高掛在她們頭頂。她想到那塊石頭。想到他的頭。沒有痛苦。上個週末下午他們在沙發上午睡，她的雙腿塞在他的兩隻腳中間，兩人臉頰緊貼，她的臉上感覺到他的氣息。他一醒來就問她這樣躺舒不舒服。然後兩人聊了頭條新聞、匯率貶值、國會決議，還有戈洛索夫斯卡亞家姊妹的事。「如果我是那個綁架她們的人，」她告訴他，「我會把她們帶到北邊去。沒人注意那些村莊。你可以大白天把屍體埋在自家土地上，也不會有任何人注意到。」

阿爾泰永才吻過她眼睛底下的肌膚皺褶，「我這個憂愁又出色的女人呀。」

是她把死亡帶進了他們的婚姻，直到今日她仍背負著死亡。她沉靜地對著窗玻璃說，「我們的苦難都是命運。」她打從一開始就該料到這個結果了。都是因為她遇見了阿爾泰永這個出色的男人，是她為他判了刑。

停車場從車窗外後退消失，她們身邊開始有其他車輛聚集過來，市立公車在路邊停下，交通號誌轉為綠燈。依娜選了比較長的那條路回家，途中路過電影院，蕾維麥拉並沒有糾正她。一個個雪堆如海浪在她們身邊起伏。到了她和阿爾泰永住處大樓的前方，蕾維麥拉拿出鑰匙，依娜把鑰匙從她手中扯出來，打開了門。我可以自己來，蕾維麥拉想這麼說。我知道該怎麼做。我之前做過。但她只是跟著依娜走進自家公寓。

比較年輕的伊娜直接去拿了水壺燒水。依娜決定要讓自己成為可靠的人。這對依娜來說倒容易，她愛的男人還活著。

「我離開一下。」蕾維麥拉說。她的聲音無比有禮。她把手機帶進浴室，打電話給阿爾泰永的妹妹。

「噢，」他的妹妹說完開始哭，充滿韻律的哭聲絕望又受傷。蕾維麥拉將手機更使勁地貼緊耳朵。她還沒有哭。她得認真聽。「你見過他了嗎？」他妹妹問。

「還沒，」蕾維麥拉說。她知道這些搜救行動的程序。「還沒，他們正從山裡回來。路程算是挺……挺不好走。他們會把搜救的對象先帶下來，所以還需要幾個小時。」

「也許根本不是真的。」

浴室水槽中還散落著阿爾泰永的毛髮。他在蕾維麥拉離開後剃了鬍鬚。這個世界就是來讓人受苦的。「是真的。」蕾維麥拉說，妹妹哭得更厲害了。

依娜在廚房等著，蕾維麥拉掛掉電話後走進臥房，關起房門。阿爾泰永的枕頭擱在捲著的被子上。蕾維麥拉摸摸那顆枕頭。好軟。床邊桌上放著他的書，還有他的水杯——她拿起來仰頭喝光。

她把空杯放在他那一側的被子上，還有那本書。兩個物件在羊毛上壓出淺淺凹痕。接著她打開床邊抽屜找出一把摺疊小刀、他的備用太陽眼鏡，還有一瓶維他命D營養補充劑，然後都放到床上。看到他的物品全部擺開來的感覺真好。這是她能做的事。反正她也沒別的事好做。她走向兩人的矮衣櫃，取出他的毛衣、長褲、白色內衣，還有早已穿舊的內褲。最後一次看到阿爾泰永時，他穿的是家居海軍藍運動長褲搭配舊T恤。她將那兩件衣物從洗衣籃裡撈出來。她不知道他今天穿什麼去工作，但她很快就會知道了。

她想看他的屍體。床上的那個物件堆看起來好小。

她去衣櫃裡找出更多他的衣物。

她應該把他的東西都集合起來。她應該開始囤積屬於他的記憶。她在二十九歲那年遇見了阿爾泰永，當時她以前的同學都已成為母親，而除了工作和早已深埋心底的過去之外，仍堪稱年輕的她一無所有。她讓別人害怕，但阿爾泰永並不感到困擾。他是一個朋友的朋友，兩人在某場派對上透過他人介紹認識。身為前冬奧越野滑雪及射箭運動員的他曾在莫斯科郊區受訓，但多年來毫無戰果之後，他帶著精瘦、正直又強壯的身心回到堪察加。

兩人認識後不到一個月就上床了。當時是在阿爾泰永一片陰暗的臥房中，蕾維麥拉剝下他身上的衣物。他在外面的父母及妹妹只跟他們隔著一片牆。他的膝蓋及肩膀旁纏繞著結實肌肉。她用手指滑過一束束肌肉線條。探索他的胸口時，她感覺到他的心在敲擊，那是一球屬於運動員且張弛有度的心肌。他的呼吸急促。他的身體洩漏了他的心思。

她用手指緊握住最近的床柱，開始哭。他們上次做愛是星期三。今天是星期日。

即便是當時，她也不懂阿爾泰永怎麼會想要自己？他究竟是如何撐過這些漫長的日子？兩人結婚後有好幾個月，她感激著他的一切，包括他的一雙長腿、他的奉獻，然後突然之間陷入了愛河。他們一起搭公車。當時下著現在幾乎看不到的那種大雪，空氣中的雪花是如此濃密，司機是靠著習慣的手感而非視線開在路上。距離目的地還有三站時，阿爾泰永轉向蕾維麥拉，翻起她的衣領，將她的夾克拉鍊拉到下巴，再把她的帽子拉下來蓋住額頭，用手指劃過她的手腕確認手套是否有沒戴好的縫隙。然後他握住她的手，面朝前方。如同嬰兒被襁褓包裹起來的她感覺真切地活著。終於又有活著的感覺了！她體內的血液在翻湧沸騰。

她暖烘烘地坐在那裡，又是興奮又是驚恐。她相信有全新的美好光景在等著自己。此刻她只有露出眼周的那圈肌膚，眼前的世界是如此鮮活、清澈，又充滿了許諾。葛列柏死後，她只是孤獨地活著，總是獨自一人，然後突然之間，在這輛擁擠公車的塑膠座椅上，她發現生命中有了另外一個人。她將快樂的鼻息噴到夾克衣領上。阿爾泰永呀。

她的丈夫。她的拯救者。他盡了他的責任。現在蕾維麥拉應該在沒有他的陪伴下活下去。她抹了抹臉，走進廚房。她一走進去，依娜立刻站了起來，手上拿著電話，「他們已經在路上了。」

「好的。」蕾維麥拉說。她從瀝水架上拿起他的馬克杯和盤子。走進浴室，她抓起他的牙刷、刮鬍刀、古龍水，還有他用的臉部乳液，然後全部丟進床上那個物品堆中。

過去幾乎二十六年來，她只關注於阿爾泰永的善良、兩人各自的事業、用餐時的對話，以及提供彼此的協助。她眼見整個國家分崩離析，但深信她和阿爾泰永會撐過這一切。結果她錯了。阿爾泰永每次值十二小時的班，還有蕾維麥拉在醫院的工作，還有他們對當局提出的呼籲，這些都是上一個年代的事了，都是沒用的了。到了最後，他們沒保護到任何人。

她回到衣櫃，拉出葛列柏的行李箱，把箱子也拖到被子上。箱子大大的軀體就這樣壓在阿爾泰永的物品上。她打開箱子，碎木片刺傷了她的手指。她看見一些早已遺忘的物件，還有一些永遠無法忘懷的寶貝。她得跟這些屬於丈夫的事物相處一下。這是她僅有的一切了。那些他寫給她的信、褪色的唱片套、他的冬帽，還有他的平民通行證。她把老舊箱子內的東西全倒出來，把空箱子放在被子上，然後爬上床。

靴子、扣環、紙張和圍巾。葛列柏出意外之後，她以為自己會死。她以為自己已經死了。二月二十七日帶走了他，此後也每年害她墜落。無堅不摧的哀傷始終如同重力拖著她。但現在她會活下去。她得活下去。這就是她的人生：在別人無法承受的處境中活下去。其中沒有樂趣可言。

三月

在廚房淹水後又過了沒人說話的三天，娜迪亞決定帶著米拉從埃索的機場搭機前往帕拉納機場。她們兩人獨享了那排座位。五歲的米拉整趟航程都在吃切片黃瓜，還畫了許多胸部超大的火柴人。她在筆記本上畫了兩個好大的圓圈，笑起來，又在外面畫了更大的圓圈，再畫更大的圓圈，然後嘴巴專注地抿起，準備再畫兩個更大的圓圈。從女兒頭上望去的娜迪亞問了，「沒有男人嗎？」

米拉很快又畫了另一個感覺比較寬的人，然後在這人的胸口畫了兩個代表乳頭的小點。

「我不是要你畫男人。」娜迪亞說。

米拉把筆尖放回紙面，以兩點各為圓心畫出代表乳房的圓圈。「太棒了。」娜迪亞說，然後望向窗外的白色大地。

她們已經飛越劃開埃索的中央山脊。娜迪亞過去幾天都在跟這架雙引擎渦輪螺旋槳機的駕駛討價還價，這架飛機在離開彼得羅巴甫洛夫斯克之後，就一直因為暴風雪無法出發，此刻將她和米拉往北載，也總算是要完成這趟航程的最後一段。剛剛被她們丟在村裡的人是奇嘉，還有奇嘉租來讓他們住了三年的垃圾宮殿。暖氣水管剛破掉，淹在及踝積水底下的地板磁磚髒汙泛黃。娜迪亞對他說的最後一句話是「打電話給房東」，那時是星期二，另外就是今天她塞在冷凍蜂蜜罐底下的那張道別紙條了。

她和米拉打算重新開始。娜迪亞用一隻手臂搭住米拉的背。「我的甜心，」娜迪亞說，「我們別跟外公外婆說這星期發生的事，好嗎？」

米拉又開始畫起一輪火柴人。「好唷。」

「假裝我是外公。嗨！米拉，最近有什麼新鮮事嗎？」

「沒事！」米拉說，「前幾天水管破了，屋子裡出現了溜冰場。」

娜迪亞沉默了一下。「那正是我們不要跟他們說的事呀。」

「我以為我們不要說的，是你跟爹地在互相生氣的事。」

「那也不要說，」娜迪亞說，「全部都別說。」她捏捏米拉的肩膀，收回手臂，身體沉沉陷入座椅，膝蓋緊貼著前方椅背的置物口袋。

米拉其實說什麼都沒差。她們再過一、兩個月就會過得不錯了，娜迪亞也不用在向父母提到自己的生活時不停遮掩。與其浪費口舌在她們丟下的生活上，也就是那個結冰的爛地方，娜迪亞還寧願解鎖手機，滑開蕾哈娜的專輯，戴上耳機。「給你，小貓咪。」她對米拉說，米拉把面向她的這側小臉揚起。娜迪亞把一邊的耳機塞進女兒柔軟的耳道，讓流行音樂席捲了兩人。

她們是從東側朝著帕拉納飛去。這座小鎮是當區的行政中心，但從上空看來極為破敗：街道看起來灰灰髒髒的、公寓建築區塊由大到小彷彿逐步碎裂般錯落分布，還有一排排木造房子一路延伸到海邊。自從和米拉往南搬到埃索之後，娜迪亞就沒再回來過。她從空中看不出有任何新出現的建物。

她的父母在機場和兩人碰頭，居然都沒問米拉「有什麼新鮮事」，倒是娜迪亞的母親說，「我不會問奇嘉為什麼沒來。」

「他有工作要忙，」娜迪亞說，「不只是要為報紙拍照，還有婚禮跟其他活動要處理。」那不是真正的原因，卻也是讓人聽了開心的事實。

「他得休息一下，我想。你也不是好相處的人。」

「所以是誰把我養成這樣呢？」娜迪亞喃喃自語。她的母親已經聽不太見了，此時正瞇眼望著其他下機乘客，想看看有沒有認識的人。她的父親彎腰捏了捏米拉的臉頰。

米拉穿了件新大衣，顏色是閃亮的紫，娜迪亞是為了慶祝新年為她買的。真是太感謝俄羅斯聯邦儲蓄銀行了！那是娜迪亞工作的地方，她就是因為銀行給的七週帶薪假期才有辦法回老家。在一根水管爆裂、一場最後的爭吵，還有娜迪亞以堅定口吻跟上司進行了有關「家庭事務」的談話之前，她本來和奇嘉打算在夏天時利用那段假期去索契港度假，但現在計畫完全變了。

她們有七星期時間，也就是可以放假到五月，這段時間夠她們找到一個還算有品質的住處。當然不會是在帕拉納或彼得羅巴甫洛夫斯克（奇嘉的妹妹在後者的大學讀書），而是要到半島之外的大陸——可能是喀山？——又或者是歐洲。伊斯坦堡？倫敦？沒有奇嘉拖累她們之後，娜迪亞和米拉或許可以周遊世界。俄羅斯聯邦儲蓄銀行在世界各地都有分行。

娜迪亞上車坐在副駕駛座，她父親跟米拉爬進後座。娜迪亞的母親坐得離方向盤很近，但還是一直在瞇眼，明明前方只停了些覆蓋冰霜的車子，此外什麼都沒得看。

「媽媽，你看得到嗎？」娜迪亞問。沒人回話，她於是在座位上轉身往後問：「她看得到嗎？」

「她當然看得到，」她父親說，「是她把我們載來這裡的。」

娜迪亞仔細觀察父親，包括他的針織帽和霧濛濛的眼球，然後伸手往後把米拉的安全帶綁緊。她母親將車開進離開機場廣場的一排車流中。「爸，我一月加薪了，」娜迪亞說，「現在是經理，時薪又多六十了。」

「盧布這樣貶值，那點加薪根本不算什麼，」她父親說，「你母親的退休金幾乎連我們吃飯都不夠。」

「你們需要幫忙嗎？」娜迪亞問。她父親皺眉。她已經離開太久，都忘了他的習慣：先是抱怨錢，然後是政治、官僚、議會中有一大堆罪犯之類的同樣憂慮，還有他總是不願改變的習慣。她深吸了一口氣。「抱歉。最近漁獲量如何？」

「有什麼好說的？冬天能撈到就那樣呀。那你……」

「我們的奇嘉最近好嗎？」她母親問。

「他很好。」她母親沒回應。娜迪亞又說：「他很好，跟之前一樣一直都很好。」聽到這裡，她母親搖了搖頭，方向盤前的肩膀維持不動，髮髻則因為搖動在頭皮上游移。

娜迪亞住在這裡的最後一個季節，也是她和奇嘉共度的第一段時光。他當時剛服完兵役，決定在帕拉納的捕魚營地工作一個月，但一遇見她後就決定再工作一段時間。娜迪亞的父母覺得他什麼都好：好男孩、跟他們一樣是原住民、出身於一個和他們不同但又極其相似的地方，代表不會「太像白人」，但也不至於「像個外來者」。奇嘉是個有責任感的人，很有才華。每天晚上，米拉張著嘴睡著之後，他和娜迪亞會在剛洗過的床單上安靜做愛，躺在他身邊的米拉從未因此睡得不安穩。

奇嘉的年紀比娜迪亞小一個月，但夢想跟她一樣遠大；他早就想成為父親了。知道娜迪亞和剛會說話的米拉正在尋找一個「爹地」時，他很高興。他興奮談起三人一起生活的未來。在他的描述中，埃索是堪察加半島上最優美的村莊，有著雕刻精緻的原木小屋，以及如同蘋果一般清新的山野空氣。回鄉之後，他每晚打電話給她：我為我們找到住的地方了，他這麼說，我們過渡時期可以住在這裡，這個兩房的住處足以遮風避雨，為了建立屬於我們的家庭，我們也可以繼續在大街上找新的房子。就在兩人為了她及米拉前往南方的機票存錢時，還在帕拉納的娜迪亞不管走到哪裡，都滿心認定自己將迎來更好的生活。這個破地方只有半毀建築、早已片片剝落的蘇維埃時期壁畫、髒兮兮的煙囪、補過的漁網、破爛的手划小船、不再把自己當一回事的眾多前任男友，還有米拉在耍孩子脾氣時，吃吃笑著經過兩人身旁的過往同學──而此刻，她有了搭機逃離的機會，那個機會就是奇嘉。

但到了埃索後，娜迪亞和米拉發現她們擁有的不過是棟半毀棚屋。這只是過渡時期！星期二早上站在積水中的他又這麼吼道。但三年來，這個租來的地方到處出問題，而他只是一直這樣說。去年秋天，娜迪亞向公司提起購屋貸款的事。她和奇嘉為此吵了一個月。他說：沒有貸款就沒有債務。「我們不是美國人，我才不靠信用過活。」真該死，她對他說，如果我們不靠信用過活，我們就會一直困在這裡，但他還是不退讓。所以娜迪亞嘗試了其他方法。他的父母因為多年放牧馴鹿的工作有一些存款，再加上奇嘉妹妹在大學拿的獎學金，他們其實有可動用的資金。當暖氣的水管開始漏水時，娜迪亞自信滿滿地去找了奇嘉的母親，希望討論這些存款使用的方式。「你們這一代總是想要更多，」他母親說，「你們就是這麼貪心。難道那樣對你來說就夠了嗎？靠著借錢和乞討來的錢買一個自己的家？你這樣就滿足了嗎？」

娜迪亞不是去乞討。但此刻她意識到他母親或許是對的：埃索永遠不可能讓她滿足。

奇嘉讓她們飛去的那個村莊和她離開的小鎮很像。一月寒假時，他要娜迪亞和米拉跟自己的妹妹及她男友一起去埃索的公共溫水游泳池玩。無論娜迪亞提出什麼替代方案——我們不能花入場費去私人泳池嗎？去比較乾淨的泳池？我們可以只帶米拉喜愛的克賽莎一起去，但不要邀請魯斯蘭嗎？我們可以就三個家人一起出遊嗎？——這些卻全遭到拒絕。最後他們還是在社區溫水池中大汗淋漓地划水，聞著硫磺味，感覺腳下水泥地上小片小片具有延展性的水藻。

待在水池中時，奇嘉和他妹妹那個惱人的男友不停在「剖析」來游泳的村民——這人有心理缺陷、那人有體重問題，還有這傢伙一定背著另一半在外偷吃。奇嘉的妹妹克賽莎只是閉上雙眼，將頭靠在水池邊。某次有個男人從水池的另一邊朝他們揮手。這時，米拉把頭沉入水中，娜迪亞用舌頭「嘖」了一聲：「小老鼠，別把頭髮弄溼了。你會感冒。」她伸手為女兒拿浴巾，披在她的肩膀上，然後對奇嘉說，「有個人在跟我們打招呼。」奇嘉往那個男人的方向瞄了一眼，但沒打算做什麼。魯斯蘭也跟著看過去，笑了。

「你不打算跟他打招呼嗎？」娜迪亞說。

「那是伊格爾．古薩克夫，」魯斯蘭說，「他跟奇嘉同年畢業。」

「那傢伙不正常，」奇嘉說，「是個怪胎。」

此時娜迪亞也想把自己的頭沉入水下了。那個水池另一邊的男人算不上什麼偉人——身體看起來軟趴趴的，還獨自一人坐著——但也不是什麼毒蛇猛獸。而奇嘉眼前明明就是自己打算養育的孩子，卻選擇完全無視她的胡作非為：她正解開包在頭上的浴巾，任由一綹綹髮絲幾乎要在額頭上結冰。至於魯斯蘭「討人喜歡」的程度，大約跟一隻白色野狗差不多。

「你應該對他有點同情心。」克賽莎說。她的臉頰上有汗珠在閃爍。

「沒這打算，」奇嘉說，「他在我們小時候還會虐貓。」

「是青蛙，」克賽莎說，「就這麼一次。」這個大學女孩一如既往地小心翼翼。她總是謹言慎行，但他哥哥始終膽大妄為。

「青蛙是我們都有看到的那次。但貓咪是他私底下幹的好事。莉莉亞·所羅迪可瓦告訴我，六年級的時候，他每星期都會把虐過的貓丟在她家門口。她媽媽還跟所有鄰居抱怨，以為是有人放太多毒鼠藥了。」

「喔，是莉莉亞告訴你的呀。」魯斯蘭用鼻子蹭了蹭克賽莎。等她別過頭之後，他又面向奇嘉。「我們該去問莉莉亞現在對他是怎麼想的嗎？」

「你知道她很可能已經被殺掉了吧？」奇嘉說，「你真是個渾球。」

魯斯蘭挺起他那片窄窄的胸膛。「你才渾球。」

「所有人都是渾球，」克賽莎說，「我們聊點別的吧。」

娜迪亞受夠這一切了。如果她想聽家人之間的爭執、無謂的優越感發言，以及針對多年前逃家少女的挖苦言詞，她大可待在老家的小鎮就好。至少那裡的水池熱氣足夠，壁紙也還黏在牆上。娜迪亞的母親開車載他們經過一排五層的公寓大樓。半個世紀之前，這種樓區的外表或許沒有埃索的獨棟屋吸引人，但其中的住戶若想聚在一起吃飯，至少不用先艱難走過大塊大塊的結冰地面。

奇嘉以前信誓旦旦地表示，這種公寓樓區不可能在優美的埃索出現。埃索就是堪察加的瑞士，他說。但他懂什麼？他們根本沒有人去過比莫斯科更遠的地方。

＊＊＊

回家之後，娜迪亞的母親端出魚湯。等大家碗裡的魚湯逐漸見底後，她堅持要幫忙添滿。米拉把碗推開，娜迪亞的母親又把碗推回去。「我不要了。」米拉說。

「什麼？」娜迪亞的母親問。

「她不要了。」娜迪亞說。

她母親彈舌表示抱怨，把碗拿走，將剩下的魚湯刮回鍋中。煮過的馬鈴薯啪答、啪答落下。洋蔥在流理台上的舊美乃滋瓶中發出新芽。「因為你都沒在吃。你沒為她做出良好示範。」

娜迪亞臉紅起來。「她吃飯就是這樣。」

「什麼？」

「她吃飯就是這樣。」

「才不是。」她母親說。

娜迪亞壓低了頭，垂下的髮絲在兩人之間築起一道漆黑的牆。「爸爸，她沒戴助聽器了嗎？」

「你母親是個了不起的女人。」她父親一邊說，一邊抬起手上湯匙。

娜迪亞的鼻子一陣酸，她驚訝地抬起臉。不要哭！太傻了！但父親說話的方式讓她聯想到奇嘉拿出最佳表現的時候。他會在那種時候透過米拉稱讚娜迪亞——你媽可不是太有趣了嗎？我們也太幸運了吧！每當他記得要努力時，就是這樣表達自己對她的愛。

她只是因為連續幾天和他冷處理彼此，才突然感傷起來而已。應付這件事讓她精疲力盡，所以米拉才必須離開幼稚園，她也得暫時離開匯率計算機台。

她也是累了，不想再承擔兩人家中的種種匱缺。她只能去想像埃索的人會如何談論兩人處境。奇嘉・阿杜卡諾夫呀，那個住破房子的傢伙根本沒錢修住處的水管。他們甚至可能不會說「沒錢」，而是逕自認定他就是懶得處理。他們或許會想，有一種原住民男人就是這樣，八成總是喝得大醉，就算工作時看來有禮，但只要回家就露出真面目。他跟女人同居，但沒打算結婚，雖然願意照顧另一個男人的孩子算是貼心，卻總是任由那個孩子挨凍。除了酗酒問題外，其他那些耳語都是真的。而娜迪亞無法忍受的，就是成為這些人嚼舌根的主角。

在這裡待上一個半月能幫助她釐清自己當初為何會奔向他懷抱。如果高中畢業後，她願意在這裡多待上幾天，而不是因為第一個接近她的男人懷上身孕，她還會在有過幾個愛人之後，和一個願意接受她和孩子的人淪落到比原生村莊更小的村莊，然後在如同破爛沼澤的公共泳池中跟別人雙人約會嗎？

午餐的碗盤洗乾淨之後，娜迪亞立刻在客廳打開了行李箱。米拉的東西就像小人國道具，上頭到處綴滿水鑽。「你是個非常勇敢的女孩。」娜迪亞告訴她女兒。米拉把雙臂環繞在娜迪亞脖子上，身體緊靠她的大腿。女孩聞起來都是湯的味道：小茴香、黑胡椒和檸檬汁的氣味。娜迪亞把她抱得更緊。

娜迪亞不該這麼說的，但還是忍不住：「我們不想念爹地，對吧？」她貼著米拉的臉頰問了。

米拉一開始沒說話，接著將臉埋進娜迪亞的肩膀，鼻子發出抽泣聲，然後又是一聲——娜迪亞把女兒惹哭了。

「喔，我的小鴨鴨，」娜迪亞說：「我很抱歉。真抱歉。」她緊擁著女兒，試著在米拉真正暴哭前把她的眼淚壓回去。

「他不來了嗎？」米拉問。她說話的聲音哽咽。娜迪亞稍微鬆開了緊緊環住女兒的手。

「他在家裡，記得嗎？我們會在這裡跟外公、外婆一起住一陣子。」米拉哭得更大聲了，口中說著不不不、不、不、不，娜迪亞試圖跟她講道理。「你不記得他把廚房弄壞了嗎？他得留下來修廚房啊。」都是娜迪亞自己把女兒搞成這樣的，是她問起奇嘉的事，但她還是對女兒生起氣來。娜迪亞想問她，記得星期二嗎？當時哭著離家的她可是冷得要死？還有牆壁上結的霜？學校管理人的一臉同情？還有奇嘉之後仍拉不下臉認錯的死樣子？米拉就不能有一次記得自己是跟誰站在同一邊嗎？

娜迪亞將鼻子壓在女兒圓嘟嘟的臉頰上。「想看電視嗎？」這話說對了。原本鼻涕橫流的聲響只剩鼻竇內的悶哼。大耳查布的卡通可以拯救所有悲劇現場。

沙發上，腫著一張臉的米拉蜷曲在娜迪亞懷中。娜迪亞成長的過程中就是在這裡睡覺、做功課，並一邊幻想著自由，而現在回到這裡的她已是個母親和專業人士了。她和米拉一起看著筆電螢幕上的動物在跳舞，頭上的燈光感覺比她小時候黯淡。

手機震動著響起，娜迪亞溜到安靜的走廊上，看見奇嘉的照片出現在螢幕上。她將來電轉為無聲。震動停止，但他的臉還在，照片背景是去年夏天的南方陽光。他的笑容還在。

她感受到他曾拉動自己的那股力量。彷彿有根手指勾住她的肋骨。

手機螢幕暗去了一秒，然後再次亮起。又來了一通電話。她完全清楚即將出現的對話會是什麼內容——你怎麼沒……你何時……為什麼不……就是諸如此類的問題。她又再次關了靜音，打開兩人的對話訊息，在帕拉納，她送出。準備好就會回電。

手機持續沉默。她望著螢幕，直到不得不閉眼不看。客廳有關於火車的細微歌聲流瀉而來。

她的腦中出現埃索那間破爛小屋的畫面：女兒穿衣服時口鼻吐出白霧，還有奇嘉身穿健身短褲，雙腳踩在冰水中的荒唐樣子。但除了他前晚粗聲粗氣講話的模樣，她的腦中也開始浮現其他細節：他每天早上為米拉準備的吐司和果醬；他將最新工作成果用電腦展示給她看時，口鼻吐在她肩上的氣息；還有他今天回家發現家人都不在時，嘴角下垂的表情。

手機又震動起來。她感受到的那股拉扯已變成硬踱，身體因為想要回應的渴望開始搖晃。來電號碼顯示為未知。說不定他買了一張新的SIM卡……真有你的，奇嘉。她吐出一口氣，接起電話。「怎樣？」

電話另一頭是一陣沉默。有個她不認得聲音的男人開口：「娜迪亞？」

她用手扶住額頭。「哪位？抱歉。哈囉？」

「我是史拉瓦．拜喬夫。」

「喔……」她說。

「看來你還是沒存我的號碼呀。」

「我很驚訝你還留著我的號碼。」

「小亞，剛剛那不是一個要人回答的問題。所以，時隔多年回鄉是什麼感覺？」娜迪亞瞇起雙眼。難道是母親跟鄰居說過自己要回來？但接著他說了，「我姑姑在機場看到你。這個小鎮是藏不住祕密的。」

「我大概是忘了。」

「別擔心。我會幫你想起來。」

「嗯哼，」娜迪亞說，「我們在這裡過得很好——女兒和我都是。」她或許是不太必要地刻意強調了「女兒」的存在，但實在很想讓他無法再這樣輕鬆講話。她懷孕時和史拉瓦約會過一段時間，而他一旦看出她是孕婦之後就跑了。

「你有跟她提過我嗎？」

娜迪亞笑了。「沒有，小史。」

「或許她還不到能理解浪漫童話故事的年紀。」娜迪亞選擇不回答這個話題。「她喜歡熱巧克力嗎？」

「喜歡呀，白馬王子，她喜歡。」

「她和她的母親願意和某人一起去帕拉納最高檔的咖啡店嗎？」

那是帕拉納唯一的咖啡店。「不幸的是，她沒辦法去。她有很多事要跟外公外婆一起做。」

「那她的母親呢？」

她還沒收到奇嘉的回訊。「她的母親，」娜迪亞說，「倒是有空。」

＊　＊　＊

隔天早上，娜迪亞父親甩門離開的聲響把她和米拉弄醒了，兩人把被子疊好，沙發枕頭重新排整齊，早餐的碗盤也洗過之後，娜迪亞打電話到俄羅斯聯邦儲蓄銀行的遠東總部，表示要跨國匯出一筆款項。有名經理給了她莫斯科總公司的電話號碼，但由於時差關係，那間公司還要過九小時才開門。米拉正坐在娜迪亞的大腿上畫畫。娜迪亞輕拍女兒握緊的拳頭，將筆從她手中抽出來，在筆記本內頁頂端寫下足以改變兩人未來的那支電話號碼。

掛掉電話之後，她把筆遞給米拉。米拉開始在娜迪亞剛剛寫的8的下半圓圈內塗鴉。

「別畫，」娜迪亞說，她翻開一頁空白頁，然後對著母親說，「我今天可以開車出門嗎？」

她母親沒立刻回答，娜迪亞靠向米拉的背，「我剛剛說，我今天可以開車出門嗎？」

「去哪？」她母親問。

「就出門呀。」

娜迪亞母親的嘴巴嘛扭起來。「那就謝啦。」娜迪亞對著母親那個表示「不同意」的表情說著，便起身將掛在史達林畫像旁的鑰匙從鉤子上扯下來。

「媽媽，我要跟你一起去。」米拉說。娜迪亞穿上大衣時，米拉抱住她的大腿。

「你外婆太想念你了，沒辦法讓你走呀，小米。我很快就會回來了，」娜迪亞說，「要乖。」她就離家走了。

寒氣將她的肺緊縮成兩顆拳頭。鄂霍次克海吹來的風刨磨著街道上暗色的冰。明明才沒幾年，她就已經習慣了埃索——那裡的雪花清透蓬鬆，一個個雪堆潔淨無瑕，讓人看了心裡平靜。木籬笆圍繞在人們的後院土地周遭。當娜迪亞帶米拉出門散步時，會有馬用鼻子磨蹭米拉掌心。相對來說，面對開闊水域的帕拉納看來凶險多了。

但現在的娜迪亞，或許是喜歡上這種凶險了。再次離開之前，她得再研究一下自己擁有多少選項、兌現幾張薪資支票，還得打電話給遠在歐洲的房東。等待車引擎暖起來的同時，她在腦中思量著或許在帕拉納多待上一段時間。為什麼不呢？讓這座小鎮瞧瞧自己的成就吧；就在這座海濱之地多待一下。

她抵達咖啡店時，史拉瓦已經在一張桌子旁等著了。五年過去，他看起來還可以，但也僅僅就是還可以，她告訴自己，但也為此感到開心。時間在他的嘴巴周邊及額頭留下刻痕。圍繞著眼睛的那一圈晒黑了，表示最近一定是去玩過雪地越野車。跟奇嘉相比，他的頭髮太長，娜迪亞可是每個月都會在浴室裡幫奇嘉剃頭。

不想奇嘉了，都什麼時候了。娜迪亞已放下過去。她今早在鏡子裡打量過自己，覺得自己吸引人，或者說沒比之前更不吸引人。她的站姿在生了米拉後有點不同——骨盆被推擠出了新的角度——但沒有那麼明顯。而她的衣著格調也提升了。

她在空椅子坐下——其實史拉瓦遲遲才起身為她拉開椅子，最後也只是親了她的臉頰了事。「多少個夏天，又是多少個冬天過去了呀。哈囉，美人。」他說。

「嗨。喝茶嗎？」他示意要服務生過來。「你今天不工作？」她問。

「我上夜班。現在還醒著對我來說其實已經算是熬夜了。兩杯紅茶。」他告訴那個男孩。

「我的要加檸檬。」她說。男孩點點頭。

「最近過得如何？」史拉瓦問。

她在桌子底下攤手算了一下。自從兩人最後一次見到彼此後，娜迪亞跨越了十八歲的成年門檻、生了一個孩子、愛上奇嘉、搬到埃索、開始在銀行的工作，還開始打理一個家庭；另外還訂了婚——至少是有在討論要結婚。「你先說吧。」她說。

他笑了。「你剛剛都聽到了呀。我上夜班。沒什麼其他好說的。我算是已婚吧，你母親有跟你說嗎？但兩人目前分居。你不認識對方，她是在你離開後才來到村裡。」

史拉瓦跟她分手，是娜迪亞生平第一次（也是僅有的一次）哭到幾乎要嘔吐。在青少女階段，她曾有一段時期表現得比米拉現在還幼稚，懷孕更加劇了這個問題。那時的她擁有一顆敏感易碎的心，內在地層就跟火山地形一樣危險又容易變動，而史拉瓦剛好在這段時期的尾端出現。

他的頭髮實在太長，但他結婚的消息確實有點讓她傷心。她的人生中曾有那麼一次，就那麼一次，她是真心希望史拉瓦能百分之百愛她，絕不分給任何人的那種愛。

「我在埃索跟男人同居，」她說，「我們過得很幸福，他是個攝影師。」服務生拿了兩人的杯子來，她花了幾秒鐘攪拌杯中的茶。

她抬眼望見史拉瓦在打量自己。「幸福到你跑來這裡跟我見面？」

「嗯哼。」她說，接著就找不出話來說了。

他小口啜飲著茶，蒸氣從杯口升起。「你母親如何？」

娜迪亞瞇眼靠向她。「什麼？」

「你的母……噢！」他說完就笑了。而那樣低沉的笑聲再次解開了她心底某個鎖頭。她別開眼神。

「她就跟以前一樣，」娜迪亞說，「只是更誇張了。」

「我們不都這樣嗎？」

「我不一樣，」她說：「我脫胎換骨了。」

他在自己的玻璃杯緣上方對她微笑。

這實在是個讓人討厭不起來的作態場面——竟然約在咖啡店。兩人剛認識彼此時，史拉瓦只喝便宜的啤酒跟更便宜的粗製烈酒。要是有人暗指他跟一只蒸氣沖煮的摩卡壺扯上關係，他大概會把對方揍倒在地。娜迪亞以前喜歡他的這種裝模作樣；就跟奇嘉腦中那位臭名昭彰的莉莉亞・所羅迪可瓦一樣，娜迪亞也有自己年輕時執著的人事物，以及曾經愛慕現在看來卻令人無比尷尬的種種。

但娜迪亞已經長大了；比她年輕的女孩也都已經從大學畢業，老天爺呀。她們都已是成年女性。娜迪亞的年紀也讓她養了一個半大不小的孩子。

「你女兒呢？」史拉瓦問，娜迪亞盯著自己的椅子。要是他能讀心的話，她現在會立刻阻止自己在腦中想他頭髮太長的事。

「可愛極了。五歲了。你有孩子嗎？」

「我不知道，」史拉瓦說，然後拉開一個大大的微笑，「我想見見她。」

「嗯……」娜迪亞把話題轉到他的父母身上，還有他的兄弟，接著兩人聊起他這些日子以來圈捕到的動物。微笑時的他會露出那些令她熟悉的牙齒，最上頭的兩顆朝向彼此歪斜，搭出一座扭曲的大門。她任由這個來自過往的美好畫面淹沒自己，直到兩人的茶喝到見底。

但回到車上時，娜迪亞很高興自己能夠再次獨處。坐在史拉瓦身旁時，她回想起自己最黏人的階段：那時在埃索，奇嘉因為身旁圍繞著家人和老朋友，總會很享受地回味自己的讀書時光，但娜迪亞可不想耽溺於會看到自己過往面貌的回憶中。

她是當地的一個笑話，大家說她總是在他人身上找樂子——所謂的他人，也就是男人。直到米拉父親離開後，她才開始意識到自己的問題，但人生路走得踉蹌的她仍跌跌撞撞上了史拉瓦的床。她始終沒想真正解決問題。等史拉瓦這段關係結束後，她是真心考慮去死。

當時的她十七歲，懷孕四個月，談了兩次幾乎什麼都沒留下的戀愛。她埋在枕頭套裡頭啜泣，她的父母在客廳看電視。她曾經自問：我怎麼可能活得下去？

然後她找出方法了。她可以活下去。她愛上了奇嘉，他有一顆寬大的心，他帶來了更大的願景，但真正為她的這段人生帶來喜悅的，其實是逐漸攀升的薪水、吃得飽飽的肚皮，還有一條能堅固裝牢的暖氣水管。

＊＊＊

鄰居的狗在她開車回來時抬起頭看了看。這些小獸坐在欄杆柱下的凹陷冰洞中。娜迪亞將車子停到父母的屋子旁，熄掉引擎，聽見一個孩子在哭。她把皮包夾在蓬蓬的大衣袖子底下，下車，沒錯，那是米拉在哭。「我的女孩在哪裡呀？」娜迪亞喊，然後開門走進屋。

「媽咪！」帶著一張淚溼臉龐的米拉繞過轉角奔向她。

「嗨，我的小貓咪，」娜迪亞說，「嗨，小斑鳩。你是不是一直在找外公外婆的麻煩呀？」她女兒搖頭。米拉一定是把自己的頭髮解開重綁了。早餐之前，娜迪亞本來已經為她綁了乾淨俐落的髮辮，但米拉現在卻在頭的兩側頂著兩條塌掉的馬尾，後腦勺還有一大坨黑髮隆起。娜迪亞牽住她的手，「我覺得你有唷。」

「我們在這裡。」娜迪亞的父親對她喊。

米拉和娜迪亞沿走廊進入臥室，兩人跟著電視的聲音前進。她們看見娜迪亞的父母坐在床上，她母親正在縫補一堆已經補過的襪子。電視正以最大的音量播放著一檔新聞節目：歐洲足球資格賽的結果、烏克蘭東部要求停火一日，頓涅茨克市和盧干斯人民共和國之間的鐵路重新開始提供服務。「開心，所謂開心莫過於此。」一名烏克蘭的通勤者如此告訴記者。螢幕發出的光線在娜迪亞父母腳下的羊毛毯上明滅閃動。

五年之後，又或者五十年之後吧，娜迪亞覺得走進這個房間的自己也會看到同樣景象。她彎腰對女兒說：「你的筆記本在我行李箱前面的夾層裡。要不要拿過來呀？」米拉離開後，娜迪亞看了一下手機，沒有漏接來電。奇嘉或許要等晚上才會再試著打來。

米拉胸前抱著大大的筆記本走了過來。「去廚房抽屜拿枝筆。」娜迪亞說。她母親望向她的眼神充滿疑問，但娜迪亞沒有再說一次，而是坐在地墊毯上等女兒回來。

很快地，娜迪亞擁有自己電視的日子就要來了，她還會有一間帶高挑窗戶的臥房給米拉。她們會有高級的新襪子，而且是在歐洲用機器織的襪子。她可以把那些襪子一箱箱透過船運寄回這裡。就在米拉畫著一張張微笑的臉時，那些臉的眼睛、臉頰和嘴巴都被裝飾上了墨水小花。娜迪亞用手指梳理女兒的頭髮，將髮絲整理到正確位置。她父親在她們上頭打鼾，那是非常輕微、非常令人安心的聲響。

午後時光就這麼安靜又吵鬧地流逝了。四點五十五分時，娜迪亞把手機拿去充電，然後到廚房幫忙準備晚餐，預定菜色是奶油通心麵配上魚肉。娜迪亞的父親則在因為煮飯而熱氣蒸騰的屋內跟米拉玩。吃飯時間到來時，娜迪亞的母親將食物一一分給每個人，她在娜迪亞小時候也是這麼做的。米拉一直用手吃通心麵，直到娜迪亞打了她的手才停下。

娜迪亞並不想念奇嘉。她和米拉過得很好。所以當她回到手機旁，看到螢幕上有兩通來電時，她覺得應該讓他知道這件事。

電話才響了一聲，他就接起來了。「你到底在想什麼？」

她把另一隻手臂撐在拿手機的手肘底下。「也跟你說聲哈囉呀。」上次兩人聽到彼此聲音已經幾乎是一星期前的事了。他似乎沒有很高興聽到她的聲音。

「你真的在你父母家？」

「不然我會在哪？」

「那些機票花了你多少錢？」

「老天，奇嘉，」她說，「兩萬五千。」她幾乎因此把所有現金花完了。他聽到後發出一種類似鵝的嘶鳴，咯咯咯，彷彿是硬從喉嚨後方擠出來的。「米拉搭飛機只需要半價。我也把公司的假都請完了，反正我們也不會一起用那些假了，對吧？不是嗎？」

「太自私了，不可置信，」他說，「我們是要一起用那些假呀。為什麼不會？」

「喔，我可不知道有這回事。」她說。此刻她的肚子裡裝滿烤魚，距離自己掛在父母矮衣櫃上方的畢業照只有半公尺距離，腦中再次確認了在那個淹水早上有過的那份冰冷頓悟。當時她跟在他身後走過一地髒水，他的雙腳光裸，她則穿著橡膠靴。他抱著米拉，她彷彿當他是某種救難英雄般的緊勾著他。在此同時，站在他們兩人身後的娜迪亞緊盯著他的脖子，緊盯著那道她為他剃整齊的髮線。敞開的門在他們前方切出一個白色長方形。有些經過的路人停下腳步，他們背光的剪影正在問出了什麼事。「我不認為一趟越野旅行能解決我們的問題。你就連搞個為我們遮風避雨的地方都有困難。」

「問題根本不在這裡！」他說。接著換她發出激怒人的嘶鳴。「你別給我來這套，」他說，「我什麼都為你做了！」

「還什麼都為我做了咧！」

「如果不是我，你現在還住在家裡，成天跟你媽吵架，做一些荒唐的工作來養米拉。例如在帕拉納的熱水廠鏟煤！」

「操你的！」她說，但他只是劈里啪啦地不知說了什麼。沒人喜歡女人罵髒話。「難道我該感激你把我帶去埃索嗎？好讓我可以改跟你媽吵架？」

「不准你把我媽扯進來。」

「那就別把我媽扯進來。」

「不准……」他突然安靜下來。再次開口時，他放慢速度，每個字都講得很認真。「你知道我怎麼想的嗎？在我發現那張小紙條之前，我以為你們發生什麼事了。以為有人傷害了你們。」

「你根本瘋了。」她說。

「我還以為自己得拿米拉的照片到處給村裡的人看。這就是你花了兩萬五千盧布送我的禮物。你難道不記得莉莉亞了嗎？」

＊＊＊

她腦中想起了所有他最糟糕的缺點：他的小氣、他的固執，他老愛干預他人的生活。就連他的小妹都警告過娜迪亞。那年一月的游泳池邊，當她在木造更衣室裡拉下米拉的泳衣肩帶時，克賽莎警告了她。當時娜迪亞問，「他之前是跟這個莉莉亞談過戀愛還是怎樣？」克賽莎搖搖頭。「那為什麼老要提她？」

克賽莎正在整理牛仔褲，眼睛始終沒抬起來。當時她是從大學回老家度假，雙腿因為跳舞課而顯得肌肉緊實，此外，克賽莎的下巴也變得緊繃，娜迪亞覺得應該是課業太重的關係。畢竟跟克賽莎一樣聰明多累人呀，更何況人生所有的可能性都已被緊緊控制在魯斯蘭的懷抱中。克賽莎說，「奇嘉喜歡戲劇化的事，就像失蹤這種事。與其承認她逃家了，他還寧願享受為她捏造出各種消失理論的快感。」她把泳衣塞進自己的包包中。「我可以跟你老實說嗎？」娜迪亞點點頭。

克賽莎伸手蓋住米拉的耳朵。「莉莉亞是個婊子，」克賽莎說。她的表情比娜迪亞印象中在她臉上看過的任何表情都還要冷硬。「她是個甜美的女孩，但跟所有人都上床。奇嘉並不愛她。他只是愛議論別人，而她是個太好聊的話題，因為反正人也不在這裡了。」

是個婊子，克賽莎是這樣說的。娜迪亞在奇嘉那個據說會殺貓的同學身上看到了自己的影子，當時本來以為夠丟臉了，但奇嘉很快就對她全心全意奉獻，是真的徹底奉獻，難道就是因為愛上她的戲劇化？兩人相遇時，她才剛離開學校沒多久，獨自養育一個孩子。而他花言巧語地說服她和米拉搬去埃索，發誓要照顧她們，許諾要為她們帶來幸福。這一切難道都是因為看到自己跟過去的莉莉亞很像？難道他把自己拐去埃索，只是為了取代莉莉亞留下的位置？

＊＊＊

「我記得……」娜迪亞說。其實那些話很傷人。手機「嗶」了一聲，她把手機拿離耳朵，看了一下螢幕。「你說得沒錯，奇嘉，米拉和我就跟你的莉莉亞一模一樣。我們寧可把自己害死，也不打算在你身邊過活。」又是「嗶」一聲。他就要開始大吼了。「我得掛電話了，」她說，「我有插播。」

「史拉瓦？」她換接另一通電話時開口，但音量有點太大。

「嘿，你在做什麼？」

她稍微緩和了一下呼吸才開口：「沒做什麼。」

「我想說我可以過去。」他說。

若換作五年前，這個提議會讓她欣喜若狂，但現在已經不再散發出煙火一般的火花及光芒了。「不了，」她說，「時間晚了。米拉很快就要睡了。」

「那也沒關係。我說了，我很想見見她。」

獨自在房內的娜迪亞搖搖頭。

他說，「我一直在想，你知道的，我們之前都太年輕。」娜迪亞沒回話。她掛在矮衣櫃上的畢業照正對她冷笑。「……我在想，自己有沒有可能成為她的父親。」

「不可能。」娜迪亞說。

「不可能嗎？」

「不可能。」

「為什麼？」

「因為你之前不是，現在也不是。我的月經早在我們兩人上床時就已經晚了三星期。」米拉的父親年紀更大，已婚。他就是那種很樂意把車停在海岸，在車上跟娜迪亞做愛，但一聽到她說月經沒來就不再接電話的那種人。然後她奔向史拉瓦懷中，期望他能抹消之前的一切災難。

史拉瓦沒說話。「好吧，」他說，「但這也無法改變什麼，畢竟我當時跟你在一起。而我仍然……我本來可以一直待在你身邊的。」

「嗯，但你沒有。」她說。

「聽著，我當時太年輕了，」他說，「我的作為就像個白癡。但我長大了。我想要一個家庭。請別因為我當時的錯誤而懲罰這個小女孩。」

她聽得出來，這些台詞他都練習過了。「我的老天，」她說，「今晚實在不適合談這件事，好嗎？都忘了吧。」他還沒說完，她知道，但還是直接把電話掛了。

整件事都讓她想笑。或者說想尖叫。這就跟她當時看到驗孕棒確定自己懷孕的感覺一樣：一定是開玩笑的吧？一定是開玩笑的。同樣的感覺從喉頭一陣陣湧現。史拉瓦又打電話來，她關掉來電提示音。他的聲音、他說的話，還有他話語間的暗示（我們當時都還年輕）都讓她體內一陣陣翻攪。

這種歇斯底里的情緒無處可去，實在太糟了。她無法打回去跟奇嘉說，也永遠不可能告訴米拉，而無論是在學校還是現在，她都沒交過什麼真正的朋友。有些女孩會跟母親分享這種事，但娜迪亞不會……光是想像對著她母親破破爛爛的耳朵，大吼大叫地複述這段對話，她就覺得夠荒唐了。

娜迪亞還是笑了，笑聲響亮又酸苦。實在很難確定她母親到底意識到了多少（她跟伊凡．波里索維奇的外遇情事、跟史拉瓦閃電交往的幾個月、深夜的痛苦糾結，還有逐漸隆起的肚子），另外又有多少已經佚失在生活雜亂的瑣碎細節中。她們甚至從沒有真正談過這個即將來臨的寶寶，就在娜迪亞的的孕期進入第四個月後，她父母直接開始進行一些無關痛癢的評論——在資本主義中養大一個孩子是多麼缺乏靈魂的事、共產生活對家庭而言實在好太多了，還有在一個女人懷孕時，不把手高舉過頭有多麼重要。

大家都同意娜迪亞幹了件壞事，但這件事本身從未獲得討論。就連娜迪亞住進鎮立醫院的婦產病房時，她母親都從未直接正視她巨大的肚腹。小孩出生後，她當然也從未以任何方式表示娜迪亞會是個好家長。她屬於的可是個會將任何技術及知識傳遞給下一代的世代呀。結果她母親只忙著挑剔護理師、鄰居，還有娜迪亞的飲食、虛榮及懶惰。

一切都沒變。娜迪亞重回客廳時，母親正怒瞪著雙眼。「你去哪裡啦？害我得自己一個人幫你鋪床。」她母親彎下的腰背僵硬，正將沙發座墊上的最後一個床單角落整平。娜迪亞彎腰抱起米拉，感覺她的雙腿暖暖纏在自己腰上。

「媽，我來弄就好，」娜迪亞喊。抱著米拉的她往沙發座墊旁擠過去，直到母親不得不退開。「你可以等我來呀，十分鐘就行了。」娜迪亞說，但也清楚這話只能說給自己聽。

她母親又在一旁徘徊了幾分鐘。娜迪亞只是不停親吻米拉的脖子，逗得她咯咯發笑。她寶貝的小女兒呀。大家都有話想說，或許是疑慮，或許是小道耳語，但瞧瞧她的女兒，瞧她的一雙長腿、肚子凸凸的站姿、小小的指甲，還有髮線邊柔軟的幼兒毛髮。她的臉頰好圓，側面看起來凸凸的，把微笑的嘴角都遮住了。瞧瞧娜迪亞為米拉付出了多少，瞧瞧她打算再為她付出多少。

* * *

娜迪亞一早就致電俄羅斯聯邦儲蓄銀行的總辦公室。辦公室已經關門，但即便只是聽見預錄的入口選項，聽見用莫斯科口音發出的母音，她就覺得未來充滿希望。之後她又致電遠東分行，要了聯絡用的電子郵件地址，以便之後用筆電去信總部。為了打發時間，娜迪亞的父母帶她和米拉去「文化殿堂」看了一場童話偶戲，觀看時四人排排坐在木長凳上。表演廳的燈光暗下，布幕拉起，紙漿作的人偶頭浮現，它們身上穿著皺巴巴戲服，雙手高舉著青蛙、狐狸和公雞在空中穿梭。

「我們來看電影吧，」看完偶戲後，娜迪亞對女兒說，接著對父母解釋，「埃索那邊沒有電影院。」

娜迪亞的母親皺起眉頭。「家裡有影片可以看。」

「別等我們了，」娜迪亞說，「我們看完之後會走路回去。」

電影院就在偶劇場的樓上。她和米拉走上去時卻發現眼前黑漆漆的，米拉立刻一副要哭出來的樣子。「電影院早上不營業，」娜迪亞告訴她，「抱歉，我忘了是這樣。」她們漫步下樓，發現一輛賣藍莓小派的攤車，娜迪亞抽出一張紙鈔換了兩個派。

兩人因為藍莓汁吃得黏答答的，接著穿過走廊去細細欣賞壁畫。娜迪亞的手機震動起來，螢幕顯示了史拉瓦的號碼。她關掉來電提示音，牽起米拉的手。

牆面上畫了一群披著狼皮的男人。娜迪亞小時曾被父母帶來這裡。「小米，你明天想要和外公一起釣魚嗎？」娜迪亞問，「我在你這麼小的時候也去過。」

米拉捏了捏她的手指。「釣魚是什麼感覺？」

到處都因為退潮而漫溢著濃厚的腐敗氣味，還能看到平坦無涯的大海。有一次她父親勾魚餌時，一條細細的血痕沿著他的前臂流下。「感覺很不錯。」娜迪亞說。

「我會釣到一頭海豚。但我們不會吃牠。」米拉想到要吃海豚就搖起頭。「海豚會跟我們一起生活。」

「好主意。」娜迪亞也捏捏她的手。「你知道嗎？我打算用最快速度找一間屬於我們的房子。」

「屬於我們和爹地嗎？」

「屬於我們和海豚，」娜迪亞說，「我們會在海灘邊買一棟房子。這樣海豚才能隨時去拜訪牠的朋友。我們還會有一間高檔浴室，裡頭裝的浴缸大到海豚可以住。」

走到大樓的大廳時，娜迪亞拉上米拉的外套拉鍊，也把自己的大衣腰帶綁好，兩人一起邁入戶外寒氣中。風中的雪晶如同細砂紙刮擦著兩人裸露的肌膚。

一輛眼熟的掀背車停在路邊。娜迪亞小心走向那輛車。她的父親正在副駕駛座上打瞌睡。而就在娜迪亞接近時，她母親往兩人的方向偏頭過來，抬起一隻手揮舞。

娜迪亞把米拉趕上車子後座，接著爬了進去。「就跟你們說我們會走路回去了。」她說。車內聞起來有醃魚的氣味。她的父親眨眨眼後醒來。

「這麼冷，米拉會生病，」她母親說，「你應該清楚才對。」

「她很好。她全身包得緊緊的。」

她父親在座位上轉身，伸手去撫摸米拉的紫色衣袖。「這些新外套，」他說，「都是在中國生產的，太糟糕了。」

她的鼻子又是一陣酸。「不是，這件品質很好，爸，做工很好。」他搖搖頭。

娜迪亞把手指擺在米拉的袖子上。多麼細緻的材質呀。她的手往下觸摸到米拉潮溼的掌心，把頭用力緊靠頭枕，雙眼睜得老大，以免眼淚流下。

奇嘉的母親總是指責她越要越多，彷彿他們世代沒享受到得手的一切──無論退休金、婚姻、友情、歷史還是價值觀，他們都確信是白白浪擲在孩子身上了。那是屬於他們的絕對道德高地。

「你們看了什麼電影？」她母親往後喊。

「《來自外太空的共產殺手》。」娜迪亞隨口說了。反正他們也沒在聽。

那天晚上的娜迪亞沒接奇嘉或史拉瓦的電話。她完全沒有跟人溝通的力氣。她在沙發上為米拉讀了一個有關熊寶寶的故事，看著她打了瞌睡，接著用手跟身體環抱住女孩，慢慢等著自己入睡。明天兩人會一起去圖書館。在娜迪亞想清楚下一步之前，她們會讓自己每天過得很充實，也會找到許多樂趣──因為她們擁有彼此，這才是最重要的──娜迪亞和米拉一起，從今往後。

＊＊＊

她醒來時脈搏跳得很猛。有人正在用力敲打前門。室內空間一片銀白，被光線切成一條條明暗錯落的區塊，而米拉正趴在椅墊和椅背交接的縫隙上。外頭有男人說話的聲音。娜迪亞聽到父親的腳步聲沿走廊接近。

打開客廳的門後，娜迪亞震驚地看見父母跟史拉瓦站在門前。她的父母還穿著睡衣。從走廊上的氣味判斷，史拉瓦喝醉了。走廊上方亮著燈，史拉瓦滿臉通紅。無論是他皮膚的顏色，還是他口齒不清的樣子，都讓她彷彿回到了高中時期。

她走出去，關上身後的門。「你在這裡做什麼？」她用氣音問。「回家去吧！」

「娜迪亞，這位……」她父親說。

「我很抱歉，爸爸。」她對他說。

「有件事得問你。」史拉瓦說。

娜迪亞雙手擺出投降姿勢。現在應該是凌晨兩點了吧。「是沒聽過『傳訊息』這種做法嗎？」

她母親身上包著一條軟綿綿的睡袍，為了看清楚現場狀況不停往她身上擠。「是維亞切斯拉夫．拜奇科夫嗎？他這麼晚跑來這裡做什麼？」

「很抱歉吵醒你，」史拉瓦說。他的咬字顯得過度字正腔圓。「我得談談……」

「我認識你哥哥。」娜迪亞的母親對著他喊。

史拉瓦對她眨眨眼。娜迪亞在空中揮舞雙手。「夠了！給我出去！」

「小亞，你沒認真聽我說，你沒把我的話聽進去，」他說，「我想要……好，我在想呀，你可以和我一起回家。我太太……不！那是我的房子！你懂我意思，現在只有我住在那裡。你和你女兒可以跟我住在一起。住多久都行。你就跟之前一樣完全沒變，」他大聲嚷嚷地說了一堆。「你可以去我家。還有我們的女兒。」

「誰？是說米拉嗎？」娜迪亞的母親問，娜迪亞轉身。

「米拉是……」娜迪亞阻止了自己。「滾出去，」她說，「出去，出去。」她把史拉瓦往前推，一路推過她父母身邊，手緊貼著他臭哄哄又散發著柑橘及伏特加氣味的胸口。她希望他嗆到。她實在太靠近史拉瓦的夾克外套了，那味道有夠重，外頭灌進來的寒氣好冰。她說了，「米拉不是你女兒。」但他還是不走。

娜迪亞繼續說，怎麼每個人都跟真的聾了一樣？「我跟你說了，我在認識你時就懷孕了。不記得了嗎？還是你醉到人都變笨了，所以想不起來？」那天的笑容此刻更是輕佻地掛在史拉瓦臉上。「你不過就是我玩過一段的對象，」她說，「而且還不是非常令人滿意的對象。如果我是你，根本就沒臉出現在這個家裡。」

史拉瓦一臉輕蔑地笑了。她之前很想傷害他、也想讓他嫉妒、讓他後悔，但他此刻的表情卻無法給她絲毫成就感。「如果我是你，」他說，「我根本不會有臉出現在這座小鎮上。」

＊＊＊

她父親把門關緊，鎖上。地板上有半融的雪水，空氣中滿是酒氣。史拉瓦離開了。

「我真的很抱歉。」娜迪亞又說了一次。她父親不看她。他穿著睡衣、深色運動褲，嘴唇微張，一臉無法接受的模樣。

娜迪亞的身體在沉默中輕顫。要是他們願意看看自己就好了，她已經不是那個不聽話的孩子了。她在銀行有份工作，還在一個風景優美的村莊中每天陪女兒走去幼稚園。她不是蕩婦，不是史拉瓦的蕩婦，也不是任何人的蕩婦。她一直在試著一步步擺脫醜聞、擺脫羞恥。

「去睡吧。」她父親說。她的母親單手扶牆，慢慢走回她和丈夫的臥室。

回來這裡根本是個錯誤。完全是個錯誤。娜迪亞在帕拉納度過了人生最糟的時光——也是最無助的時光——人們看出這點，並藉此佔她便宜。五年前的奇嘉也發現了這件事。但她還是用所有存款買了機票，回到這裡。

娜迪亞只能回到客廳。她恨自己恨到牙齒都痛了。她無比謹慎地輕闔上門。一道光線劃過米拉身上。剛剛吵成這樣，米拉不可能一直睡著，但她仍緊閉眼睛。無論是否醒著，這個小女孩都不想再被打擾了。

娜迪亞將手擱在米拉背上，她的背在昏暗月光下起伏。「我很抱歉。」娜迪亞悄聲說。她覺得頭痛。她抬起手，爬到女兒身邊，拿出手機準備打電話去莫斯科。

「我想回家。」米拉說。

「我也是這麼想的，小鴿子，」娜迪亞說，「我正在為我們兩人找個家。」

「不是，」米拉說，「家，回家找爹地。」

他那個爛人才不是你爹地，娜迪亞幾乎這麼說出口，但只是望著女兒那張完美又固執的臉龐。

娜迪亞小時候也是睡在這張沙發上。偶爾很晚的時候，她的母親會走到一旁，準備將洗過的衣物收進衣櫃，但又抱著一大堆摺好的衣物呆立一旁。她每次幾乎都要開口了，但從未真正說出一個字，而在聽母親叨唸一天後，娜迪亞也不明白她還想說什麼，因此總是假裝睡著。

當時娜迪亞的臉一定跟米拉現在一樣：臉頰因為年幼而胖嘟嘟的，眉心緊皺、下巴繃著，一臉老大不開心的樣子。

娜迪亞在多年前懷孕時，曾答應自己要成為更好的人。之前的她並不好，也不知該如何變好。現在她將米拉帶回這間屋子，也害她捲入自己過往結下的孽緣。顯然她們該走了，但她實在不知道該去哪裡。國外的某座城市？哪座城市？她們要怎麼支付搬家的費用？就算再來一、兩張薪資支票，也無法掩飾娜迪亞其實孤立無援的事實。她在半島之外沒有認識任何人。她還是那個孤單的孩子，那個帶著各種幻想睡在這個空間中的絕望青少女。

無論搬去哪裡，她都是同一個人，但米拉可以長成任何模樣。米拉可以受到兩個家長的鼓勵後上大學、成為科學家、找一位丈夫、買間房子，甚至有可能住在倫敦，又或者住在真正的瑞士。她可以在堪察加版本的瑞士成長，然後搬到正牌的瑞士定居。而無論米拉最後在世界的何處落腳，她都會知道有個人——也就是她的母親——是世界上最愛她的人。

米拉的雙眼閉得好緊，睫毛因此顯得更短。娜迪亞瀏覽著手機裡的通訊錄，再次開口時口氣變得更加高昂、更加稀微。「那我們就回家吧。」她說。

回去埃索吧。因為娜迪亞人生的喜悅全源自女兒，源自這個孩子某天將成為的女人。娜迪亞的心已逐漸冷硬，但當中有片永遠屬於米拉的柔軟。如同在壓力之下逐漸變薄而導致洪流終於湧出的破裂點；如同深色大石上逐漸風化、剝落，而終將被海流沖走的那一小片碎塊。

四月

男人們上工了。柔雅在廚房陽台上一邊抽菸一邊望著他們。他們的身影在對街那棟水泥建物尚未完成的窗洞後方一下出現、一下消失，由於比她住的地方矮了四層樓，他們看起來就跟自己的手指頭一樣小，但她還是能認出他們：根據他們的泥濘靴子、在連身工作服衣領上方的閃亮黑髮，還有走路時非得展示出渾身肌肉的怪異模樣。

她丈夫敲了敲陽台玻璃，她嚇得跳起來。「你在外面做什麼？」他問。

柔雅將手上的香菸捻熄。「沒什麼。」

寇亞正在打領帶。穿著警察制服的他看起來總是很嚴肅，跟剛剛在她注視下煎了一盤蛋的人完全不同。她走進去，關上陽台的門，走去撫摸他身上乾淨的衣服，並在用掌心滑過他的肩章時說了，「真是個英俊的男人。」

「好啦。」他感覺很開心。

他的牙膏氣味在兩人之間若隱若現。柔雅踮起腳尖吻他，寇亞卻別開臉。「你好臭。」他說。她踏開一步。自從寶寶出生之後，他就不喜歡柔雅抽菸，但手邊總有包菸的她不太把這類批評放在心上。

彼得羅巴甫洛夫斯克上方的天空是灰粉色。寇亞的班六點開始，距離上崗時間還有半小時。柔雅已經休了幾個月產假，但還是維持著跟他一起醒來、為他做早餐及送他出門的習慣，就彷彿兩人一起準備要去上班一樣——就彷彿她也很快就要離家步入這座城市。

寇亞已經著裝完成，正要出門。「祝你今天順利。」她說。等兩人的公寓大門在他身後闔上，她的腦袋清晰起來，心也淨空了。剛剛餵飽的莎夏還要兩個多小時才會醒來，現在是專屬於柔雅的時光。

這是屬於那些人的時光。

柔雅還沒打算去陽台——她得讚賞自己竟這麼有耐心。她先洗了丈夫吃早餐的碗盤，用電水壺煮水，裝滿茶杯，然後拿著手機坐下，滑看其他人家的寵物、婚禮及假期照片，有位同事發文提及一條穿越堪察加半島中央冰原的生態旅遊路線。

柔雅放下手機。自從莎夏出生後，她就再也沒離開自家這一區。桌子對面的廚房壁紙上是彼此交疊的棕櫚葉圖像。

她又拿出一根香菸，拉開陽台的門。

下方那些男人沒在工地走動了。這些來自烏茲別克、吉爾吉斯和塔吉克的男人聚集在對街的門框後方。那棟大樓是他們戴著手套一層層蓋起來的水泥殼子。他們拆掉建物周遭的人行道，立起鷹架，還在這片土地邊緣用零碎木料蓋了一棟用波浪金屬板作屋頂的小棚屋，柔雅好想瞧瞧裡面的模樣。這個五人團隊每五小時就會躲進去：無論是剛到現場、喝點茶、吃午餐、休息，還是一天工作結束後，他們都會跑進小棚屋。在她丈夫工作較晚結束的傍晚，柔雅偶爾會看到他們打開棚屋的門，穿著上街的衣服魚貫走出，最後一個男人負責關門。而小棚屋、建築大樓，還有她都被丟在了身後，等著他們明天回來。

她又吸了一口菸。那些男人四散開來，他們的發電器發出喀喀嘎嘎的聲響，旋轉起來。

她手臂上方的空氣清新、冰涼，底下街道的斑馬線上有正融化的雪。沿著山丘往下四公里處，市中心鋪展在她眼前，當中的建築一片漆黑，停車場空蕩，修船場也沒有動靜。去年秋初時節，還沒開始放產假的柔雅站在這裡，望著各種緊急時刻出動的車輛閃著藍色燈光。她曾想像寇亞會在那些遙遠的懸崖上找到戈洛索夫斯卡亞家姊妹。他會在電視上受到眾人稱頌，然後被拔擢為資深警督，說不定還會成為警長。上班時，她的同事會聚過來問細節。但之後那些藍燈不再閃爍，雪開始下，搜索工作停止，莎夏出生。

這些日子以來，柔雅的心思已經逐漸接近妄想。這些底下的男人將一桶桶混好的水泥拖進建築，上個月則是用起重機堆高了鋪地、鋪牆和天花板的石板。現在他們已經在處理細節——給樓梯灌漿、拆除強化用的外框。他們一邊移動一邊彎著脖子專心注意細節，而往下望向他們的柔雅也用同樣方式彎著她的脖子。

遠方水面閃耀著白亮陽光。柔雅將菸屁股丟到陽台欄杆外，重回屋內，洗完手後聞了聞。菸味在她的皮膚上徘徊不去，但又如何？不過是增添了她的韻味。她刷牙，噴上香水，然後跟之前去上學及上班前一樣，仔仔細細地為臉龐拍打上妝。粉底、遮瑕液、古銅色修容粉撲、眉筆。她將髮絲抹上凝膠，編成一根黃色魚尾辮。睡袍領子上方的那張臉如同一位新婚妻子般美麗。

直到十一月之前，柔雅每天都是起床、更衣，開車到國家公園辦公處，和負責生態教育的同事打招呼，然後開始一天的工作。可能會有位督察經過，吹噓著逮捕到手的偷獵者，也可能會有位來自德國的製片致電申請保育領土內的拍攝許可。公園處總監也可能要求大家集體到一處遙遠基地參訪，於是負責研究、保育、教育及觀光的所有同仁都得因此關掉電腦，趕緊上車前往小型機場，搭上飛往火山群谷地或克羅諾基湖的直升機。

而此刻的柔雅則是頂著這張完美無瑕的臉去廚房，開始把流理台擦洗乾淨，還重新整理了門廊的一排排鞋子。莎夏哭著醒來，因為眼前的世界再次感到驚疑不定，柔雅過去哄她，「睡得如何呀？」柔雅問，「有做惡夢嗎？」莎夏小小的嘴巴在柔雅身上游移，希望能把奶從她身上擠出來。印在廚房壁紙上的葉子是被凍結的熱帶風情。

十一點，柔雅打電話給丈夫，他沒接。反正他之前也允許過了，所以柔雅直接打電話給二樓的塔特雅娜·猶里伏納，問她能否幫忙顧一下莎夏。「我很快就會回來，」柔雅對她說，「不會超過一小時。」我就是去超市買東西，柔雅向她解釋，但其實做什麼都無妨，塔特雅娜·猶里伏納熱愛這個嬰兒。這位鄰居會自己用湯匙、歌曲和量杯發明一些遊戲，而且每次來顧嬰兒時——頻率很高，一星期有三、四次——她從不在乎柔雅是不是在回家路上花了太多時間。

天色亮了起來，柔雅趕緊換上外出服——緞面的正裝襯衫、滑面腰帶、深色牛仔褲，還有高跟皮靴——然後站在門邊等待。她的肺臟因為呼吸到屋外空氣而脹得更飽滿。寶寶哭起來。柔雅拉下靴子、解開上衣扣子，抱起莎夏來餵奶。莎夏的頭靠在柔雅的緞面袖子上，她有一雙跟柔雅一樣的眼睛：眼珠子淺淡，彷彿冰川，很像一名露出空茫神色的溺水女孩。柔雅親吻了女兒的額頭，將這個想法從腦中揮開。

有人敲門。「哎呀，我的小可愛在這裡呢。」柔雅打開門時，塔特雅娜．猶里伏納對著寶寶輕語呢喃。

「就一個小時。」柔雅向她保證。她重新套上靴子，走出大門。

現在的她可以做任何事——任何事！她走出公寓大樓，進入冷涼的光線中。她的靴子緊緊貼繞在小腿周圍，肌膚也因為興奮期待而緊繃。街道對面的建築物內窩藏著那些工人。柔雅往前走，站在那棟建築的大門框洞正前方，然後停步，拿出一根菸。明明才待在戶外沒多久，她手指已經又冰又僵。她試圖用打火機點火，但沒點著。

建築物內因機具而發出嗡鳴。柔雅來得太早了。她的內心因為渴望在騷動。她把香菸重新放回菸包中。還不到男人們的休息時間。

所以這次只能去超市了，柔雅興致缺缺又沮喪地去了超市。付帳之後，她確認了一下時間，距離中午還有幾分鐘，於是沒有左轉離開超市回家，而是走到街區尾端。那裡有排大理石階梯將她帶到市區教堂的中庭，這座教堂有著閃亮的金色圓頂，看起來就像嶄新的錢幣。她選了一張長椅坐下，拿出手機。新年假期時，她認識了一個住在聖彼得堡的女孩，而此刻她找出了女孩的聯絡資訊。

在那間租來的度假小屋中，柔雅的丈夫真心為那女孩難過，她看來一本正經，不太親近人，也不跟男人玩樂，一早離開時也沒跟大家道別。「要是你沒遇到我，也可能成為那種老處女。」寇亞在柔雅耳邊悄聲說。九天後，柔雅就臨盆了。

她會成為一位環遊世界的老處女，而且肚腹平坦，身上還穿著橘色兩截式泳衣。柔雅鎖上手機螢幕，閉上眼睛。

她可以過著完全不一樣的人生，現在還不算太晚。如果她搭上前往公園辦公處的公車，還來得及在午餐時間給大家一個驚喜。她工作的建築聞起來將一如往常，其中混和了紙張、破布和漂白水的氣味。負責生態教育的女孩們會親吻她的臉頰，公園處總監也會過來捏捏她的手。他們可能會說，小雅！也太剛好了！我們今天的外出勘查行程剛好多一個位子。而所謂的勘查行程指的是搭直升機飛越克柳切夫火山，前往南堪察加保護區。同事會把她當作剛畢業的新鮮人對待，剛畢業的柔雅是公園訪客中心的導覽組長，那時的她還很年輕，人生還沒有任何負擔。

但其實已經沒有前往辦公處並在下午回來的足夠時間了，即使是其他天的下午也沒辦法。就算去了，他們也會問她這陣子做了什麼，會要看寶寶的照片。而除了嬰兒一臉空白的表情之外，柔雅還能給他們看什麼？在屋內待了將近半年後，她能跟大家分享什麼？

所以她可以選擇做些獨自一人就能完成的事。比如去市中心向海灣邊的一個攤販買根香腸，然後在海岸邊吃完。海水靜定，遠處的山巒是層層疊疊的深藍、淺藍和白，看起來像剪紙作品，腳下的石頭總是緊貼著她的鞋跟。她讀書時常去那裡晃蕩，不但跟朋友待到很晚、在沙灘上喝酒、眺望筆直的地平線，還會呆看著夜間船隻經過……但萬一丈夫開車經過看到了怎麼辦？

她可以……為什麼她不跟塔特雅娜．猶里伏納說自己得離開三小時呢？一小時根本不夠，一天或一星期也不夠。柔雅也可以搬到聖彼得堡，她可以擺脫這一切。她可以走。

但她不會這麼做。她沒辦法，真的沒辦法。她感覺微微刺痛的胸口有乳汁滲漏、流下。她沒辦法。

她吐出一陣霧氣。一開始搬進這間公寓時，教堂還被包裹在鷹架之中。這片中庭是一整片的碎石地，沒有樹。柔雅當時十九歲，她母親和一個新男人為柔雅買了這個住處，好讓他們享受自己的生活。那是在柔雅遇見寇亞之前的事，也是他們兩人重新裝修公寓之前的事。當時壁紙上滿是髒汙，一台爐子沒辦法用，洗碗機運作時震動得太厲害，甚至才洗到一半就可以把插頭從插座裡震出來。柔雅卻喜歡那種感覺。某些早晨上學之前，她在臥房內繞著圈圈走，純粹只是東看西看。當時的生活似乎充滿了各種可能性。

現在情況不同了。柔雅看了一下手機上的時間，拿起超市的袋子。

一走到中庭樓梯最底下的一階，她就看到那些工人了。他們一起站在蓋住潮溼土地的木板上，啜飲手中冒煙的熱茶。噢——她的腸胃絞扭起來，這是他們短暫的午餐休息時間。她緩慢走向他們，衡量著腳步，好讓這段路能走得久一些，而就在她接近時，他們停止談話，看著她。

其中一人說，「哈囉，小姐。」他說話的方式就跟之前一樣有些吞吞吐吐，口音則使這個招呼聽來有些色情。

一條充滿張力的繩索由柔雅的雙眼垂降到鼻竇和喉頭後方，穿越她的身體，再由肋骨穿出後延伸向那群男人。好接近呀。那條繩索拉得好緊。她吞了一口口水。「哈囉。」她對著眼前的街道打招呼。她幾乎要經過這群人了。那些男人沒回話。她仍抬高下巴，繞住超市塑膠袋的手指抓得死緊，然後走進自家公寓大樓。

大樓內的走廊又冷又暗，她再次孤身一人。如果哪位鄰居此刻快速走過身邊，她一定會嚇一跳。雖然只說了兩個字，但那些移民仍試探她了。

她的膝關節鎖死，脖子緊繃，下巴也僵硬到不行，牙齒後方堆積了無數想說的話。她把背緊貼住牆面，聽著自己的心臟怦怦地訴說那些話語：我渴望你，她的心在黑暗中這麼說，她的身邊卻無人聆聽。

爬上階梯時，柔雅克制住自己的情緒，透過緊捏的手指平息躁動的幻想。要冷靜。塔特雅娜．猶里伏納抱著寶寶在公寓門口迎接她。「我們知道你回來了，是吧？小夏？我們在窗口看見你了。」

正在脫靴子的柔雅始終沒抬起頭來。「是這樣嗎？」她把袋子拿進廚房，她們跟了進來。

「那些男人跟你說了什麼嗎？」塔特雅娜．猶里伏納問。

柔雅已經把食物收藏到該有的位置：讓它們全消失在冰箱裡。然後她說，「誰？沒人說話呀。」

「那些移民呀。很危險，都沒人好好看管他們。」塔特雅娜．猶里伏納說，「我今天早上聽新聞說，警察在海灣中找到了一具屍體。」

柔雅關上冰箱門，眼神直視她的鄰居。「戈洛索夫斯卡亞家姊妹中的其中一位嗎？」她腦中出現了眾多燈光閃爍、船隻來往，還有一個孩子的鬆垂四肢不停碰撞著海邊石頭的畫面。

「他們說應該是個成年人。但誰知道呢？我還有其他消息來源。」塔特雅娜．猶里伏納俏皮地眨了眨眼。柔雅繼續整理從超市買回來的物品。「寇亞跟你怎麼說？有任何嫌疑犯了嗎？」

「我不知道他們重啟搜查工作了，」柔雅說，「他什麼都沒跟我說。」

「因為你忙著照顧這個小天使呀。」塔特雅娜．猶里伏納把莎夏抬高又放下，說話的聲音也隨之起伏。「我自己問他吧。那些外面的男人呀，我懷疑……其中任何人都可能把那對姊妹綁走。你太年輕了，不記得蘇聯解體前的樣子。堪察加半島開放外人進來之後，才開始有人犯罪。」

「他們就是建築工人而已，」柔雅說，「不是會對小孩出手的猥褻犯。」

「我們不知道他們的背景，也不知道他們幹得出什麼事。如果不是在原本國家有些必須擺脫的過去，為什麼有人要跑來其他國家？你自己小心，柔雅。誰知道他們會對像你這樣的女孩幹出什麼事來？」

柔雅背對著這位鄰居清洗蔬菜。她也相信這些移民有幹出一些事的能力，不是偷走孩子的能力，而是有辦法帶走一個女人、使她改頭換面，並讓她無時無刻都在萎縮的生命，成為一種見不得人但又偉大的存在。

來自他方的背景只讓柔雅對他們更加渴望。一切都吸引著她：那些工人髒兮兮的身體、他們無知的模樣、他們幾乎不說話的沉默，還有她學生時代搭公車時，他們站在身邊往下瞧著她的姿態。她的鄰居說的沒錯：這不是他們的國家，所以他們不需要有所顧忌。柔雅想進入他們那間小屋，裡頭聞起來一定充滿汗水、泥巴，還有汽油的味道。有個白人女性的照片就釘在牆上，而她會是那個照片中的女人。她得搞清楚這些男人會對她這樣的女孩幹出什麼好事，她太想知道了，她的雙手和嘴唇都像渴望香菸一樣渴望著知道。

塔特雅娜．猶里伏納還在說。柔雅從冰箱拿了起司、小黃瓜和番茄，切片後全擺在一只大淺盤內。她為兩人各斟了一杯茶。塔特雅娜．猶里伏納一手抱著坐在大腿上的莎夏，另一手揀起食物吃了一口。「至少還有寇亞在這裡保護我們。柔雅，你不清楚，但這棟大樓之前住的都是我們這種老實人，真正的俄羅斯人。整個國家也一樣，沒有人是陌生人。我們透過共同的理想團結在一起，我們相信卓越。那是不同的時代，不是嗎？一個更好的時代。」這位年紀較大的女子說話時低頭望著食物。她的眉毛很細，嘴巴鬆弛，下排牙齒沾滿汙漬，就像退潮時裸露出的海岸地。寶寶嚼著自己的手指。塔特雅娜．猶里伏納會在吃飽前不停回憶過去，然後她會向柔雅問起寇亞的事、稱讚他在職場上的奉獻，最後再捏一下寶寶，再回到自己住的樓層。這樣的行程一星期會出現三次，偶爾四次。這就是柔雅的生活。

柔雅拿起一片小黃瓜，咬下，新鮮的汁液流淌在她的舌頭上。

柔雅再次能夠獨處之前，時間就已逼近傍晚。莎夏躺在嬰兒床裡。印滿棕櫚葉的廚房內，柔雅把兩片牛舌刷洗乾淨，輕緩投放入滾水，再加入蒜、洋蔥、糖和芹菜後蓋上鍋蓋。肉在鍋中燉煮時，她將紅蘿蔔切成長條狀。窗玻璃結滿霧氣。她與國家公園那一大片土地、其中的彩虹色河流及冒著蒸氣的火山噴氣孔之間，彷彿隔了一整座宇宙的距離。過去只要到了鮭魚在湖泊中翻騰的夏季，他們就會跑去公園玩。熊會咬開魚肚，將如同紅露水的魚卵扯斷後亂丟一地。她將有好些年無法目睹這種危險的美。

她任由心思到處飄蕩，而那心思就這麼往樓下去了。

寶寶正在休息，食物已在爐上。公寓內的空氣因澱粉顯得黏稠，牆面上結了串串水珠。她想像自己急忙走下大樓，發現每層樓的平台上空無一人，而手指抓的欄杆因為剝落的油漆而顯得粗糙，泛出又藍又灰又黃的顏色。她會按下按鈕，打開大樓的前門，然後走入陽光。

這是一個沐浴在綠光中的午後，整座城市就像即將綻放的花苞。一百公尺之外，比教堂更遠的所在，各式車輛匆匆流過，但沒有一輛會轉進他們這條街。隨著她接近對街建築，工人會抬起下巴。他們會將她帶進那間小屋。他們會將她帶離自己這副老舊的身體。他們會讓她煥然一新。

柔雅剝除牛舌表皮、給蔬菜撒鹽、為沙拉淋醬，還把麵包切片。莎夏醒來時，柔雅一邊餵孩子，一邊隨意瀏覽著手機上別人貼出的照片。寇亞本該在五點半回來，但已經又過了十五分鐘，寇亞還沒個人影，而他們的女兒已經開始哭了。柔雅把寶寶抱在肩上，在公寓內繞圈：從貼著小鴨壁紙的莎夏房間，走到電視螢幕閃閃發光的主臥室，然後走進廁所，再走出來，就這樣走了不知道幾十萬次。

她丈夫在六點五十分用鑰匙打開了公寓大門，身後還帶了人——另外兩名警官跟一名女助理。他們腳步響亮，話音歡愉。「瞧她長多大啦。」助理一看到柔雅懷中的嬰兒就大叫起來。柔雅打了招呼，但內心驚慌失措。自己看起來多可悲呀：桌子已擺好、爐上燉著肉、懷中的寶寶躁動不安，她度過的一天明擺在那裡任人揶揄。寇亞帶了三個客人回家，而出現在他們眼前的，正是除了等他回家之外毫無其他人生目標的柔雅。柔雅今天本來可以逃家的，他們不知道而已。她大可飛越火山而去。她大可搬到聖彼得堡。

寇亞扭動身子，脫下夾克外套。那位助理伸出雙手時，眼中閃爍著羞恥的柔雅將寶寶遞了過去。然後柔雅溜回廚房，將晚餐的盤子快速撤掉。

等他們把脫下的靴子在門口排好後，柔雅拿出一瓶酒和五個烈酒杯，還有下午茶時配的那一盤小點。「多好的女主人呀！」她丈夫看到時這麼說。她抬起臉頰供他親吻，這下她能聞到他身上那股刺鼻的香甜酒氣。「為我們倒一輪酒吧，我的皇后。」他說，她照做。

「皇后，」其中一個男人說，「你知道你的國王今天幹了什麼大事嗎？」另一個男人竊笑，「他為自己爭取到一封申誡信。」

「哎呀，費德亞，你那樣會毀了女人一天的心情，」那位助理說，「別跟她說那種事。」寶寶在她穿著制服的懷抱中扭動。

柔雅面對丈夫，「發生什麼事？」

他對她微笑。他的衣領沒有像離家時燙得那麼硬挺了。「他們今早從海灣中拖出一具屍體。葉夫根尼·帕夫洛維奇恭喜我們，說我們找到了戈洛索夫斯卡亞家姊妹中的其中一位。我告訴他，長官，如果找到這種尺寸的屍體能讓你心懷希望，那等著吧，我們會為你拖一頭海獅回來。」

那名助理坐直身體，模仿起警司的聲音。「屍體在水中會膨脹呀，你們難道不知道嗎？」費德亞和另一個男人笑了。

「我聽說了。但根本比原本要找的人多膨脹了一公尺高，」寇亞說，「都可以讓一個十二歲女孩膨脹成中年漁夫了。」

「你們不能這樣對長官說話吧，」柔雅說，「就算他犯了錯也不行。你們應該跟他合作、尊重他……」

來訪家裡的客人已舉起酒杯。「敬我們的警司，」助理說話時用一隻手扶住嬰兒，另一隻手抓緊酒杯，「也敬你，寇亞。敬你生涯中許許多多的成就。」

寇亞也把一個烈酒杯遞給柔雅。「敬我的成功。」他對她說話時的聲音粗啞。所有人都喝了酒，柔雅也喝了，伏特加在她的喉頭輕微灼燒著。

「總有一天呀，小寇，」費德亞說，「我會為你寫一封推薦函。」他把大家的酒杯從廚房的桌面各處聚集起來，倒了第二輪酒。「你說的沒錯。地毯式搜尋海灣底部沒有意義，那些女孩的屍體現在都漂到斐濟海域了。」

「敬斐濟海域。」另一位警官說。

柔雅搖搖頭。「這種事拿來敬酒不好。」

寇亞還是拿起酒杯，跟別人碰杯後仰頭喝下。他擦擦嘴。「沒有意義，沒錯，但那是因為她們沒有溺水。她們是被綁架了。」

「又來了。」助理說。「別打斷他，」另一名警官說，助理語帶抱怨又說：「迪瑪！」

「她們百分之百是被綁架了。」柔雅說。她丈夫點點頭。寶寶發出咿咿嗚嗚的聲音。

「有目擊者看見。」

費德亞的表情有放軟，但仍一臉嘲諷。「你覺得那女人算得上目擊者？」

「她確實有看到些什麼。」柔雅說。以前她丈夫回家談到這案子時總是興致勃勃，腦中很多想法。柔雅還記得那份證詞：兩個孩子、一個高大的男人，還有一輛閃閃發光的車，他當時如此轉述了目擊者的說詞。另外還有「我想知道他怎麼把車洗得那麼亮」那句證詞。

「她們是被某人帶離這座半島了，」寇亞繼續說，「所以無論她們是生是死，我們都沒找到她們留下的任何蹤跡。她們沒被藏在一座車庫裡，也沒被埋在樹林中、或者漂浮在海灣。她們已經不在了。這幾個月來，我一直在努力說服警司。」

費德亞再次拿起酒瓶，斟滿每個人的酒杯，伏特加發出咕嚕嚕的聲響。「如果是這樣，假如她們已經在俄國本土大陸被殺害了，那又有什麼差？就把這具泡水的屍體當作姊妹中的其中一人不就好了？聽你太太的話，別再跟長官爭辯啦。不然你就會像去年秋天一樣慘……」

「夠了。」寇亞說。桌子另一端的那位助理咯咯笑出聲。

「老是想著莫斯科那邊的事只會讓你惹上麻煩唷，」費德亞說，「以後你就知道了，任何想法都是放心裡比較明智。」

「聽到了嗎？」迪瑪一邊說一邊靠過去捏了捏助理細瘦的腰身。他的手不小心撞到莎夏的頭，寶寶立刻號哭起來。

寇亞的心往下沉。柔雅把眼前的杯子推開。「這是你打算在我的推薦函裡寫的內容嗎？」寇亞問，「之後我會如何成為一位『閉嘴高手』嗎？」

「不然我還會寫什麼？」費德亞說，「寫你努力尋找一位想像中的綁架犯但失敗了嗎？

還是你多年來監控了各條市內大道車速的功績？」

莎夏是真的鬧起來了。寇亞開始提高音量。柔雅把寶寶從助理懷中接過。那位助理露出彷彿兩人彼此熟識的微笑，柔雅表示自己得進臥房哄一下孩子。

寶寶不想進食，所以柔雅抱著她走來走去，直到小女孩不開心的情緒終於緩下來。既然廚房裡談起這種話題，寇亞那側的床想必過了午夜也會是空的。柔雅把莎夏放在橘色羽絨被上，躺在她身邊。趴著的寶寶抬起頭，手臂和腿擺出划水姿勢，但實際上哪裡都去不了。

「這不是爬的正確方法。」柔雅說。莎夏繼續原本的動作。柔雅看著她肥嘟嘟的四肢擺動。過一下子之後，寶寶張大雙眼瞪著她。柔雅把手放到女兒背上，掌心剛好暖暖地嵌合在那個凹槽裡。「莎夏，」她說，「小夏，真希望你能跟我說話。」

那對姊妹被綁架了，她們的屍體很可能就在附近。生下這個孩子之前，寇亞會跟她聊自己的工作，但自從莎夏出生後，柔雅似乎就失去了好奇心，就連食慾也幾乎沒了。以前她會跟丈夫分享自己對於這對姊妹消失的各種推論：綁架了她們的男人一路往西駕車而去，直到鄂霍次克海邊的村莊，然後將還活著的她們關在收藏食物的地窖內。他跟周邊的鄰居距離太遠，所以沒人注意到他做了什麼事。他的車子之所以沒出現在加油站的監視錄影畫面上，是因為他在後車廂裡帶了汽油。這些推論因為久未斟酌而顯得破綻百出，此刻在柔雅腦中只剩片段畫面：一輛潔淨發亮的車、一張圓臉、一個浮在水中的孩子。這些畫面無法帶給她任何安慰。

能夠帶給她安慰的是想像一些快樂的事。要是這些客人酒喝快一點，讓這個夜晚趕快結束就好了。她已經不再特別喜歡和「警察模式」的寇亞說話了，但每次只要家裡有人來訪，之後他都會做出一些讓她心裡發甜的事。微醺的寇亞會讓她聯想起大學畢業前那幾個月：到處參加派對、跟朋友調情，最後跟他一起上了這張床。她把寶寶的身體翻過來，讓她肚子朝上，再用一隻手捧住莎夏的小臉。

兩人初次見面，是寇亞截停了她開的車子。當時的他還不是警督，而是里亞霍夫斯基警佐，工作內容就是在路上抓交通違規的人，而她在寇姆斯摩斯卡雅路上開太快了。柔雅當時正度過大學畢業前最後一個夏天，二十歲，她是在工作結束後返家的路上，正準備之後再出門吃一頓生日晚餐。二十四歲的寇亞看起來比她年長不少。他站在路邊滿是碎石的地面上，從太陽眼鏡背後緊盯著她瞧。她塗了粉底液的臉頰燙紅起來。他長得高，肩膀寬，不是特別令人印象深刻。他把手搭在車門窗框上，眼神沿著手臂射向她。她試著解釋自己是要開車趕去赴約。他身後的車一輛輛疾馳而過。終於他開口，「那就去吧。」他沒開罰單。

隔週開車回家時，她又從照後鏡看到了警車向她閃燈。她把車停在路邊，心跳得好快，雙手冒汗。她沒開快車，至少她不覺得自己有。經過折磨人的五分鐘後，副駕駛座的門開了，他坐上來，沒戴墨鏡，一臉微笑。

六個月之後，他搬進這間公寓。兩人在她考完期末考後的幾星期就結了婚。當時的她已在公園處全職工作。婚禮結束回去上班的第一天，她的同事不停用馬克杯裝香檳前來為她慶祝，總監則假裝相信杯子裡裝的只是奶茶。柔雅和丈夫過了一段幸福的日子，她發現自己懷孕時，他抱住她，親吻她的臉頰。她哭了，他沒問為什麼。現在他開她的車往返警局，而她待在家裡，甚至還可能再待上幾年。至少兩年吧，寇亞說，這是為了滿足寶寶的需求。時間過去夠久了，柔雅想到兩人的第二次見面，也就是寇亞坐上副駕駛座的那幕時，已經不會再覺得浪漫。當時她還不熟悉他的身體，但那具身體被緊裹在制服中，看來如此成熟、篤定，讓她相信在那具身體中，藏了一個讓她想要結婚的男人。

她把客人丟著太久了。柔雅抱著莎夏走過陰暗走廊，朝他們的聲音走去——大家聽起來仍然爭論不休。然後廚房有人說，「那些非法人士呀。」

柔雅把寶寶貼身抱得好緊。白天的工作時間結束，那些移工都離開了——但或許她丈夫的其中一個客人白天時走到陽台，剛好看到下方正要離開的工人，然後看見柔雅留下的煙灰，發現她……

她走到廚房門口。「真是浪費我們的時間，」她丈夫說：「他們把我叫去，但等我們到時又什麼都沒說。」

「把我們叫去的不是他們。」費德亞說。

「那是誰？還有誰會在意這種鳥事？根本無關緊要的事。不過是油漆和價值五千盧布的燃油。他們就站在那裡，呆看著我，好像這一切不是他們搞出來的一樣，」寇亞說，「之後就像群老鼠一樣窸窸窣窣地跑了。」

結實又危險、整天扛著混和水泥、黑髮閃亮，噢，還有他們的口音。柔雅可以連續好幾個小時用這種短句稱讚他們。甚至整天……如果她得整天孤零零地待著，為什麼不能跟他們待在一起？為什麼不能在街道對面那棟尚未完工的寒冷建築內……

莎夏扭動身體。柔雅用手在寶寶眼前揮動，好讓她安靜下來。她強迫自己開口問：「你們在聊什麼？」

「沒什麼。」她丈夫說。

「有人偷東西的事。」助理說。

費德亞糾正她說道：「就是一些小孩子的惡作劇。在工地塗鴉、打破酒瓶，還有偷一些工具而已。」

「在哪裡？」柔雅問。

「不重要的地方，」她丈夫把所有人的酒杯倒滿，接著卻又鬆口，「在主道路八公里處。」就在圖書館和火山研究機構那附近，距離這裡很遠。

她在腦中幻想著那些八公里處的工人——跟她的這些工人很像，但又不一樣。那種男人不夠強壯，無法保護自己不受這些小小的罪行侵擾。「所以是什麼……」她正要問時，迪瑪已經開口說「敬我們……」他沒說下去，放低酒杯。柔雅揮手示意他繼續。「敬我們度過漫長一天的工作，」迪瑪說，「以及漫漫長夜中『更充實』的快樂。」

「真不錯，說得真好。」費德亞在所有人把酒吞下後這麼說。

「有夠操他的沒禮貌。」助理說。

「嘴巴乾淨一點，」迪瑪說這話時將手遮住助理的嘴，然後對桌邊的其他人解釋，「安菲撒之所以罵人，是因為她不只想晚上跟我們一起好，白天也沒問題唷。」

「還真是個紳士呀，」安菲撒在他的手指背後說。費德亞又為所有杯子倒滿酒。「多麼品德高尚，多麼有騎士精神。」

「那你怎麼處理？」柔雅問她丈夫，「怎麼處理偷東西的問題？」

「沒什麼能做的。」他說。

「我殷勤有禮的王子，」安菲撒對迪瑪說，「如果你繼續對我『甜言蜜語』的話，看看會發生什麼事吧，我們的漫漫長夜會變得非常短唷。」

「午休時間也不會錯過的，」迪瑪說。費德亞笑出豬叫聲，「我們的安菲撒是那種二十四小時都能『上陣』的女孩呢。」

柔雅說，「但如果有東西被拿走了，有工具不見了，無論是誰偷的，你們都得想辦法抓出來，不是嗎？」

「你怎麼突然在意起來了？」她丈夫問。他看起來就像自己一開始認識的那名警官，就是那個又是倚在車窗邊、又跑來坐在副駕駛座的那名警官，現在的他就跟當時一樣高深莫測，只不過多了一絲疲憊。「你憑什麼對我的工作指手畫腳？我有教你該怎麼做你的工作嗎？我有叫你『在家坐著、變胖，好好照顧嬰兒』？」

「寇亞。」迪瑪說。

「太荒唐了。」她丈夫對著餐桌喃喃自語。

這不是她的工作，或者說，這不該是她的工作。柔雅為他們煮的晚餐還擱在爐子上。她丈夫不清楚她的能耐。屋外的工地現在空無一人。地面上的雪混和著泥巴，而在其上四層樓的屋內，柔雅抱著孩子，安靜坐在陌生人之間，等待著明天到來。

之後到床上時，寇亞變溫柔了。他用打薄的短髮摩擦她的下巴。「原諒我吧？」他問。

她悶悶地應了一聲，不帶任何情緒。「他們把我當小孩子……他們讓我當上警督，要我去辦這件案子，但又不把我當一回事。」他的氣息吹拂上她的背頸，「真希望從來沒聽說過那對姊妹的事，我可以一直跟你待在家裡就很棒了。」

她往上盯著一片黑暗。「別生氣。」他低聲說。

「我真的沒差。」她說。他把她抱得更緊，她親吻他的額頭。

哈囉，小姐，那位移工會這麼開口。

他說話的聲音會讓她分泌出大量口水。她會回應，**哈囉**。她會確認一下四周沒人在看。

她會指一下小屋，**帶我進去**，她會這麼說。

進去之後的她會不停後退，直到撞上一張桌子。然後她會伸手抓住桌面，把自己撐上去坐著。他因為打量她的身體而顯得眼皮沉重，瞳孔放大。他的眼球是閃亮的黑色，前臂肌肉緊實，下巴緊繃。他已經準備好享用她了。她可以隔著薄薄的牆聽見其他人的聲音。她會張開她的雙手。

柔雅總是渴望著他們。她總是渴望著，但卻從未伸手碰觸。在發現這些工人之前，她還渴望過其他人，比如在超市裡推著推車的男人，還有在她兒時成長街區上掃地的男人。早在她認識第一位金髮男友之前，她就不停渴望著這些移工了，就連此刻躺在丈夫身邊時也不例外。這不是什麼性癖，她確信，這其中還蘊藏著一些其他意涵。她就不是個適合坐在家裡養小孩的女人。她渴望更陰暗、更古怪，更出格的事物。明天吧。明天她會給自己三小時時間，如果她能找到夠合理的藉口——比如約好要去看醫生之類的。沒有人會知道。只要一個下午，然後柔雅就會回家，告訴塔特雅娜．猶里伏納自己病了，之後直接去淋浴，用肥皂將工人手指留在自己身上的一切印記洗去。她會緩慢清洗，暗自渴望這些印記能永遠留下來。接著，她會讓自己好好成為寇亞的妻子，成為莎夏的母親。她再也不會在腦中看到死掉的孩子，也不會再有解放自己的渴望。明天之後，她會擁有足以撐過一切的力量。

柔雅逐漸沉入這份出現於夢境中的幻想。她夢到了間歇泉，然後因為流水聲醒來。她的丈夫已經去沖澡了。她走進廚房，拿出蛋來煮，切麵包，從冰箱最底下的抽屜拿出白起司。整個空間聞起來都是燒焦平底鍋的氣味。陽台外的早晨天色正變得無比明亮。

水壺幾乎要沸騰了。浴室門打開，臥房門關上。柔雅望向天空，那裡是一整片灰中穿插了一點黃。她拿了冰箱上方的菸包和打火機，推開陽台門，走出去。

今日早晨沁涼。那些男人已經在樓下了。他們小屋的波浪屋頂就位於那棟小小建物該在的地方。工人們在屋頂外圍成一圈，其中一人手上拎著自己的外套。

他們站在一整片灰黑的餘燼上。餘燼中有焦黑的木板，還有一些殘骸看起來像桌子底下的金屬基座。柔雅懂了，他們的小屋被人燒毀了。

她從菸包中輕敲出一根菸，將乾燥的紙菸叼進唇間，彈了一下打火機。沒有火花。她用顫抖的手指緊抓住打火機，再試了一遍。火焰燃起。太陽還沒升上來。空氣中的黃是從餘燼中閃出的光線，是那片焦黑地面和煙霧中的金屬殘骸，反射了海灣某處光線的結果。

採取行動吧，她在沉默中懇求著。大吼大叫吧、砸碎些什麼吧，或者動手重建吧。柔雅會重新想像她和工人在一起的一天，她會改變想像中的場景，將他們放入那棟蓋了一半的陰暗大樓中，只要他們願意採取行動，什麼行動都好，但他們只是圍成一圈站在那裡，呆愣地盯著眼前的場面。

偷竊，警官昨晚是這樣說的，有工具被偷、有人犯了輕罪，有人縱火。這間小棚屋是個非常好下手的目標。而這些對街的男人，這些外國來的工人，這些本該改變她人生的移工，此刻竟是如此無力。

柔雅用手指拿下口中的菸，她幾乎要拿不住那根菸。其中一個男人——她分辨不出哪一個——將雙手放進褲子後方的口袋。他望向沒有警察前來的街道，然後轉往她的方向。

她立刻往後靠向玻璃門，好讓自己再也看不見他們。

水大概已經沸騰了吧。柔雅必須趕快做完早餐，不然寇亞就要遲到了。她小心翼翼地將手臂伸向牆邊，將菸蒂往陽台外扔，再把雙手緊緊交握。她只花了幾分鐘就理清思緒了。等準備好之後，她輕推玻璃門，走了進去。

五月

奧克薩娜一看到門就知道不對勁了。她家的防盜門往走廊敞開，像根脫臼的手指。在那一塊金屬門板後方，有一連串白光在閃爍。她公寓的兩扇門都開著，包括外層的鋼門和內層的玻璃纖維門。

她這層樓梯目前爬了一半，正獨自待在中間的平台上。她可以聽見耳朵裡血液猛力流動的聲音。通往其他公寓的入口雙層門都緊閉著。奧克薩娜動也不動地抓著樓梯欄杆，往上看，接著立刻喊了她的狗。「馬力許？」沒有回應。「馬力許？」奧克薩娜現在一邊喊一邊往上爬，然後跑了起來。她把防盜門徹底拉開，推開內門，發現她的公寓安靜、乾淨得嚇人。她的筆電還擱在咖啡桌上。所以她沒被洗劫。

奧克薩娜又叫了一次狗的名字。她先進臥房，想看馬力許有沒有睡在裡面——「馬力許，過來這裡！」——接著又陸續去了客廳、廚房和廁所。她還趴跪在地上找了，以防馬力許把自己塞進浴缸底下之類的。因為感覺手心一陣刺痛，她翻掌向上，發現剛剛沒用到的鑰匙還纏繞在其中一隻手指上。她把鑰匙塞進口袋，手肘著地，讓自己趴得更低。馬力許不在。

狗跑出去了。她這棟樓的入口大門不是開了之後卡住，就是關著打不開，所以目前想必已經開著幾個月了，幾乎可說整個冬天都開著，吹進來的雪在一樓堆到腳踝這麼高。沒有任何能阻止馬力許跑出去的障礙存在，牠可能去了任何地方。奧克薩娜匆匆往下經過剛剛的平台，又往下走了幾道階梯——「馬力許！馬力許！」她大叫。樓梯間是清涼的藍色，水泥牆上灑滿了春日陽光。在她上方的五樓，公寓大門正開著等狗回來。奧克薩娜已走到了大樓入口，重新衝向外面的世界。

她沒時間停下來平復內心的恐慌，所以乾脆順勢而為，將震驚的情緒轉為雙腿疾速前行的動力。原本累積了一天的壓力，以及過去十年在火山沉積物實驗室處理枯燥工作的無感心靈，現在全遭到恐懼吞噬。她動作敏捷得如同一個孩子。走出大門的她往山下跑，朝遊樂場前進——每天早上去火山研究機構工作之前，她都會帶馬力許來這裡，那時附近的區域都還籠罩在日出前的各種陰影下，遊樂場也空曠得足以放開牽繩讓馬力許自由奔跑。希望牠在那裡，她心想，同時一邊奔跑一邊往左右巷弄張望，但眼前只有電纜線、垃圾袋，還有早春冒出的一片片青草地。她在地面到處搜尋，但光想到可能發現的畫面就難受。遊樂場對面是一排小販，包括水果、麵包和賣花的攤位，所以街上總是有車來往。卡車絡繹不絕。奧克薩娜的鞋子在人行道上飛速前進。拜託老天讓馬力許就在那裡吧，她心想。為什麼她要在吃午餐時把鑰匙借給麥克斯呢？

她到底為何要允許他來家裡一趟？在那張斑駁的塑膠桌上，兩人一人就著一只托盤用餐時，她給了他明確的指示——「把防盜門的鎖轉三次。」她解釋得非常清楚——接著他在下午把鑰匙還回自己桌上時，她又確認過一次。「一切都順利嗎？」她說。大概是那樣問的，她記不太清楚了，此刻她無法在腦中回溯出精準細節，而且呼吸急促。「麥克斯，有找到你的文件嗎？都順利嗎？」她只記得他微笑表示同意，還隨意問了些有關硫化礦物的事，總之絕對沒提起根本沒關上她家兩扇門的事，而現在馬力許不見了。

她那顆容易失控的心臟此刻正在胸腔內狂跳。愛講大話又樂觀的麥克斯是很有趣，但奧克薩娜從未真正信任他。為什麼她今天下午沒提醒自己這件事呢？麥克斯絕對是最不值得信任的人。去年秋天，她和前夫偶爾會在晚上和麥克斯及卡佳一起吃飯或喝酒，當時她的前夫就常因為麥克斯的話大翻白眼。「我們的爬山俱樂部辦了一趟加德滿都行，」麥克斯某次這麼告訴他們，「你們應該一起去呀。難道沒想過爬一趟喜馬拉雅山嗎？」就連坐在他身邊的卡佳看起來都很尷尬。麥克斯談起火山研究機構的方式也非常脫離現實，彷彿自己有可能成為研究總監代表，不但終將負責監督這個部門，甚至還能帶領整個俄羅斯科學院。「拉莫諾米契告訴我，我只需要再等幾個月就能升遷了，他跟我說，『只要我們開始批准你的升遷，你就會一路飛黃騰達。』」

奧克薩娜的丈夫作勢要抽掉麥克斯坐的椅子。「那就趕快飛起來吧。」安東其實不太算是在說笑。

當時若有人告訴奧克薩娜，六個月之後，安東會離開她的生活，但麥克斯和卡佳仍在一起，然後這兩人會來家裡吃晚餐，麥克斯會不小心把筆記丟在她家，而奧克薩娜會因為相信自己和卡佳長年的友誼，於是一時選擇相信能把鑰匙交給這個蠢貨，她一定會在當晚給大家當點心吃的冰淇淋中下毒。

遊樂場上只有幾個學生、兩名年長婦女，但沒看到馬力許。奧克薩娜其實隔著一段距離就沒看到狗了，那裡也沒有會把狗遮住的牆，只有一些欄杆、繩索，還有一些橡膠薄板，但她還是繞著這座小公園走了一圈，確定自己沒有漏看。「馬力許！」她大喊。由於脈搏跳得太響亮，她的叫聲反而顯得微弱。

一回到原本的遊樂場，她就從兩位婦人中選了一位看起來比較好搭話的，「阿姨，你有看到一隻狗嗎？」另一位婦人眼神嚴厲地瞪著她裙下裸露的膝蓋。「是一隻白狗。」奧克薩娜說話時還把兩手張開，示意馬力許的身長。「一隻薩摩耶犬，很大，長得很俊美。牠是雪橇狗、很乾淨、吃得很好，身體強壯。」

「沒看到耶，甜心。」那女人說。

「我們才不會把那些街犬放在心上。」另一個女人說。

「我不是說流浪狗。」奧克薩娜說。她體內的所有血液彷彿聚集後轉為向外襲擊的怒氣。她的雙腳穩穩站在地面，但雙手開始有些顫抖。

她大可以把這個老賤貨推倒在地。說什麼街犬——街犬個鬼——如果這個死老太婆可以挪動她的大屁股走走，抬起她那張自以為事的大餅臉，哪怕只有一分鐘，然後看到了馬力許，她就不會用這種口氣說話了。

奧克薩娜自己就是一樁失蹤案的目擊者。根據親身經驗，她知道什麼會吸引人的注意力。十個月之前，奧克薩娜注意到的是那輛一塵不染的車。這些日子走在路上時，她則會特別去看那些面帶微笑的女性，或是過度表現出深情姿態的情侶。上帝清楚，跟其他人相比，奧克薩娜並不是個觀察力敏銳的人，但在公共場所中，她四處張望的程度已足以注意到一些不尋常的跡象。

她將兩隻手臂交抱在胸口，轉身背對那兩個女性，然後大叫，「馬力許！」視線中盡是長得一模一樣的公寓大樓。她的身後有小孩在吃吃竊笑。奧克薩娜選了左邊那條大路，跑了起來。

等她穿越阿卡迪米亞．克羅由瓦路，被真正的街犬擾亂了搜尋工作後，她是真的急起來了。汗水沿著脊椎流下，聚集在她的褲腰邊緣。哪裡都找不到她的狗。她用手機打電話給卡佳。卡佳才一接電話，奧克薩娜就說，「麥克斯在你身邊嗎？他有帶著馬力許嗎？」卡佳的聲音遠離話筒時，奧克薩娜大吼，「他沒關上我家的門！」

麥克斯接起電話。「狗？可是……」

「兩扇門都沒關！你到底在想什麼？你這白癡！兩扇門都開著！」奧克薩娜說，她還沒有脆弱到想哭的地步，但聲音已開始有些哽咽。「你難道不知道馬力許會跑掉嗎？你怎麼可以這樣？」

「奧克薩娜，冷靜一點，我不知道該說什麼。」她可以聽見卡佳在一旁說話的聲音。「我沒有……我搞不懂你的鎖是怎麼回事，所以我把門關上就離開了。那兩扇門不是應該一直關著嗎？難道又彈開了？我離開時，馬力許還在公寓裡。」

她往下盯著路面。「牠現在不見了。」

聲音遙遠的卡佳說，「問她在哪裡？」

「你在哪裡？」麥克斯問，「我們可以做什麼？」

奧克薩娜沒回話。他們不懂，就連安東之前也不能理解她和馬力許之間的感情，他一直無法真正理解。那隻狗兩歲時，奧克薩娜認識了後來成為她前夫的男人，這個男人在狗七歲時搬了出去。幾個月之前，她開始期待來自安東的午夜來電，其中一通電話中，也就是那些「他的情人現在已經睡了」的祕密來電中，奧克薩娜告訴她的前夫，「馬力許今天差點抓到了一隻狐狸。他跑進樹林裡，回來時牙齒裡卡著一堆紅色的毛。」

「我對那隻狗的嘴裡含過什麼沒興趣，」安東說。他壓低嗓子，讓每個字輕撫過她的耳朵。「我對你的嘴裡之後會含什麼比較有興趣。」

這世上沒有人真正在意奧克薩娜珍惜的事物，但只有安東的不當一回事感覺像是愛。每夜每夜，馬力許躺在她身邊，而奧克薩娜聽著電話裡的前夫發誓自己最渴望的女人仍是她。無論在他身邊過夜的是哪個女人，安東的舌、安東的齒都還在等待奧克薩娜的身體。他每隔幾星期會有幾次回來兌現這項承諾。狗會把白白的頭靠在安東大腿上作為慶祝，也會在兩人臥房關上的門外興奮喘氣。

奧克薩娜望向在遠處遊蕩的流浪狗。她透過電話聽見了一些窸窣聲，接著是她朋友重新接起電話。「我們去接你，」卡佳說，「我們可以一起找馬力許。」

「別費心了，」奧克薩娜說。卡佳嘆了一口氣。為了不讓人有機會指控自己冷漠，奧克薩娜又說，「我們分頭開車找，才能一次多找幾個地方。」

「不，我們去接你。你現在應該專心找，而不是分心開車。」

「好吧，」奧克薩娜總算是答應了。一輛卡車呼嘯而過，她的雙眼因為這個龐然大物接近而下意識閉上。「反正我可能在這裡就能找到了，也許再過一、兩分鐘吧。」

「好，」卡佳說，「一定會的。」

麥克斯無意義的話語在遠處響起，卡佳掛掉電話。

八年前，他們其中一位同事帶了張照片來辦公室，上頭有四隻小狗一字排開，這些軟綿綿的小傢伙瞇著眼睛，看起來就像剛出生沒多久的小北極熊。奧克薩娜那天一直跑去那個同事的桌上看，「我非得養其中一隻不可。」她最後在同事拿了包包準備回家時這麼說。那天晚上，她帶了馬力許回家。

自從小狗成為家裡的一分子之後，奧克薩娜就丟掉了所有高檔鞋子，也不再穿深色衣物，因為白毛沾在上面實在太顯眼了。她老說牠頑皮，還會用兩隻手掌把牠的臉擠得皺巴巴，但面對這些衍生的小小不方便時仍樂在其中。她為了這個一人一狗之家而活。她是獨生女，從小睡在沙發拉出來的床上，睡覺時隔牆就能聽見母親的聲音，成長期間交的朋友都是有點怕自己的，愛上的人總是打破自己的信仰。她從來不是結婚的料，被說過想生孩子也嫌老，而且無論什麼都無法全心投入，但有了馬力許之後，她不再是一個人了。

他們一起去遊樂場，去市中心，去圍繞住家附近的樹林，還去更遠的山區。他們的腿腳長出一樣的肌肉。安東進入又離開她的生命之後，奧克薩娜恢復了自己在狗還小時的一個習慣：她睡在床的一邊，而馬力許睡在另一邊，每當她在銀白月光閃爍的半夜醒來時，只要轉頭看向牠就能獲得安慰。面對面睡覺的他們就像左右兩個括弧，牠會把腳掌伸在被毯上，奧克薩娜則會伸手碰觸擠在肉蹼間的細毛，而睡夢中的馬力許會把腿往後縮，抬起頭到處嗅聞，然後再次放鬆身體，面向著她睡去。

逐漸地，把狗當成人生摯愛還比較單純。不然還會有誰留在她身邊呢？

頭頂的太陽熱度逐漸消退，她對著賣水果的小販描述馬力許的樣子。她去停在路邊的車輛後方找，去卡車平台上找，還跑去許多回音繚繞的門廳找。她還找了其他跟他們家類似的大樓，因為若是大門開著，馬力許可能會因為認錯而躲進去。要是牠受傷了……她口乾舌燥地快速看了一個垃圾桶，畢竟可能有人把受傷的牠丟進去……走到住宅區邊緣後，她進入一片樹林，沿途樹木都長得很密。「馬力許！」她大叫。身邊能聽見的只有她的腳步聲。

過去一年來，這隻狗陪伴她度過了每個危機。安東背叛她時，安東搬出去時，還有他開始打電話來時，馬力許都聽著。當盧布崩盤，研究機構的資金遭到凍結，所以她再也不能進行任何田野研究，還得暫停一項為期兩年的鈣鹼岩計畫時，她也是藉口說要去遛狗，然後利用開車那段路用掌心死命敲打方向盤洩憤。

當倒楣的她不早不晚，剛好經過戈洛索夫斯卡亞家姊妹遭誘拐的現場時；當她那晚在電視上看到她們的照片時；當她坐在沙發上說「我有看到她們」這句話，她丈夫只說：「什麼？」然後她又說了一次「我有看到她們」，只是這次是用吼的時候，馬力許都在。她心中出現了強烈又迅猛的毀滅性感受。她是那個本來有辦法阻止事情發生的人——然而，此刻她是那個可以提供協助的人。她致電警方，而在等待警官前來接她時，安東在公寓中跟著她到處走，安撫著她，說她做了正確的事。他告訴她，他們有足夠的理由對未來發展抱持希望，而狗此時就跟著他們噠噠噠走著，還咧開嘴微笑。

警方訊問了她，但她其實沒說什麼，因為就是匆匆瞄到陌生人一眼而已。當她針對綁架犯提出的描述在城市中被當作真相，並透過耳語到處轉傳時；還有當她望著本地警官在電視上發誓一定能找回這對姊妹時；還有她的同事及朋友開始遠離她，彷彿她是唯一得為這對姊妹失蹤負責的人時；還有當她懷疑自己是否需要負責、並向自己保證真的不用時，馬力許始終躺在她腳邊，還一副歲月靜好的樣子。

她摸了摸自己的手機，有那麼一刻，她好想打電話給里亞霍夫斯基警督，但要是他花了十個月都無法找到兩個人類，今晚一定也無法找到一隻狗吧。

林子逐漸暗下來。她重新走入已失去陽光的城市。手機震動起來，是卡佳。

她的朋友把車停在路邊，奧克薩娜爬進後座。麥克斯坐在副駕駛座，一雙張大的眼裡滿是歉意。「我很抱歉，奧克薩娜，真的。我不知道發生什麼事了。」

「你不知道？」奧克薩娜說，「我知道，你讓牠跑出去了。」

「我的意思是，我沒意識到會發生這種事。」他們的車正在一條坑坑巴巴的路上奔馳。卡佳的手搭在排檔上，麥克斯的手擱在卡佳大腿上。奧克薩娜恨死了：這對情侶如此愜意，看了刺眼。她到底為什麼會想邀請麥克斯和卡佳來家裡？在成長過程中，奧克薩娜努力把自己訓練得獨立、強悍，更不像母親那麼容易信任別人，但不知為何，她最後還是把這些傷害自己的人迎入生命中。

她把額頭貼在窗戶上。「去哪裡？」卡佳問。

「越野滑雪道，我們今年冬天常去那裡。」奧克薩娜瞪著窗外。「天色變暗是好事，」她對著車子說：「牠的白色皮毛會很顯眼。」

馬力許可能跟她的丈夫一樣，是因為討厭麥克斯才離開的。麥克斯老愛說大話、麥克斯笑聲惱人，而且這一切還正逐漸入侵奧克薩娜家。他們在滑雪營地空曠的停車場梭巡，仔細檢查過沒有雪的滑雪小徑，還有看來無垠延伸的森林。奧克薩娜搖下車窗大叫，樹林間沒有任何動靜。

去年八月，當她在警局接受訊問時，里亞霍夫斯基始終很不高興，因為她無法針對綁架者提出清楚描述。「再想想，」他說，「從頭到尾再想一次。你看到這些孩子爬進一名怪異男子的車裡，卻完全沒停下來看嗎？」

「當時我怎麼會把他當成怪異男子？」奧克薩娜問：「在我看來，他非常普通。」里亞霍夫斯基瞇起雙眼。在奧克薩娜看來，他就是個穿著制服玩「警察遊戲」的男孩。「我的上司需要你給出些什麼，」他說，「一段回憶，或是一個細節。一定有些什麼讓你印象深刻才對。」她緊盯著他瞧。「你是故意要這麼沒用的嗎？」他問：「你有空時都在練習當個沒用的人嗎？」

「看來我是天生好手呀。」她說，同時品嘗他話語間挖苦的滋味。

她沒能看見的一切足以列成一張好長、好長的清單，內容細數著她的失敗。卡佳朝著奧克薩娜的視線方向重新開回街上，進入圓環，開往市中心。此時麥克斯正在跟她們描述馬力許下午的表現。那隻狗一直很正常，心情甚至有點愉快，牠先是聞了聞麥克斯沒放任何東西的手，接著回到臥房休息，而此時麥克斯去拿了前晚留下的工作文件。「馬力許只是想去探探險，一定是這樣，」麥克斯說，「他玩累了就會回來。」奧克薩娜始終盯著人行道看。經過一段沉默之後，麥克斯說，「今天下午，拉莫諾米契……」

「請別再跟我說話了。」奧克薩娜說，他住嘴了。

他們經過圖書館那棟低矮建築，經過那棟有金色屋頂的教堂，還經過師範大學。經過列寧格勒亞街和邊境街交叉路口以原尺寸復刻的坦克紀念碑時，他們慢了下來。坦克的發射武器斜斜插入微明的天色。在每一個破爛公車站的陰影中，奧克薩娜尋找著馬力許的屍體。去年夏天的尋人海報因為一年的雨雪侵蝕而剝落，現在又用封箱膠帶被重新貼回公車站的牆面。奧克薩娜第一次真正明白那對姊妹的母親有什麼感受。因為馬力許不在任何一個公車站，馬力許哪裡都不在。

奧克薩娜從敞開的窗戶呼喚牠的名字，偶爾會有一些青少年吼回來。車子一路往南開，過程中經過一排排獨立金屬船庫，還有貨櫃碼頭閃爍的燈火。從這座新月形城市的一側抵達另一側，需要花上一個多小時。卡佳和麥克斯在前座小聲交談。到了扎沃科，也就是彼得羅巴甫洛夫斯克的山丘地形一路爬升，最終止於漆黑大海的懸崖頂端，卡佳又將車子掉頭往回開。

奧克薩娜想像馬力許已經血淋淋躺在某處的泥地上。她實在忍不住。只要從其他車子旁經過，她就會在車頭燈中央尋找淺色毛皮的痕跡，而當他們是路上唯一的車子時，她開始想像她的狗可能癱倒的所有地方。

你以為你確保了自己的安全，她心想，你把心鎖上，你的任何反應都有所防備，沒人能入侵，就連拷問者、父母或朋友都做不到。你努力拿到研究所學位，你爭取到一份好工作。你用外幣存款，準時繳清帳單。同事問起你的家裡，你不回答。你工作得更努力。你運動。你的衣著總令人讚嘆。你始終將情感磨得很利，彷彿一把刀，讓所有接近你的人都知道如何謹慎以待。你以為你做足了某種保護措施，結果卻發現你遇見的每個人都能讓你陷入險境。

就連之前跟她結婚的男人都曾害她身陷險境。去年六月某個可怕的星期天，她和安東將車停在市外某座小山的山腳下，兩人徒步走到山頂空地。為了平復急促的呼吸，奧克薩娜坐下，安東則跟馬力許玩起拋撿樹枝的遊戲。那隻狗的黑色嘴唇因興奮流滿口水。奧克薩娜突然聽出安東口氣中浮現的玩笑意味，抬頭時剛好看見他向著懸崖邊丟樹枝，而馬力許也真的追去了。她尖叫。她在腦中看到了一切：狗追過去的完美身形，牠的身體弧度，接著消失不見，而且自己無法阻止這個結果，只得眼睜睜目送牠離去。叫聲彷彿將她的身體撕裂成兩半。就在那一刻，她已經完全準備好面對這場悲劇，因此當馬力許放棄這輪遊戲，轉身慢跑向安東時，她甚至感到不可置信。她的雙手已撲倒在地，她的嘴已張開號叫。

活生生的馬力許只是傻乎乎望著她的丈夫，等著下一根拋出去的樹枝。她甩開雙臂，緊抱住狗的脖子。牠身上除了在戶外盡力奔馳過的氣味，還能聞到她全心投注的愛意。「你有什麼毛病呀？」她對安東大吼。

「拜託，別傻了，」他說，「牠不可能真的跳下去。」

她眼前還能看到狗跳下去的畫面。「牠信任你。」

「這隻動物是狼的後代，你懂嗎？牠的祖父母可是在苔原上活下來了。牠的生存本能絕對比你和我強上一百倍。」她把臉埋進馬力許身側。「小薩，我只是在鬧牠，」安東說，她立刻吼回去，「這不好玩。」

那天下午走回停車的地方時，他們又落到之前常見的下場：奧克薩娜走在丈夫前方十公尺處，而她丈夫也任她這樣走著。狗狗在兩人之間跑來跑去——像小馬一樣一下奔向這個人，一下又奔向另一個人。在牠來回跑了大概一百輪之後，奧克薩娜把手埋進牠的皮毛，「待在我這裡。」她命令。他們現在已經走得很前面，她已經聽不見安東的腳步聲。馬力許的身體在她的手掌下顫動。牠在她身邊待了一陣子，始終顫著，接著又衝回去找安東，終於趕來趕去的，又讓兩人走到了一起。

那天下午之前，她經歷過許多更悲慘的時光。某次她在下課時咬了一個男生，同學三個月都不跟她講話。還有每到節日，母親都會抽出相簿，強迫奧克薩娜盯著那個被派駐到阿富汗，據稱為「父親」的陌生年輕男子。另外，奧克薩娜在大三時丟了獎學金、在母親搬去俄國本土大陸後有段時間下不了床、之前即便停止避孕卻始終無法懷孕，還有在安東手機上找到那一串串偷情訊息，凡此種種都比現在慘多了。確實，那些都是更悲慘的時光，但卻沒有任何瞬間比得上她剛剛經歷的悲慘，因為沒什麼比得上那一秒鐘無比精純的悲痛：在那一秒，樹枝飛向天空，而她的狗跟了上去。

卡佳沿著曲折道路小心駕駛著，街道從他們的車窗外流瀉而去：隆起的人行道邊緣、停放的車輛、空蕩蕩的交叉路口、塌毀的獨棟家屋，還有拼湊在一起的活動板房。青少年逐漸看不見了，他們的身影開始由醉醺醺的男人取代。山丘上的公寓樓房亮起燈火。

在尋找有關馬力許的線索時，奧克薩娜看清了堪察加的真面目。去年八月經過綁架現場的那天，氣候溫和，市中心的味道很好聞，空氣中混和了鹽、糖、油和酵母的氣味。那天早上，安東才為了另一個女人的事向她下跪道歉，當時他發誓只有那個女人。奧克薩娜也原諒她了。就在她離開辦公桌，回去接了馬力許，開車到市中心，打算在海邊散步時，她的心情還很輕快，內心充滿希望。就連在停車場，她綁好馬力許的牽繩，讓牠下車後，整座城市看起來都很美。陽光明亮、燦爛，一道道光線在剛洗過的暗色引擎蓋上舞動。在她前方，兩個臉龐如同精靈的小女孩爬上一輛大車的皮座椅。奧克薩娜相信，這世界有可能變得美好。

那兩個女孩消失了。安東也一樣。這些人都因為奧克薩娜沒留心而不見了。若是那個她曾走過身邊的小孩殺手現在揮手要卡佳停車，奧克薩娜也認不出來。怎麼可能認出來？他看起來就跟這個醜陋地方的所有人長得一模一樣。直到一切都太遲之後，她才知道事情就發生在自己眼前。

上次她跟里亞霍夫斯基講到話，是這位警督打電話來，表示警方將逐步調降投注在這項調查中的資源。「喔，」她說，「為什麼？你們確定要這樣嗎？」當時她還能將手指埋在狗肩膀上的溫暖皮毛內，並因此獲得安全感。現在她想回電給他，不是為了要求警方幫忙，而是要告訴里亞霍夫斯基，她現在懂了。

她懂了，沒有任何抱持希望的理由了。車外的建築物在夜的背景下顯得朦朧。白天時分泌的腎上腺素逐漸消退。在開進奧克薩娜家附近的圓環時，卡佳瞄了一眼照後鏡。「很晚了，」卡佳說，「無論馬力許在哪裡，也一定都睡了。或許我們也該睡了。」

卡佳將車子轉向奧克薩娜公寓的那條路，緩慢繞過地面的坑洞。麥克斯說，「你到家後，很可能發現牠就舒服窩在樓梯間呢。」

瓶罐、輪轂蓋，及透光的一樓窗戶都形成可疑的白點，但終究都不是奧克薩娜的狗。

「要我們陪你過夜嗎？」卡佳問。

「不用。」奧克薩娜說。

「確定嗎？」

奧克薩娜的臉上沒有眼淚，也沒有表情。「我很確定。」

打著空檔的車子顛簸沿山坡往下行駛。奧克薩娜大腿上的手機嗡鳴起來，她把手機翻過來，瞄了螢幕一眼，關掉聲音。麥克斯因為這個突發事件轉過頭來，抬起眉毛。「是安東嗎？他還在打電話給你呀？」

「你現在有問我任何問題的資格嗎？」奧克薩娜說，「因為，相信我，在街上找到我家狗的屍體時，我可是有太多問題想問你了。」

「我只是……」麥克斯說。

「別對他這麼刻薄。」卡佳說。她在為那個白癡說話。

奧克薩娜說，「是我該和善一點囉？」

「你該明白他只是犯了錯，一個很糟的錯，而且他很後悔。」卡佳說。奧克薩娜盯著她的側臉回答：「我非常明白。」

他們把車緩緩停在奧克薩娜公寓前方，壞掉的大門開著，大樓看來就像缺了一顆牙。奧克薩娜爬下車，關上車門，又打開。車內光線打亮了卡佳和麥克斯，真是兩個糟糕透頂的晚餐客人，真是兩個叛徒。他們等著她開口，彷彿早料到她終究會邀請他們上樓。

「無論我們之前有什麼交情，現在都結束了。」奧克薩娜說，「卡佳，別再傳訊息給我了。麥克斯，以後不一起吃午餐了。」

「等等，」麥克斯說，「是我害的，是我的錯。別——卡佳只是來幫忙的，別一副是她傷害你的模樣。」

「你是沒聽到我說的話嗎？」奧克薩娜問，「我講得還不夠清楚嗎？」

麥克斯嘴巴開開地望向卡佳，她用指節緊勾住方向盤頂端。他往後轉向奧克薩娜，「你是認真的嗎？我失去了可以在週間一起跟你吃午餐的權利，但她卻失去一段十五年的友誼？」

「如果不是因為她，你根本不可能進我家。我不想在我的人生中再犯下這種錯誤。」

「你知道嗎？你這傢伙也是很能糟蹋人的。」卡佳說，她的眼神陰鬱。奧克薩娜輕蔑地笑了。「我說真的，」卡佳說，「我們今晚來這裡就是要幫忙。我知道你不開心，但如果你可以稍微抽離情緒來看，你就會明白，我們已經在盡力彌補了。」

「還真是幫大忙了呢，」奧克薩娜說，「難道我還該感謝你男友殺了我的狗嗎？」

卡佳將排檔換到前進檔，引擎聲變大。「馬力許很可能就在樓上。但你想自己待著，我們就讓你自己待著。說實在話，真難想像我剛剛還開車載你到處晃了那麼久。」

「我會自己待著的，」奧克薩娜說，「而且完全是託你們兩人的福。你說得沒錯。謝謝你。」

公寓大樓的樓梯間很暗，平台上空蕩蕩的。奧克薩娜的防盜門還往外敞開著。

她溜進雙層門內，叫喚，「馬力許？」牠沒出現。

奧克薩娜雙手緊貼胸口，硬邦邦的手機壓住她的肋骨，彷彿是她獲得的懲罰。她家的其中一扇門往公寓外的平台斜岔出去，另一扇門則朝向公寓內敞開。兩扇門之外，整棟大樓都已陷入睡眠。客廳內的奧克薩娜將雙拳緊握，責怪著自己。太鬆懈了。儘管這些年來她是如此努力試著小心行事，但終究是鬆懈了，而這就是後果。之前的她其實是對真實的世界視而不見，才會滿心幸福地走過謀殺小孩的犯人身邊，還將人生的一切全寄託在一隻跑走的動物身上……

要是馬力許那天跳下懸崖就好了。奧克薩娜就該親手丟出那根樹枝。去年八月，就在警察開始訊問她的前幾個小時，失蹤姊妹的母親曾到警局跟奧克薩娜交談。但直到那段絕望對話過了好幾個月的現在，奧克薩娜才終於能理解自己為何這麼想。無論是因為沒把門鎖上，還是因為沒看好孩子，而導致你最珍視的事物消失，這種由愚蠢導致的心碎經歷實在太令人傷痛。你不接受。你會想親手促成毀滅。你會想成為一名目擊證人。你會想親眼看著你的人生將如何片片瓦解。

六月

一座森林要花上七十年才能從一場大火中修復。車窗外，在帶領瑪莉娜離家遠去的層層山丘上，焦黑軌跡到處遍佈。枝葉全數消失的枯幹兀立在炭化的焦黑大地上。前座的伊娃和佩特亞正在爭論某部澳洲恐怖片的結尾，伊娃佔了上風，說話也比較有說服力，而佩特亞則因為必須避開路面坑洞屢屢陷入沉默。下一次他換檔減速時，伊娃在座位上轉身，開始說服瑪莉娜。「那部電影的結尾是幻想出來的，是一個彷彿夢的橋段，你難道不同意嗎？」

「我沒看過那部電影。」瑪莉娜說。

伊娃癟起嘴唇。「根據我們的描述呢？難道你不覺得那個結尾更有可能是幻想出來的嗎？」

瑪莉娜搖頭。「我不知道。」熟悉的壓迫感又襲上胸口。佩特亞正重新將車子加速，同時瞄了妻子一眼。「她還沒看過，別煩她。」伊娃大大吐了一口氣，喃喃說了些什麼。「她沒事。」佩特亞說，同時眼神往上快速瞥了照後鏡一眼。瑪莉娜再次望向窗外。他們頭頂的天空如此巨大，上頭浮著雲朵。一列列漫長的死木隊伍就像墓地中突起的數千根骨頭。

那股重量又陡然落在胸口上，瑪莉娜無法呼吸。她把頭往後靠，雙手交疊在大腿上，努力想關掉腦中執意陷入恐慌的區塊。觸發一切的聯想路徑很簡單：恐怖電影、僵死的林木、骨頭、墓地，然後是殺人犯。

感覺像是有隻手壓住她的胸骨，她的心臟在痛。如果瑪莉娜能扯下自己的左乳、敲開肋骨，抓住那個肌肉組成的器官，讓它穩定下來，她一定會這麼做。自從女兒在去年八月失蹤後，她就常恐慌發作。有個醫生開了緩解焦慮的藥片給她，但根本沒用。沒有任何處方能把她的孩子帶回家。

瑪莉娜彷彿是在友人的車子後座逐漸溺斃。空氣從鼻孔中被抽走，她努力將心思集中在比較正向的資訊上。七十年就能全部長回來了呢。她是從哪裡知道的呢？是小時候……是祖父教她的，應該是吧。她還小的時候，全家會到祖父母的鄉間小屋過週末。他會帶她去看一般的杜松跟爬藤類的杜松有什麼不同，還教她如何在果園撒石灰，也告訴她從白樺樹幹抽取汁液的最好時機。

她的肺臟又膨脹起來。隨著車子顛簸前行，瑪莉娜開始在心中數算自己知道的相關知識。她對樹木知道多少？山丘的形成呢？雖然目前她是為了滿足特定需求而行動的宣傳工作者，但之前受的是記者訓練，而且一直都喜歡吸收知識。此刻他們正前往埃索，在這條充滿坑洞的三百一十公里長道路上，車子正開到兩百五十公里處。他們打算前往的節慶活動大概只會吸引幾百人，主辦人也已經把新聞稿發給黨報了，所以其實不需要現場報導，但瑪莉娜的編輯溫和又易感，只要一看到離開城市的機會都會鼓勵她去。所以，瑪莉娜才剛提起伊娃和佩特亞的邀請，他就堅持要她去現場報導。上星期快結束時，她表示自己正在重新考慮要不要去這麼一趟，他把她叫進辦公室，關上門。「你得去，」他告訴她。然後再一次，他肩膀往前聳，好讓自己跟她四目相交：「沒得討論。」不是為了報導，她知道，而是為了讓辦公室其他人好過一點。他希望她能帶著傷痛出發，回來後成為不一樣的人。

這條往北的道路正好沿著多年前那場大火肆虐的軌跡延伸，那是很久以前的事了，瑪莉娜的祖父母很可能在當下聽說了那場火的新聞快訊。這些樹在她眼裡仍死氣沉沉。

「你在後面還好吧？」前座的伊娃往後問。「餓嗎？無聊嗎？」

瑪莉娜往前傾身，安全帶將她原本就緊繃的肋骨腔勒得更緊。「我沒事。」

「好吧，我倒是得下車一下。」伊娃說。她說話時轉向旁邊，或許原本不打算讓瑪莉娜聽見的。佩特亞確認一下錶面時間，將車子緩緩開到路邊，好讓伊娃下車。她甩上門，一路爬下碎石路肩。解開長褲扣子，蹲下，馬尾在過程中上下擺動。瑪莉娜望向另一邊的窗外。這一側的樹林茂密、深邃且溼氣濃重，看來都是老樹。

她還記得曾帶兩個女兒一大早去健行。那天比較溫暖，她們去的是一座歷史較短的森林，位於彼得羅巴甫洛夫斯克南端的地區。蘇菲亞當時還好小，瑪莉娜幾乎全程都把她揹在背包裡，那是壓在瑪莉娜脊椎上的甜蜜負荷。蘇菲亞的手指不停摩擦過瑪莉娜光裸的臂膀，愛莉亞娜則沿途都在扯灌木叢的葉片。愛莉亞娜當時五歲，對紅蘿蔔的迷戀正值巔峰——真的是除了紅蘿蔔外什麼都不吃——所以瑪莉娜帶了一個塑膠袋，裡頭裝滿洗過、削皮，切好的紅蘿蔔，好讓女兒可以在野外吃。她們三人一起沿著溪流岸邊往上爬，陽光如同一條條緞帶劃過林間。她的四周是愛莉亞娜嚼著紅蘿蔔的清脆聲響、是清澈的水在滴流，還有蘇菲亞在瑪莉娜耳朵後方穩定的呼吸音。

瑪莉娜將掌心壓在胸口，她吸氣吸得更淺了。佩特亞人很好，他假裝沒聽到。

副駕駛座的門開了，車子發出歡迎的樂音。「謝啦，我也很開心。」伊娃說。她打開前方的手套抽屜，拿出消毒紙巾，傾身親吻了丈夫的臉頰。酒精受到摩擦的氣味在車內蔓延開來。

又開了十五公里後，雨開始下，一開始只是急促的小小雨點滴下，接著速度變快，力度也更強。前座的伊娃又講起她在營地認識的一個女人，說想介紹她跟瑪莉娜認識。瑪莉娜確認了一下手機，目前不在電信服務範圍內。警方有把她父母的電話號碼登記在案，若是市內有任何最新進展，他們有辦法聯絡到她的家人……但瑪莉娜很討厭手機沒訊號。這種通訊中斷的情況經常發生——在海上、在鄉間度假小屋，就連城市通往機場的路上往往也會遇上這麼一段。女兒失蹤的前幾個月，瑪莉娜哪都不去，就怕手機斷訊。她從家裡開車去上班，下班後再開車回家，開車時其中一隻手還將手機死命抓在方向盤上。

她打電話給警司，表示自己考慮週末要去這處營地時，他也非常鼓勵她上路。「放個假吧。」他告訴她。

「是為了工作去的。」她說。

「這樣呀，總之，多花點時間讓自己放鬆一下。」他的口氣沉下來。「瑪莉娜．亞勒克斯特羅夫納，我們不會再主動進行相關的調查工作了。」

「如果有新的資訊進來，我們會立刻聯絡你。當然我們很希望能得到新線索。」瑪莉娜當時也覺得無法呼吸。「但你還是去旅行吧，過自己的生活，是該放下過去了。」

他還真敢說出這種「希望可以得到線索」的鬼話。之前她可是花了好幾個月仔細讀了市內所有新聞報導、致電各處的鄉村警局詢問未解的綁架案件、追蹤了那些性侵害未成年人者的牢獄紀錄，還懇求黨內上級讓莫斯科注意到這樁案件。警司說的這些話讓她不禁懷疑，他之前是否根本沒花任何時間去找她女兒？有他這樣的人帶頭，難怪她的女兒還沒回來，瑪莉娜想著想著又快要窒息。

「天氣最好趕快放晴，」伊娃說著，把窄窄的臉貼近擋風玻璃，「不然搭帳篷會成為一場惡夢。」

「雨之後會停。」佩特亞說。瑪莉娜將手機重新塞回包包。雨滴在她旁邊的窗玻璃上拉出一道道水痕，她想到表面張力、化學組成、學校的科學實驗。沒了，沒什麼最近的回憶可想。

他們將車停在圍繞營地的欄杆邊時，雨已經停了。車子前方那片溼亮草地上有一排空蕩蕩的攤位隔間，空地中央的舞台上掛了一道橫幅：歡迎訪客來參加這場歌頌在地文化少屬群體的傳統祭典，鄂溫新年快樂。

「新年快樂。」瑪莉娜說。六月說這話聽起來真怪。

「派對明天才開始。」伊娃說。佩特亞將車門甩上，準備去後車廂把需要用的物品拿出來。

三人胸前抱滿各種用品，沿著一條跨越空地的泥土小徑走向森林。他們聽見有人在說話，也聞到燉肉的氣味。一台越野沙灘車就停在前方的小徑盡頭，就在他們側身繞過那台車子時，發現有三十個人在空曠處一起吃晚餐。

「就是她，」伊娃悄聲對瑪莉娜說，接著又往前走了一些。「亞拉．伊挪肯提弗瓦。」那群人中央的一名灰髮婦女抬起頭來。「很高興再次見到你。」

那名婦女放下手中的叉子，示意要他們過去。她的嘴唇在伊娃走近時嘛了起來。「你之前不是都比較早到嗎？」

「之前是呀。但今年還帶了個朋友，」伊娃往後看向瑪莉娜，「她是記者，昨天得工作，所以我們今早才能出發。」

瑪莉娜對這群人點點頭。亞拉．伊挪肯提弗瓦這下笑開了。「記者？大城市的記者？哪間報紙？」

「《俄羅斯聯合報》。」瑪莉娜說。

「我們有發新聞稿給你們。」亞拉．伊挪肯提弗瓦說。

瑪莉娜說，「我知道。」伊娃此時插嘴：「我們一跟她提起這個節慶，她就說非得親自來體驗一下，她已經好幾年沒來北邊了。在替黨工作之前，她報導過各式各樣的主題。二〇〇三年時，她寫的報導還得了堪察加地區獎。」佩特亞瞄了瑪莉娜一眼。「是二〇〇二年。」瑪莉娜用嘴型無聲地說，他眨了眨眼睛。

「你們吃晚餐了嗎？」亞拉．伊挪肯提弗瓦問。「還沒嗎？你們可以在那個大的圓頂帳篷旁紮營。」她指向旁邊那些樹。「然後再回來，我們有餐點可以給你們吃。」其他活動主辦人和來訪舞團的年輕成員又開始繼續剛剛的談話。

伊娃轉身，露齒微笑，她的臉在傍晚的青藍光線中閃閃發光，似乎準備好歡慶別人的新年了。

他們在溼透地面搭起帳篷。當她把帳篷布拉緊，等伊娃和佩特亞結束「該在哪裡打樁」的爭論時，水已從瑪莉娜的長褲膝蓋處逐漸滲入。回到桌邊後，三盤燉肉和奶油飯已等著他們。有幾位舞者已經離開，但亞拉．伊挪肯提弗瓦還坐在那裡。這位主辦人直到瑪莉娜咬下第一口後才開始說話，「你是來為你的報紙報導這次活動嗎？」

瑪莉娜點頭。齒間的肉塊軟嫩。幾公尺之外，兩名青少女正用肥皂水洗碗盤。

「我負責營運這邊的文化中心。你來晚了，」亞拉．伊挪肯提弗瓦說，「我們今天下午有場音樂會。」

瑪莉娜把嘴裡的食物吞下。「錯過真遺憾。」

「反正大部分人都是明天來，沒事。」亞拉．伊挪肯提弗瓦的眼鏡因為反射最後一抹白日天色而難以看透，她又說：「你的報導是因為什麼主題得獎？」

「一個有關盜獵的系列報導，半島南側湖區的鮭魚盜獵問題。」

亞拉．伊挪肯提弗瓦抬起下巴，不再反光的眼鏡因而重新透明起來。「是危險的工作。」

「沒錯。」瑪莉娜說。曾是那樣沒錯。多年前，盜獵是有組織的犯罪行為，盜獵者會把河中每輪出現的鮭魚補個精光，再把一桶桶魚子醬送入非法銷售體系，整座半島都有熊和老鷹因此餓死。許多國際環境團體將數十億盧布的資金注入堪察加的經濟體系，就希望能打擊黑市。瑪莉娜曾為此划船到夜晚的河面上，那時的她不能用手電筒，也不能說話。巡警隊員在她身旁的座位上緊抓著來福槍，腳邊則擱著緊急救難收音機。她的嘴唇乾燥，血液在體內洶湧。船槳劃出漣漪，蛙鳴聲此起彼落。就在他們的船逐漸接近盜獵隊伍時，有翻肚的魚從船旁飄過，每條都從鰓剖開到肛門，每條魚屍都在月光下發亮。

她因為產假離開調查工作現場。等愛莉亞娜有辦法走路時，瑪莉娜已經不想念那種冒險犯難的感覺了。她想遠離那些夜間突襲採訪、開膛剖腹的生物，還有帶著武器的男人。然後蘇菲亞出生，女兒的父親離開，瑪莉娜又找到別的養家方法。她開始為黨寫一些謊言，這能讓她支付維繫生活的帳單。有那麼一段時間，她藉此確保了這個家的安全、快樂，以及完整。

瑪莉娜起身將盤子遞給在洗盤子的青少女，從架上取了一只沖洗過的馬克杯，為自己泡了杯茶，熱水來自一只正在煤炭上嗚嗚作響的水壺。地上的肉湯鍋內還有沒吃完的肉，表面凝結了脂肪。她回到餐桌，伊娃正在跟亞拉・伊挪肯提弗瓦談他們去年在城裡的事。瑪莉娜又看了一次手機。桌邊對話突然停止。她抬頭，看到亞拉・伊挪肯提弗瓦正盯著她瞧，瑪莉娜立刻就知道了，伊娃已經跟她說了瑪莉娜女兒失蹤的事。

伊娃一直努力想幫忙。上星期她規劃了這趟旅行，今天下午在車上時，她又跟瑪莉娜說這個主辦人也有一個小孩失蹤了。伊娃談論的方式彷彿瑪莉娜和亞拉・伊挪肯提弗瓦之間具有某種共通點，但亞拉・伊挪肯提弗瓦的女兒從埃索消失時已經高中畢業。她的名字從未出現在任何公開的檔案紀錄上，那女孩是逃家的，伊娃說。兩件事根本無從相比。

瑪莉娜把剩下的茶倒掉，將馬克杯小心放在一整堆髒碗盤上。「謝謝你。」她對著那些青少女說。那兩個青少女的臀部已經有女人的樣子了。瑪莉娜回到桌邊，跟伊娃和佩特亞說自己累壞了，打算先就寢。

「沿著這條路走到底，就是戶外獨立廁所，廁所正後方有條河。你可以在那裡梳洗。」亞拉．伊挪肯提弗瓦說。這位主辦人的口氣沒改變——人們發現她的身分後通常會改變口氣——但關注自己的態度變得不一樣，彷彿獨立射出一道只打在瑪莉娜一人身上的光束。已經將近十一個月了，人們總關注著瑪莉娜，不但期待從她身上得知事件細節，還不停渴求更多。他們更想知道她的家庭到底出了什麼問題，然後在聽到答案後，享受著有餘裕為她感到遺憾的自己。

瑪莉娜爬進帳篷，在其中一側的篷面邊攤開睡袋，帳篷發出窸窣聲。上方的樹枝及葉片不停發出各種音響，枝條在帳篷的灰色圓頂上劃出一道道黑線。

一定是有個學生舞團住在隔壁的圓頂帳篷中，因為有年輕人的說話聲不停透過空氣飄蕩而來。有人敲鼓，有人笑，而且笑得張狂。瑪莉娜的兩個女兒之中，蘇菲亞擁有舞者的身體。她纖細的四肢……她的腿即便是嬰兒時期就很長了。每次家中電視轉到文化頻道，蘇菲亞都會模仿那些芭蕾舞者的動作。她會高舉雙臂，手肘往兩邊突出，彎曲一側的膝蓋，仰起臉龐，展現出那雙高高的眉毛，還有細薄、純真的雙唇。

瑪莉娜蜷曲的手指散落在胸骨上。她將臉轉向帳篷的塑膠布牆。她總是忍不住想她們，她忍不住，但每次一想就會深陷入幻想——幻想中的她們完好無缺地回到瑪莉娜身邊，她們嚇壞了，但還活著。她們的頭髮比她上次見到時長了一些。她想像她們穿著同樣的衣服回來，三人抱在一起，瑪莉娜會用手撫摸她們的背、撫摸她們早已破爛的衣物。她會將唇緊貼在她們的額頭上。她的女兒將永遠安全地跟自己待在一起。

又或者一切會在想像中走向另一個結局：她找到的其實只是她們的屍體。

是該放下過去了，警司是這麼跟她說的。瑪莉娜如果繼續在腦中想像這些畫面，一定無法再活過一年。她的心跳聲震耳欲聾，這些畫面讓她無法呼吸。她的手在脖子下方扭曲成一隻爪子。她不要想她們小小的頸項、不要想她們的身體，也不要想那名陌生人觸碰她們的手，她的女兒呀，她不要想。她閉上雙眼，沉默地對自己尖叫，要自己冷靜。冷靜。數個羊或數個什麼都好。冷靜。

她躺的睡袋足以抵禦華氏零度的寒冷。這頂帳篷是佩特亞和伊娃的，裡頭可睡四個人。瑪莉娜小時候在更克難的環境中露營過：當時她睡的是父親那頂只由帆布和繩索組成的軍帳。她父親會在祖父母家後方的花園搭起帳篷，而瑪莉娜會將那些夏日夜晚聞到的氣味分類：這是早春的草味、那是新鮮的土味，又或者是番茄植株葉片的苦味。

鼓聲似乎又壓過了她的心跳聲。葉片彼此摩擦。在眼皮後方的黑暗中，瑪莉娜整理分類著生命中的各種細微瑣事。

伊娃和佩特亞的腳步聲從帳外清脆傳來時，她的呼吸已恢復正常。帳篷的拉鍊門被拉開，兩人笨手笨腳爬進來，不停「噓」著彼此。一股濃重酒氣隨之飄來。伊娃吃吃笑了一下。瑪莉娜聽見兩人鑽進他們的睡袋中，不停摸索著想把把拉鍊和尼龍搭扣弄好。佩特亞悄聲說了些什麼。「她睡著了。」伊娃說。他沒說話。兩人躺下之前，先是傳來了一個溼答答的聲響，然後又是兩個聲響，是吻。

到了早上，瑪莉娜比他們先離開帳篷。升起不到一小時的太陽在樹梢上暈染出一片朦朧的黃。昨天的雨水正從地面滲出，沾在瑪莉娜肌膚上的溼氣冰涼。在河邊時，她將刷牙的泡沫吐進水中，望著泡沫隨河水翻騰而去。她記得警方四月時從海灣中撈出的屍體——那是他們眾多的錯誤及誤判之一——他們要她去驗屍官那裡認屍，但打從心底知道根本不是。他們很清楚，他們只是希望她放過警方。腳邊的蜘蛛網上點綴著露珠，森林的更深處有鳥在歌唱。

離開戶外獨立廁所後，她再次走過那些餐桌，現在上頭堆了一疊疊早餐用的紙巾。亞拉．伊挪肯提弗瓦對她揮手，旁邊另外兩個女人站在一起，她大喊，「加入我們吧。」

瑪莉娜用手上的三明治夾鏈袋將牙刷包得更緊。「沒事的，我們有帶吃的來。我不想打擾。」

「你沒打擾，是我邀請你的呀。」

瑪莉娜遲疑了一下才踏出小徑，朝她們走去。亞拉．伊挪肯提弗瓦點點頭，轉身再次面對那兩位廚師。

走向那些人時，瑪莉娜沿途用手指輕撫著桌面木條。從火堆飛起的灰燼碎片沾上溼氣後飄向她。其中一位廚師拿了一只塑膠馬克杯給她，「拿著。」那名廚師說，瑪莉娜趕忙接下。裡頭已放了一枚茶包。廚師說，「來。」然後從一個燒黑的水壺倒水給她。「睡得如何？」

這位廚師和亞拉．伊挪肯提弗瓦都是用那種跳躍的北方腔說話。「還可以。」瑪莉娜說。廚師將注意力放回餐點上——那些漂浮在牛奶中的米粒——但亞拉．伊挪肯提弗瓦轉頭面向瑪莉娜，很快地，這位主辦人就要開始問東問西了。

「這裡很漂亮。」為了阻止她，瑪莉娜先開口。

「你不常來這一帶？」

「不常，我沒辦法。我有工作。」

「我們都有工作，」亞拉．伊挪肯提弗瓦說。她說話時揮起一隻手，灰燼碎片因此更激烈地翻飛起來。「無論如何，你人已經在這裡了。」

瑪莉娜轉動著手中的馬克杯，杯壁熱燙的程度簡直足以點燃手部的柔嫩肌膚，相對之下，她身體的其他部分仍一片冰涼、沒什麼勁。其中一位廚師在鍋中攪動，米粒在牛奶中優游。

「我兒子和其中一個女兒今天會來。」亞拉．伊挪肯提弗瓦說。提到孩子了，這位主辦人終於要切入重點了。

「早安。」伊娃在她們身後的小徑喊著。瑪莉娜轉身看到她朋友在揮手。伊娃剛梳洗過的臉非常清爽。

「有睡好嗎？」亞拉．伊挪肯提弗瓦也喊回去。

伊娃走了過來。她的下巴上還掛著一滴滴河水。「我丈夫剛起床，他實在不太能早起，」她告訴這群人，「跟我們這些人不一樣。」她用手肘推了推瑪莉娜。兩位廚師此刻沒在聽她們說話。伊娃把話題帶到今天的活動，以及營地最近新建的設施——亞拉．伊挪肯提弗瓦裝了一座有柴爐的蒸氣浴池——另外聊起半島各地發生的事件，還抱怨了一些國際大事，比如這個國家調降了債券信用評級，以及外力對烏克蘭的干預。這世上總有新災難能討論。

瑪莉娜啜飲著茶。味道很苦，茶包泡太久了。

佩特亞也過來之後，瑪莉娜就讓這對夫妻自己吃飯。他們的湯匙泡在半滿的牛奶粥裡，膝蓋在桌子底下緊貼著彼此。她慢條斯理地在營地中散步，口袋裡還裝著筆和筆記本，以免突然出現足以讓人獲獎的新聞事件。距離第一片空地很遠的樹林中藏著許多驚喜：蒸氣室、裝滿罐頭食物的小棚屋，還有一座小小的圓頂帳篷。隱約的談話聲從用餐區傳來。遠方有音樂在播放。走進林間更深處，瑪莉娜發現了一座小小的高架屋，是座糧倉，從地面到糧倉門口，有幾根鑿了凹痕的圓木組成一道階梯，她爬了上去。

她躺在木條地板上，望著一捆捆在糧倉屋頂上用來隔熱的乾草，灰塵從乾草間緩緩飄落。她現在與河的距離不遠，已經可以聽見水流奔騰。這是什麼地方？應該是用來儲存食物的，這點很明顯，但用在什麼時期？是為誰儲糧？如果之後有此區的導覽介紹，瑪莉娜應該要參加，她對堪察加北部所知太少。在她的成長期間，學校教的原住民文化實在不多，不過現在課堂上有教多一點本地歷史……愛莉亞娜應該會知道。

她的兩個女兒已經錯過一整學年的課程了。如果她們回來，得加入新班級上課才行。

她為什麼要這樣？難道她就不能在回想過去時，不去想像她女兒之後發生的事嗎？

她們有可能回來但也有可能不回來。

瑪莉娜最後得知的資訊，是愛莉亞娜和蘇菲亞出現在市中心。有個女人去遛狗，看見她們在那裡走動。在那之後，警方沒找到任何有關她們行蹤的資訊。調查人員一開始說有個男人綁走她們，但搜索隊伍找不出可以為此負責的對象。瑪莉娜曾走過這座城市的每個角落，大叫著女兒的名字。她一扇扇敲打鄰居的門，還登記擔任圖書館員，好在檔案資料中找出更多有關走失孩童的資訊。經過徒勞無功的四個月，她打電話到莫斯科的內政總部，在電話上對著低階人員哭得上氣不接下氣，抄寫下了幾個之後毫無幫助的人名及電話號碼。

然後彼得羅巴甫洛夫斯克警方盤問了瑪莉娜跟她的前夫，彷彿愛莉亞娜和蘇菲亞從頭到尾都被藏在他們其中一人的公寓裡。然後警方說兩個女孩溺死了。春天時，他們在海灣中搜索屍體。警司上個月就以此為藉口調降了投注在調查中的資源，因此不會再為她們組織任何搜索隊伍，也不會對當地媒體發佈消息。聽到這個決定時，瑪莉娜帶著女兒的泳衣去了警局。

「這些都還在我們公寓裡，」她把印花尼龍泳衣放上他的桌面。「你難道覺得愛莉亞娜和蘇菲亞會穿著日常衣物下水游泳嗎？在夏天那麼冷的時期？現在是觀光季最熱鬧的時候，你認為她們會在海灣中央的平靜水域溺斃，卻沒有任何人注意到嗎？」

他請她坐下。她把兩件泳衣緊抓在大腿上。「你想知道我是怎麼想的嗎？」他說，「我們沒有找到任何有關綁架犯的證據，我們沒在陸地上找到你的女兒，我們知道她們消失時人在水邊，認為她們溺斃是合理的推論。」

「那目擊者呢？」瑪莉娜問。

警司搖搖頭。「到了現在這個階段，我們已經不相信她真的有看到什麼。」

瑪莉娜開始在警局內過度換氣，一名助理前來扶她離開椅子。警方不相信那名目擊者，但瑪莉娜相信。這些年來，她採訪過無數騙子，她很清楚誰說的是實話。那個遛狗的女人沒有太多可提供的資訊，但就在瑪莉娜第一天跟她見面，談起她所看見的細節時，她就知道她說的是實話：她看到了一個開著深色車子的男人和兩個女孩。

不，愛莉亞娜和蘇菲亞沒有在海灣溺斃，她們是被帶走的。

她很清楚，她感覺自己的肺不停被壓扁。她明白這類案子是如何被形塑出大家想要相信的樣貌。儘管她現在為黨報工作，那裡報的大多是興高采烈的新聞（電網開始運作、道路重鋪、出來投票的公民人數再創新高），但根據之前的工作經驗，還有最近的資料蒐集，她很清楚這類「正向新聞」以外的報導是如何運作的，全世界的綁架事件、警方的腐敗行徑、性侵，還有孩童遭受謀殺的案子都是這樣。愛莉亞娜和蘇菲亞的學校大頭照出現在她工作的報紙頭版——照片中那兩張臉如同兩顆小水滴，頭髮梳得好整齊——看見之後，瑪莉娜腦中出現很多可怕的想像：那兩顆孩子氣的頭顱此刻在哪？她們的身體在哪？哪個女孩先受害？她們有尖叫嗎？

「她們死了嗎？」當有人提出溺斃的理論時，她問前夫。兩個女孩還小時，他就因為工作關係搬到莫斯科，由於時差的關係，瑪莉娜不管做什麼都算是一種打擾，但她還是一直打電話給他。跟前夫說話對她來說具有安慰的效果，因為他們可以一起承擔外界的指責：她那天不該讓兩個女孩自己待著；他一開始就不該把母女三人留在堪察加；她該教女兒遠離危險的男人；他該親身示範一個值得信任的男人是什麼模樣。除了綁架兩個女孩的人之外，他是唯一可能比瑪莉娜承擔更多責難的人。「我不知道。」他說。

「就是說嘛。如果是那樣，我覺得我們會知道，會感覺到有什麼不同。那應該是一種更無法擺脫的失落感吧。」

「可能吧。」

「你不這麼想嗎？」她本來希望他能同意或反對自己的說法，說些什麼都好。至少讓她知道該如何繼續下去。

「我不知道，」他又說了一次，「我想要……相信是這樣。」他小心翼翼地措辭。他在面對巨大壓力時就會這樣說話，之前每次吵架時也是這樣字斟句酌。他試著好好接她的話。他也承受著傷痛，她知道，但不像她那麼慘。她傷得更重，畢竟她才是真正有錯的人，一切過失都在她身上。

他說，「或許她們真的已經走了。」她希望他代替她們死掉。

在家鄉這邊，瑪莉娜身邊的人努力表現得比她丈夫更好。他們邀請她離開家裡，對她非常溫和。這已經不是她第一次離家旅行——她曾在跨年時跟父母去了鄉間小屋，當時什麼都覆蓋在冰雪之下。花園裡的木樁因為纏著枯萎的藤蔓而發黑。半夜時，瑪莉娜恐慌發作，她母親拿來一顆枕頭，還為她調了一杯摻了蜂蜜的威士忌。在愛莉亞娜三月生日當天，所有人緊張兮兮地聚在一起。瑪莉娜的母親當時整個人垮了，因為那兩個女孩抽噎個不停。瑪莉娜是在抽泣聲中切下蛋糕。蘇菲亞的生日很快就要到了。

就瑪莉娜而言，她是撐下去了。她去辦公室上班，將文章稿件歸檔，也能跟別人閒聊。朋友邀請她去家裡時，她也會出席。她打電話去警局問最新資訊，但能做的也只有這樣，有時光是做到這樣也幾乎要超出她的能力。曾經驅策她的所有動力都消失了。她以前是個很會說故事的人，她以前很有幽默感，她以前是個母親，但現在的她什麼都不是。亞拉．伊挪肯提弗瓦在失去了一個孩子之後，仍擁有組織節慶活動的能力，但此刻的瑪莉娜只是個人生漫無目標的傢伙。

有人在樹林裡喊她的名字。瑪莉娜的手還擱在胸口，後腦勺弧度底下的木板條堅硬、刮人，又無情。她記得蘇菲亞在最後那天早上吃的早餐，那是一碗牛奶燕麥混和了冷凍碎莓果，還搭配一顆剝了皮的橘子。兩個女孩在餐桌邊的肩膀如同瓷杯般易碎。

「瑪莉娜。」佩特亞大吼。現在他距離更近了。她吐出一口氣，等著，然後意識到——說不定他來找她是有原因的——說不定他們得到了警方的消息。不，不可能。但她還是坐起身來。

「我在這裡。」她吼回去。

圓木階梯搖晃。佩特亞的頭出現在她眼前，彷彿是被糧倉入口框起來的一幅畫。「你在這裡呀。」他說，眉毛溫柔地抬高。

他的表情顯示沒什麼急迫的事要說，但她還是問了，「怎麼了？有發生什麼事嗎？」

「沒有，」他說，「抱歉。」他的眉心現在皺起來了。他把最後幾道階梯走完，跟她一樣進了糧倉。「你在這裡給自己找了個舒適小窩呀。」

「嘎嘎嘎。」她學烏鴉叫。

他轉身面對河水。他必須彎腰才能不撞到屋頂。此刻她眼前只能看到他寬闊的背部。她再次躺下。

「伊娃要我來找你，他們要開始了。」

「好，我馬上過去。」

「她想要你跟別人多聊聊。」瑪莉娜沒回話。終於，他說了，「今天一定會很好玩。」

「我相信，」她說。「一定會的。」她其實很懷疑。

他們身邊的世界不停傳來輕微的擾動聲。湍急的水聲聽起來比他們的呼吸還響。佩特亞改變了重心，他腳下的木板嘰嘎作響。

「我太重了，不適合站在這裡，」他說，「我們地面見囉。」他爬下糧倉時，她的眼神始終盯著屋頂。

＊＊＊

空地上擠滿了人。昨天空蕩蕩的攤位現在充滿了各種小飾品及海報。為了壓過彼此的音量，許多眼睛細長的村民吼來吼去。青少年和青少女穿著霓虹色調的連帽運動衫，皮膚蒼白的俄羅斯人鼻子紅腫，城市來的嚮導們則穿戴著名牌戶外裝備。亞拉·伊挪肯提弗瓦早上還穿著寬鬆長褲和高領衣，現在已換上綴滿珠子的麂皮束腰長版衣。她正在台上對著麥克風說話。

「我們感謝文化部的支持。」面對舞台的部分群眾拍手應和。亞拉·伊挪肯提弗瓦的一口白牙在麥克風頂端的黑色海綿後方時而出現，時而隱沒。「我們也感謝你們，親愛的訪客，感謝你們來參加我們的鄂溫新年慶典。」這些話從舞台兩側傳出，聲音很大。「我們歡迎所有人，無論你們是原住民、俄羅斯人，還是外國人，在六月的最後這一天，我們歡迎你們一起來歌頌這夏至的陽光。」

伊娃和佩特亞距離舞台很近。伊娃的黃色馬尾在當地人的黑髮中相當顯眼。瑪莉娜擠過去，抓住伊娃的手臂，那條在風衣袖子裡的手臂好細。

「我們是不是需要來些新年的陽光呀？」亞拉．伊挪肯提弗瓦問底下的群眾。眾人腳下的地表吸飽了溼氣。站在瑪莉娜另一邊的女人吃吃傻笑起來。「我們今天聚在這裡，」亞拉．伊挪肯提弗瓦繼續說，「是為了來自全國各地的原住民藝術家，來見見他們吧。」音樂從音響中轟然響起，正是瑪莉娜吃完早餐後在林子裡聽到的那首歌——主唱是由合成器產生的顫抖女音。舞者一個接一個從橫幅後方冒出，踏上舞台，在舞台的木條地板上搖晃、跺地。

瑪莉娜朝著伊娃的耳朵問了，「有哪裡貼了活動資訊嗎？」

伊娃的眼神還盯著舞者，手指向左邊。「去小吃攤那邊看看。」

瑪莉娜努力從一小群人中擠了出去，越過一塊被許多人踩踏過的草皮，接著擠入另一群人中。等到了這群人前方，她發現早上那兩位廚師正一勺勺盛湯，再將湯碗交給顧客後收取現金。瑪莉娜揮手獲得其中一人注意，那位廚師似乎沒認出她。「有今天的節目流程表嗎？」瑪莉娜努力蓋過其他點餐客人的聲音。她總能在找到確切數字、名字和微小但中性的細節後得到安全感。廚師對著櫃檯末端點點頭，那裡有一疊塑膠碗和一堆湯匙，更遠的地方則散落了一些寫了「鄂溫新年」的小手冊。瑪莉娜抓了一本手冊，再次回頭擠出人群。

她一邊走過這些攤位一邊讀著手冊。這片營地是由一片傳統鄂溫聚落改建而來——那棟糧倉之前就屬於鄂溫族。裡頭有好幾個漫長段落盛讚這片土地能夠精準反映歷史，還用整整一頁的照片向吸引觀光客前來的舞者致敬。照片裡的天空都是一片耀眼的藍，瑪莉娜頭頂的天空卻只是一整片雨幕。

「用真正海豹皮做的帽子。」有個攤販在她經過時這麼說，對方還將皮帽內裡翻出來，秀出隱藏在內側的斑點。手冊背後列出了節慶活動，在這段舞後會有一場傳統樂器演奏會，然後是由原住民工藝家進行一小時的皮件製作示範……「不好意思，這位小姐？」有個男人在她身後說。

她轉身看到一台相機的鏡頭對著自己。一名穿著馬球衫的中年男子站在相機旁，手上拿著錄音筆。「有什麼事？」她說。她覺得吸不到空氣了。

「這是你第一次來參加慶典嗎？」瑪莉娜點點頭，等著他的下個問題迎面刺來。他一定已經認出她來了。「目前為止的印象如何？」她瞪著他。「我們很希望聽聽你的看法，你從哪裡來的？」

記者旁的攝影師按了一下快門。「不可以拍照。」她說。有一群人往她背後擠，還緊貼著她，但她仍努力讓自己跟眼前這位記者保持一點距離。有可能嗎？這座半島就這麼小，小到她不管去哪裡都會碰上記者，卻又大到讓她找不回兩個女兒？

記者堅持追問，「你玩得開心嗎？」

她沒有回答，只是指向舞台，對著根本不存在的人揮手，然後無聲示意，「是我的朋友。」她的喉嚨逐漸緊縮。就算他不知道有關綁架的事，此刻也害她重新掉入那段時光。她得想辦法脫身。

每次發作都像死去。一開始是想到兩個女兒的死，於是她也跟著走向死亡，此時的她總感覺肺臟逐漸失去功能，嘴巴乾涸，最後視線模糊。但她已經發作過好幾次，每次也都有活下來。好幾次了，每次都活了下來。因為感覺到記者的視線，她努力擠入人群的更深處。

終於走到伊娃身邊時，瑪莉娜的胸口正劇烈起伏。伊娃往下瞄了一眼，嚇了一跳。「你怎麼了？」

瑪莉娜搖搖頭。佩特亞轉身面對她們，瑪莉娜對他用大拇指比了個讚。這對夫妻一直盯著她，直到她終於有辦法開口說話。「一切正常。」瑪莉娜說。

皮件工人在舞台上擺開陣仗。這些老人綁著掛滿工具的皮帶，腳踩大大的黃色靴子。

「一定是發生了什麼事。」伊娃說。

「有個記者攔下我，」伊娃原地轉圈找了一趟。「沒什麼，他只是想知道我對慶典的想法，」瑪莉娜說。她舉高手上的手冊。「瞧我找到了什麼。」

***

她們消失的那天、搜索隊出動的那幾週、那些擠在身旁要求她說些什麼的攝影機……就在她朋友翻閱那本活動手冊時，瑪莉娜想了起來，當時塞在鼻頭下方的麥克風會發出某種酸味。她吸著那些難聞的氣味，描述自己女兒的樣貌，同時有許多志願搜索者穿著長筒膠靴走過她身邊。警察的船在海灣內到處拖著網子打撈。圍繞工地的合板臨時牆面釘滿印著女兒臉龐的傳單，上面寫了她們的身高、體重和生日。直到雪開始落下，警察重新調整調查路線之前，有好幾個月的時間，她的前同事總是無休無止地想從她身上挖出更多消息，而走投無路的瑪莉娜什麼都願意告訴他們。為了讓案情有所突破，她在晚間新聞上又是懇求又是啜泣。她就是一條因為新聞報導而被人開膛剖肚的魚，溼答答的內臟噴濺一地。過了一陣子之後，開始服藥的她連話都說不太出來，於是換她父母接手。她無法開口，無法思考，無法移動，也無法呼吸。

台上的工藝家從人群中邀請了一位男孩上台參與。他們將一片獸皮鋪在他的膝蓋上，然後向他及觀眾展示一把裝了一顆石頭的木製弓形工具。男孩才用那把工具刮了皮面一下，那顆石頭就從木弓的凹槽中掉落到舞台的木板上。有些認真看的觀眾笑了。

另一位工匠取代了男孩坐的位置，開始用工具一下又一下地長刮過皮面。瑪莉娜的心跳算是穩定了下來。她沒看見那名記者，但他一定就在某處。她還會在這裡撞見誰呢？她望著四周一台台突出人群的黑色相機──還會遇上更多記者嗎？又或者是幾個月前看到城市新聞而認出她的陌生人？這正是她該避開人群的原因。等回到彼得羅巴甫洛夫斯克之後，她得告訴她的編輯：不再參加任何公開活動了。現在不管她去哪裡，大家總會有意無意地受到她的悲劇吸引，他們會回應她仍在散發的某種召喚，他們就是不由自主地想靠過來。

太陽已消失在雲層後方，周遭的空氣溼重。伊娃捏了捏瑪莉娜的肩膀，指向舞台右邊的一張長凳。他們三人左閃右躲地穿過人群，走到那邊坐下。

亞拉．伊挪肯提弗瓦從人群中找了一位自願者上台玩遊戲。她將一條皮索遞給那名上前來玩的俄羅斯女性，此時台上有名舞者倚著一根杆子，杆子上拴著一顆鹿的頭骨。一收到指示後，那名舞者就搖動杆子，讓光滑的頭骨旋轉起來，彷彿月亮繞著一顆星球旋轉。遊戲的目標是套住正在旋轉的頭骨，那名白人女性瞄準後，笨手笨腳甩出皮索，瑪莉娜別開眼神，望向森林。

音樂在她腦中砰砰作響。根據人群發出的不滿嘆息，瑪莉娜知道那名女子好幾次都沒套中。「你們三個玩得開心嗎？」有人開口。

瑪莉娜抬頭望去，是穿著節慶用束腰長版衣的亞拉．伊挪肯提弗瓦低頭看著他們。現在換另一位主持人上台，那人正在叫第二位自願者上台。因為靠得很近，瑪莉娜可以看出亞拉．伊挪肯提弗瓦的衣物有留下傳統手工藝製作時，石頭磨過皮面的痕跡。「開心。」瑪莉娜說。

「雖然天氣不好，今年還是好多人來。」伊娃說。

「天氣無所謂呀。我們也不是來這裡做日光浴的，而是歡慶我們的歷史。」

瑪莉娜坐直身體。「你們辦得很好，大家都玩得很開心。」

「你呢？」亞拉．伊挪肯提弗瓦問。

「我有一點累。」瑪莉娜說。群眾開始嘲笑某人又沒用皮索套中頭骨了。

「我們還沒吃午餐。」伊娃說。佩特亞站了起來。

「去拿食物嗎？」亞拉．伊挪肯提弗瓦問他。「去舞台後方，那裡人比較少。」亞拉．伊挪肯提弗瓦在佩特亞留下的空位坐下。

這條長凳離地很近，坐下時膝蓋幾乎與下巴等高。瑪莉娜用雙臂環抱住小腿。三個女人就這麼沉默地看著舞者讓旋轉的頭骨逐漸慢下來，接著又往反方向旋轉，人們也為此歡呼起來。

瑪莉娜稍微往後坐了一些，好完整觀察亞拉．伊挪肯提弗瓦身穿舊式衣物的模樣。她的臉很嚴肅，頂著一頭又粗又濃的灰髮，髮絲間有銀色耳環反射著光芒。這個營地是為了重現鄂溫聚落的樣貌而建，因此瑪莉娜認定負責營運的亞拉．伊挪肯提弗瓦一定也是鄂溫人。不過瑪莉娜其實無法分辨北方人的不同，在她看來，鄂溫、楚科奇、科里亞克或阿留申人都差不多。她的祖父母就曾語帶溫情地表示，這座半島的原住民已被抹消掉所有差異，政府不但將他們蘇維埃化，還把他們的土地充公，成年人分配到不同公社，孩子則送往政府的寄宿學校學習馬克思—列寧主義思想。

本來看著舞台的亞拉．伊挪肯提弗瓦轉頭面向瑪莉娜，瑪莉娜別開眼神。

「我聽說你女兒的事了，」亞拉．伊挪肯提弗瓦說，「伊娃告訴我的。我大女兒幾個月前也跟我說過。她住在城裡，打從一開始就有關注你的新聞。」

這位主辦人說話的聲音很低，瑪莉娜把注意力放在自己的呼吸上。

「警察對你如何？」亞拉．伊挪肯提弗瓦問。瑪莉娜聳聳肩。「還算可以吧？他們還會再找一陣子吧？」

伊娃一定沒提到這個案子已被打入冷宮。「他們一直有在找。」瑪莉娜說。亞拉．伊挪肯提弗瓦笑開，「多好呀。」

她們安靜坐著，身邊群眾不停喊叫。

「伊娃有跟你說，我的孩子也失蹤了吧。」

「有，」瑪莉娜說，「她說你家有個青少女不見了。」這位主辦人從瑪莉娜頭頂上方望向遠處。她的臉看來憔悴。「不再是青少女了，莉莉亞消失時十八歲，但那已經是四年前的事了。」

「伊娃說她逃家了。」

「村裡的警方是這樣告訴我們。」亞拉・伊挪肯提弗瓦再次對上瑪莉娜的眼神。「警察什麼都說得出口，不是嗎？只要能阻止人民繼續去煩他們就行。」

瑪莉娜不想談這件事，一旦談了，就彷彿她與亞拉・伊挪肯提弗瓦和警方有過類似的對話。

「我有個問題想問你，」亞拉・伊挪肯提弗瓦說，「是關於彼得羅巴甫洛夫斯克當局。我聽說他們很積極，進行了好幾個月的搜索工作。他們提出很多理論、組織搜索行動，還約談了很多人。是真的嗎？」

「確實提出了很多理論，沒錯，是這樣。」

「你滿意嗎？」

「噢，」瑪莉娜說。她們身邊同時圍繞著歡呼及不滿的噓聲。「我開心到不行。」沒過多久，這位主辦人微笑起來，她的眼角沒有任何皺褶。「像我們這種立場的人一定都會開心的吧。」她說，「我還有第二個問題，其實是個要求。」

不管瑪莉娜去了哪裡，人們總以這種方式消耗她。

亞拉・伊挪肯提弗瓦吸了一口氣，低下頭，耳環擺盪起來。「告訴我，你是怎麼讓他們繼續積極偵辦案子？你有付他們錢嗎？」

「沒有。」瑪莉娜說。

「你一定有付他們錢，我是這麼想的，」亞拉・伊挪肯提弗瓦說，「不然他們有什麼理由要繼續找下去？我了解他們，相信我。你是跟那裡的誰聯繫？你給了多少錢？」

大家總是提出各種駭人的問題，他們有一大堆假設。過去一年來，瑪莉娜所經歷的每段對話都無比漫長、難以忍受，這些對話不停出現，節奏就像有人持續朝一個洞裡鏟土。

「我打電話到彼得羅巴甫洛夫斯克的政府部門，」亞拉．伊挪肯提弗瓦說：「事情發生後，我親自去了城裡的警局。他們不把我當一回事，但他們願意理你。你難道不是用了某種方法，吸引了他們的注意力嗎？」

瑪莉娜用手壓緊胸口。如果尋找失蹤人口是一件有標價的事，她早在八月就會把錢都付給政府當局了，甚至付十倍以上。「你錯了，」她說，「不管我怎麼想，警方都照自己的想法在進行。」

「我是以一個母親的身分在請求你。」

「請求什麼？亞拉．伊挪肯提弗瓦，我幫不上忙。」

「告訴我怎麼做就是了。」亞拉．伊挪肯提弗瓦貼得很近。她聞起來有洗髮精、乳液，還有煮早餐用的柴火灰燼留下的氣味，而這一切都讓她窒息。「我也可以為你做些什麼，如果你要的話，比如說，我們這裡有很多可以報導的盜獵者。我可以給你很多獨家內幕。」

瑪莉娜搖搖頭。「我現在不報導這種題材了。」

「不需要嗎？你想問我什麼都行。」

伊娃用雙手圍著嘴巴兩側，對著台上大吼加油。那根杆子上的頭骨還在無休無止地旋轉。問什麼都行，這位主辦人說。亞拉．伊挪肯提弗瓦能為她提供什麼答案？瑪莉娜或許可以問她，能親眼見到自己的孩子滿十三歲、十五歲，又或者高中畢業是什麼感受？若能毫無懷疑地確知，只要成為一個更好的家長、更關心孩子，也更負責，你的寶貝今天就不會消失的話，又會是什麼感覺？生活到底該怎麼繼續下去？

問什麼都可以嗎？瑪莉娜願意隨便問點資訊，好讓她的編輯填補藝術版的版面。她將注意力放在自己拳頭抵在胸骨上的溫熱感受。「告訴我，」她說，「是什麼啟發你創立了這個文化中心？」

亞拉．伊挪肯提弗瓦退開了一些，眼鏡後方的眼皮垂落下來。「對這個社群的愛，」她說，「在你的文章裡引用我的話吧。他們在城裡不會有這種活動，對吧？一定沒有。」主辦人轉頭面向台上的皮索遊戲，瑪莉娜也一樣面向前方。

佩特亞回來時拿著一個托盤，上面有三個裝了鮭魚湯的淺碗。亞拉．伊挪肯提弗瓦沒打算讓位，所以佩特亞站著吃，瑪莉娜和伊娃則用湯匙喝著自己的湯，完全沒試著開啟任何話題。一個原住民男孩上台試手氣，他將皮索甩高，踮起腳尖左右搖晃，等待著。鹿的頭骨旋轉。無論是瑪莉娜喝湯，還是將喝完的碗和湯匙放在地上時，她都能感覺到這位主辦人的存在壓迫著她，彷彿有人用腳踩在她的胸口。亞拉．伊挪肯提弗瓦想利用瑪莉娜失去愛莉亞娜和蘇菲亞的事實來得到好處；她第一次失敗了，但她還會再試一次。

瑪莉娜低下頭，她的登山靴上濺滿泥巴。群眾間爆出一陣掌聲，她知道那個男孩終於套中了頭骨。

亞拉．伊挪肯提弗瓦去台上介紹下一個活動——給孩子參與的一小時舞蹈馬拉松——於是佩特亞又重新坐了回來。伊娃問瑪莉娜，「你感覺如何？要去參加成人的舞蹈馬拉松嗎？」

「跳一個小時嗎？」瑪莉娜說。「不了。」舞台上，許多學生笨手笨腳地模仿舞團之前跳的舞步。其中一個女學生甚至特別穿上迷你版的皮製束腰長版衣，額頭也綁上相襯頭帶。她搖擺身體，雙臂在空中揮動。

「是三個小時，」伊娃說，「成人舞的時間更長。佩特亞和我打算參加——是吧，我的愛人？」佩特亞表示同意。「我們去年從頭跳到尾，很好玩。你考慮一下。」

「我會考慮。」瑪莉娜說，但其實她腦中想的是祖母的湯譜，還有小時候父親教的「砍柴課」內容。想什麼都好，只要別讓她去想自己對兩個女兒的失蹤有多麼無能為力就好。為了進一步分心，瑪莉娜又掃視了一下現場。她看到許多孩子——她看到許多女孩對父母揮手，她們站在舞台上微笑，還用手臂擺出芭蕾舞者的姿勢。

瑪莉娜從長凳上起身。「我等一下就回來。」她這樣告訴朋友，接著走向樹林。

樹林的阻隔讓樂聲的高音變得朦朧，只有低音能穿入。瑪莉娜找到了帳篷。午後陽光逐漸流逝。她檢查了一下手機——沒有訊號——卻仍是姑且將手機塞進了夾克口袋，然後爬上自己的睡袋。

小雨輕拍著帳篷頂端，傳出柔和的劈啪音響。遠方的樂音不造成干擾。以前當兩個女兒不想自己睡時，愛莉亞娜、蘇菲亞會和她一起躺在她的床上，三人靠在枕頭上聊到很晚。她們兩人的高亢聲音確切地從她的兩側傳來。蘇菲亞的頭沉沉枕在瑪莉娜光裸的手臂上，愛莉亞娜牙膏的綠薄荷香味也會時不時飄散過來。

表面張力，瑪莉娜提醒自己想一些其他事。水穿越光線的反射及折射現象。如果這種天氣持續下去，她腦中有關雨的各種瑣碎知識很快就會想完了。雨滴製造出無數雙唇輕啟瞬間的聲響。

終於她還是看了一下時間，確認孩童版的舞蹈馬拉松已結束，然後調整連衣帽的帽子，爬出帳篷，將塑膠布門的拉鍊拉上。

眼前的小徑帶領她走回空地。現在是一對對成年伴侶站在台上，身後則有鼓聲一陣陣傳來。瑪莉娜找到了正在甩頭的伊娃，佩特亞正隨著節拍踩步。有合唱歌曲和錄製的海鷗鳴叫透過音響系統播放出來。瑪莉娜在舞台後方緩慢走動時，亞拉．伊挪肯提弗瓦的聲音透過音箱傳來。「他們跳得不是很棒嗎？讓我們聽聽大家的歡呼吧。」橫幅的另一邊有一陣鼓譟響起。「他們可以繼續跳多久呢？」亞拉．伊挪肯提弗瓦問了底下群眾，沒人回答這個問題。

瑪莉娜從食物攤位旁邊鑽了出來。其中一名廚師望著她，等著她點晚餐。「你們有賣什麼？」瑪莉娜問。

「湯。」

「只有湯嗎？魚湯？」

「魚湯還有麋鹿血湯，」廚師說。瑪莉娜已經從口袋裡掏了鈔票出來。「來一碗血湯。」她說，然後遞去一張一百盧布的鈔票。

瑪莉娜雙手捧著那只熱呼呼的塑膠碗，邊走邊用肩膀一路擠開人群，抵達距離舞台二十公尺的地方。這裡的人相對少很多。時間已是傍晚時分，空氣中都是煙臭味，還混雜著強烈的酒氣和肉的焦味。她碗中的高湯是清澈的棕色，底下有無數懸浮顆粒，這些堅實的顆粒顏色較深，彷彿沉在湖底的一小灘石頭。她一邊喝湯一邊觀賞台上舞者。伊娃從舞台上瞧見她，立刻舉高雙手向她揮舞，瑪莉娜也抬高湯匙回應。

等碗底只剩一些渣滓後，她把碗放到嘴邊，喝完最後的湯水。一截截蔥段滑入她的喉嚨。她才把碗放下，那個需要找人針對活動提出看法的記者又走到她面前。「瑪莉娜．亞勒克斯特羅夫納。」

她的身體立刻開始關閉與外界的連結。「我是。」

「你朋友跟我們說了你的狀況。」在他身後的攝影師似乎才剛成年，手中緊緊抓著相機。記者說，「我們為你感到遺憾。」

「什麼朋友？」瑪莉娜很清楚是誰，她就知道，一定是亞拉．伊挪肯提弗瓦安排了這場突襲採訪。這位主辦人不只整天都不放過瑪莉娜，還找其他村民來收割瑪莉娜的悲劇。

但這名記者糾正了她。「你的朋友，就是那名女性……」她指向舞台。「我明白了。」瑪莉娜說。是伊娃。

「她向我解釋了事情經過。我代表的是埃索的《新生命》報，這份報紙有四百五十名讀者。我們可以在下期報紙放上一篇報導，呼籲全村注意這件事。你有帶兩個女兒的照片嗎？」

瑪莉娜可以聽見自己的脈搏，也能感覺血液在腸胃裡湧動。這些小小的折磨不停、不停襲來。每個人都一副能藉由提供幫助改變她的世界一樣。「在我手機裡，」她說，「但手機留在帳篷裡。」她把碗放到地上，湯匙留在碗裡，然後雙手插進口袋。「噢，不對，」她在手指撞到手機螢幕時說了，「我有帶在身上，就在這裡。」如果讓自己的動作慢下來，她就能靠殘存在肺裡的空氣撐下去。

記者說，「你就用自己的話說，我會錄下來。她們的照片呢？」她將手機從口袋中掏出。「完美，太好了。」他揮手向攝影師示意，攝影師舉起的相機擋在臉前。

記者將錄音筆高舉到她嘴邊，音樂在他們周身響亮打著節拍。「準備好就開始。」記者說。

她將手機舉到領口處。手機的玻璃及金屬材質碰觸到肌膚，硬硬地壓在鎖骨上，於是她把手機放低一些。她望進相機那枚漆黑、陌生的鏡頭之眼，本以為自己會怯場，但還是開口說了起來。

「請幫忙尋找我的兩個女兒，她們是愛莉亞娜．戈洛索夫斯卡亞和蘇菲亞．戈洛索夫斯卡亞，去年八月時在彼得羅巴甫洛夫斯克的市中心失蹤了。那天八月四日。愛莉亞娜已經十二歲了，她穿著一件胸口有直條紋的黃色T恤，下半身穿牛仔褲。蘇菲亞八歲，她穿著紫色上衣和卡其長褲。她們被一個身材壯碩的男人帶走了，他開的車是黑色或深藍色。如果你有任何消息，請致電227-48-06通知葉夫根尼．帕夫洛維奇．庫立克警司，或者聯絡當地警察部門。」瑪莉娜很早就背下了這些陳述及電話號碼，她反射在攝影機鏡頭上的臉像是個困在井裡的人。

「可以給我們看照片嗎？」

她解鎖手機，滑開相片欄位，高舉起大女兒的學校大頭照。「這是愛莉亞娜。」快門喀嚓響了一聲。她又滑了一下螢幕。「蘇菲亞。」那是兩張打光良好的照片，兩個女孩臉上露出微笑。「我們有提供賞金。如果你有任何資訊，請致電警方。」

相機鏡頭仍對著她，快門又喀嚓響了一聲。記者問，「有什麼想跟女兒說的話嗎？」他咬字很清楚，以便之後謄寫逐字稿時能方便一些。這篇小小的特別報導是他多做的人情，也是一場交易：用一篇齊頭印刷的短文交換她的人生。「有沒有想告訴她們什麼？」

「我愛她們，」她說。來了，那種緊迫感，她感覺有重量開始壓下來。「我很為她們著急。我愛她們勝過世上的一切。」

「很好，這樣就夠了，」他說，「這實在是太可怕了。我們很高興能幫上忙。」

她緩緩從他身邊退開，閉上嘴巴，努力用鼻孔吸入空氣，但無法吸到夠深的所在，也無法放鬆下來。

攝影師說，「一個開著黑色車子的大個子？」她點頭。在努力用鼻子的呼吸的當下，她也只能點頭。攝影師又說，「是豐田的車嗎？」

「就是一輛很大的黑色車子，」記者說，「黑色或深藍色。沒錯吧？瑪莉娜．亞勒克斯特羅夫納？」

攝影師緊盯著瑪莉娜。人們只要發現她的遭遇之後就會出現這種改變——他們會展現出赤裸裸的好奇心。「你該跟亞拉．伊挪肯提弗瓦談談。」

瑪莉娜說，「她已經跟我談過了。」

「她說了什麼？」

「就說……」她沒說下去，她說不下去。

「她有提起莉莉亞嗎？她女兒？」

記者此時插話進來，他想阻止這位年輕人問下去。「她說她們聊過了。」

這一整年總是這樣：同事會來到瑪莉娜的辦公桌旁、老同學會寄電子郵件來，或者她爸媽的朋友一看見她在超市購物，就會把她拉到一旁，跟她說他們知道該怎麼找到她的女兒了。在此同時，那些警察卻還是告訴瑪莉娜：他們什麼都不知道，也認為前景不樂觀。你的猜想幫不上我，但她已經吸不到氧氣講這句話了。

「這篇報導會在下星期六刊出，」記者告訴瑪莉娜。「誰知道呢，說不定他們一路往北過來了。這篇報導或許會帶來轉機。」她的頭開始往後傾斜。「你還好嗎？」他問，「瑪莉娜·亞勒克斯特羅夫納？」

瑪莉娜的脈搏聲實在太響了。她看到了。從去年秋天開始，只要她的恐慌情緒飆升到最高點，她就會看到視線邊緣開始發黑，世界暗了下來。她試圖想些什麼，什麼都好——她在大學時用的密碼鎖號碼，她和伊娃以前的個人櫃號碼，一年當中最適合去採摘野蒜的季節……任何在她女兒出生前的事都好，只要能讓她此刻不再想她們的事都好。

黑暗退去。她重新把往後傾的頭擺正，看見正在跳舞的人們。記者的手距離瑪莉娜夾克袖子旁一公分，不太確定地游移著。

瑪莉娜轉身走開，搖搖晃晃地走過空地，終於進了樹林。

音樂尾隨著她。人們來來回回的吼叫——群眾喝得更醉了。瑪莉娜張嘴吞下空氣。她的視線又再次變得狹窄。樹林間的光線甚至比草葉上反射的還微弱。

事實是這樣：就數據而言，此時找到她女兒的機率微乎其微。無論她們去了哪裡，無論組織了多少搜索隊，又無論在頭版上刊登了多少請求協助的文字，現在的她們已經永遠待在當初去的那個地方了。瑪莉娜不笨。一個失蹤孩童最有可能回家的時間點，就是在消失後的第一個小時內。之後隨著每小時推進，孩童與家人快樂重聚的機率都在降低，等二十四小時過去後，失蹤孩童幾乎可以確定死亡。就在兩個女孩消失三天之後，市立警方的討論焦點就在尋找屍體，而非援救孩童了。而在那之後可是又經過了太多小時、太多個日子了。

瑪莉娜已經永遠失去她們，她永遠不可能找回自己的女兒了。

她走到帳篷邊，彎腰拉開塑膠布門，把手機丟進去。手機在他們的睡袋上彈了一下。等她試著重新站直身體時，她發現自己做不到。她做不到。

她們死了。她們已經死好幾個月了。做什麼都救不了她們。

鼓聲隆隆，她感覺整個胸腔都塌陷了。「瑪莉娜。」佩特亞從她身後喊了，他的手搭在她背上。「瑪莉娜，呼吸、呼吸。」他把她拉起來站好，盡可能讓她挺直身體。現在他的雙手都搭在她的肩上了。「冷靜下來。」他的臉好熟悉，他的臉總在她做不到時維持著堅定的模樣。「瑪莉娜，呼吸，看著我，」他說，她照做。他用嘴唇噘出一個圓圈，緩慢吸入空氣，然後放鬆嘴唇，任由空氣吐出。「跟著我做。」她的肺臟感覺在灼燒，喉嚨彷彿被撕裂。她也將嘴唇噘出一個圓圈，吸入氧氣，吐出。「再慢一點，」他說，「像我一樣。」他一定是從空地就跟過來了。他因為她失去了參加舞蹈馬拉松的機會。她專注望著他嘴巴變化的樣子。

「這樣就對了。」他在她終於又能呼吸時這麼說。他擁抱她。她的鼻子緊貼在他胸口，所以側過臉讓自己舒服一點，但雙手仍夾在兩人身體中間。她用他示範的方式改變自己的嘴型。

過了好一陣子之後，他問她，「你還好嗎？」瑪莉娜點頭。「可以坐下嗎？」她再次點頭，然後彎曲膝蓋，他於是扶她半坐在帳篷內，雙腳搭在帳篷門口外的地面。他蹲在她身邊。她仍能感覺他的殘影壓在自己身上，那是讓她歡迎的重量。她還記得蘇菲亞的頭曾緊靠在自己肩上，還記得她們剛出生時，將兩個女兒抱在懷裡的溫暖。過去十一個月的她是如此寂寞，寂寞得幾乎要瘋了。

他站起身。她往前直直盯著樹林。他輕拍她的肩膀，還有她耳後的柔嫩肌膚，「嘿，」他說。她抬頭看他，他又再次用嘴唇嘛起圓圈，她也再次模仿他的動作。「繼續做下去，」他說，「伊娃一定要擔心了，我馬上回來。」

她望著他離開，同時感覺冰涼的空氣在齒間嘶嘶穿梭。她曾在婚禮時看過佩特亞身穿藍色西裝的模樣，而現在他的塊頭更大，頭髮也灰了。這些年來，他始終表現得得體又可敬，總能找出辦法應付身邊的危難。如果瑪莉娜也能這樣就好了。她轉身面對樹林，嘴唇繼續蠕動。她右方某處的河流正匆匆流過。

她在聽到有人接近帳篷時猛然扭身。是那個攝影師，那架相機還掛在他的脖子上。

「請你離開。」她說。她將嘴唇嘛成圓圈，低下頭。他蹲在她身邊的潮溼葉片堆裡。

「我很抱歉，」他說，「我不想造成你的麻煩。但你說有個傢伙開著一輛嶄新的車子，對吧？有沒有可能是一輛豐田的黑色『衝浪』？」

＊＊＊

有個男人住在埃索附近，攝影師說，樣子大約就是她形容的那樣。「這個男人很怪，」攝影師說。他說話的聲音很低、速度很快，帶有一種北方人的語調。「他的名字是伊格爾·古薩克夫。他一個人住。我知道他有時會去城裡過夜，也知道他總把自己的車子保持得很乾淨。」

「一個很照顧自己車子，而且常去城裡的男人。」瑪莉娜說。

「那是一輛豐田的黑色『衝浪』，一輛休旅車。」

她坐在那裡消化著資訊。「你說他很怪是什麼意思？」

攝影師改變了一下蹲的位置。「我們在學校讀同一年級，他總是獨來獨往，大家都覺得他可憐，他也就利用大家的同情心。」

瑪莉娜仍沒有抬起眼來。攝影師的靴跟上方因為雨水而濺上了許多深色汙點。

他繼續說。早在亞拉·伊挪肯提弗瓦的女兒消失的多年前，伊格爾就對她很有興趣了，他說。「那已經不只是迷戀，他根本就是變態地對她著迷。我們都還小時，莉莉亞就說過這件事。」

瑪莉娜抬眼瞄向他。他正盯著她瞧，期待著她的反應。

「莉莉亞是自己逃家的，」她說，「不是嗎？」

「有些人這樣說，但有些人不這麼想。」

「你就不這麼想吧。」她說。

攝影師暫時沒說話，仔細斟酌著接下來的用詞。「聽我說，亞拉・伊挪肯提弗瓦有跟你描述莉莉亞的模樣嗎？」瑪莉娜搖頭。「她的年紀比你的兩個女兒大，」攝影師說，「但很矮，身材嬌小。雖然當時十八歲，但看起來年紀小很多。我在想……是否有人傷害了她。她確實可能自己決定逃家，但我個人認為，她不可能一直不跟家裡毫無聯繫，實在太久了。」

瑪莉娜努力運作自己的唇部肌肉。帳篷的塑膠布因為她的體重而在底下窸窣著。

「你認為他可能對她做了些什麼？」她問。

「他有這個能力，也可能真的下手了。」

「你有向警方報案嗎？」

「警方根本不把莉莉亞當一回事。而且也沒什麼能報案的內容，我只是懷疑而已。他這個人很詭異，但之後……」

「我是問你有沒有跟警察說，這件事可能跟我女兒有關？」她說，「就是那輛車？」

「我只是……沒有。」他的眉頭皺了起來，「我之前不知道任何有關車子的事。」

她從瞇眼的縫隙望向他。他的表情焦躁，膝蓋彎曲。「可是你剛剛說……」

「你剛剛給我們看的大頭照，我之前就看過了，到處都有她們的海報。但我從來沒把這兩個女孩跟莉莉亞連結在一起，根本沒有……我從沒聽說是有人綁架了她們。」

她將嘴唇閉起，然後說，「什麼意思？你從沒聽說？」

「海報上只說有兩個城裡的俄羅斯女孩失蹤，沒其他資訊了。」

沒有呼籲大家注意可能有個綁架犯在整個半島流竄嗎？這些日子以來警察到底在做什麼？到了冬天時，瑪莉娜知道政府當局已將注意力轉移到監護權之爭和游泳意外，又或者是有人口販子把小孩賣到堪察加半島以外，但在那之前呢？警司到底是何時決定忽視目擊者的證詞？是在調查開始的頭幾個星期？還是頭幾天？

「我從沒聽說有什麼男人用黑色車子把女孩帶走的消息。」攝影師說。「是黑色或藍色。」瑪莉娜說。她的頭再次垂下。

音樂透過樹林流瀉而來，彷彿一條音韻之河。「我可以帶你去見他，」攝影師說，「伊格爾的家距離這裡只有二十分鐘，我們可以開車過去。」

「你想要我獨自跟你開車過去。」

攝影師臉紅了，重心往後用力坐在腳跟上。「不是，我不是……我了解。你是為了你女兒？我也是。我不是想要把你獨自搞到我車上。」他有著一頭短髮，身材結實，年紀很輕。

「你可以帶朋友一起來，你想怎麼做都可以。」

來自舞蹈馬拉松的群眾歡呼從四面八方湧來。瑪莉娜打量了一下這位攝影師，他對這事有點過度熱情，但似乎還算真摯，是個誠懇的人，這點她能確定。

說她女兒已溺斃的警司看來都沒這麼有把握。「好吧。」瑪莉娜說。攝影師伸出一隻手，想協助她起身。她伸手往後在帳篷中摸索到手機，塞進口袋，起身跟在他身後。

＊＊＊

他們在空地邊緣見到了伊娃和佩特亞。佩特亞一隻手臂搭在伊娃肩上。「發生什麼事了？」伊娃說，「佩特亞說埃索的記者讓你不開心，我該跟你道歉嗎？」

細雨又開始落下。夕陽本該出現的地平線上方只有一堆朦朧白點。瑪莉娜將他們介紹給這位攝影師，攝影師說，「我是瑟傑．阿杜卡諾夫。叫我奇嘉就可以了。我正在跟你們的朋友說……」

「奇嘉住在這裡，」瑪莉娜說，「他認識一個開著黑色大車的男人。」

伊娃在微光下的表情犀利起來。她的肌肉繃緊到足以扯動骨頭，雙眼也因此張大開來。由於伊娃太愛大聊看過的恐怖電影，又成天分享參加過的節慶活動，瑪莉娜偶爾會忘記伊娃也很愛自己的兩個女兒。她幾乎要因為讓伊娃白抱希望而道歉了。

攝影師把伊格爾．古薩克夫的事告訴這些人。當他提起亞拉．伊挪肯提弗瓦的女兒時，佩特亞瞇起眼睛，「等等，請等等。你認為這件事跟愛莉亞娜和蘇菲亞有某種關聯？」

「莉莉亞看起來比實際年紀小，」奇嘉解釋，「而這傢伙或許……」

「你難道是剛剛才知道有這樁案子的嗎？」佩特亞問，「因為，一開始聽說這案子時，任何人都可能輕易做出一些結論，可一旦認識了案件相關的人士，再見識過偵辦過程之後，你就會知道，想破案沒那麼容易。」

攝影師彷彿啃咬著臉頰內面的口腔。「我明白，我可不天真。」

佩特亞轉身面對瑪莉娜。「你得保護自己，這聽來就是小村裡的人在嚼舌根而已。」

「或許吧，」瑪莉娜說，「所以我要去找亞拉．伊挪肯提弗瓦，我要問她真相是什麼。」

一對對的舞伴仍在台上舞動，他們的手臂隨節奏在空中搖擺。他們一行人穿越草地時，瑪莉娜在心中計算著埃索和彼得羅巴甫洛夫斯克之間的距離，還有豐田休旅車中的座位數。可能有人毫不引人注意地從城市一路開車到這裡嗎？出了城市邊界之後，路上確實空蕩蕩的，她昨天也見識過了。這人在接近傍晚時把兩個女孩載走後，很可能在沒人看見的狀況下駛入夜色……如果他又有在後車廂多帶了汽油桶，那也自然不用去加油站，因此很可能一路不用跟任何人說話……

但警方一定搜索過這些村莊了。根據他們對瑪莉娜的說法，他們什麼地方都找過了。

但奇嘉說他沒跟任何警官談過話，他從沒聽說任何有關綁架犯的描述。為了找回兩個女孩，市府當局只送出了印有愛莉亞娜和蘇菲亞相片及生日資訊的海報。亞拉．伊挪肯提弗瓦就警告她可能有這種狀況：為了阻止我們，警方什麼都說得出口……

但來自彼得羅巴甫洛夫斯克總局的資訊細節也不該有誤才對。瑪莉娜就曾在去年八月親自打電話到埃索分局，她把半島上每個地區分局的電話都打過了。他們說沒有任何孩童失蹤或遭綁架的紀錄。

但瑪莉娜沒問的是，是否有個被認定為逃家的十八歲女孩失蹤了。

在舞台後方一個潮溼的陰暗角落，他們找到那位正跟一名年輕女子說話的主辦人。「亞拉．伊挪肯提弗瓦，」奇嘉喊她，「抱歉打斷你說話。」

這位主辦人皺眉望向他，接著又看了伊娃和瑪莉娜。「想說什麼就說吧。」

幾個小時前，亞拉．伊挪肯提弗瓦說她願意接受任何提問。她曾貼近瑪莉娜身邊，表示願意提供協助，也要求她幫忙。而瑪莉娜花了一整天，還有之前整整一年的時間，才搞清楚自己可以問什麼。瑪莉娜說，「可以告訴我，你女兒究竟發生了什麼事嗎？我是說莉莉亞？」

旁邊的那名年輕女子嚇了一跳。她沒戴眼鏡，皮膚上沒有皺紋，但看起來跟亞拉．伊挪肯提弗瓦很像——嘴唇豐厚，下巴線條圓潤。亞拉．伊挪肯提弗瓦拉住她的手臂，「小塔，別插手。」

「警察跟你說她逃家了，是嗎？」瑪莉娜說，「他們說我的女兒一定是游泳時不見的。但有其他人看到她們跟一個男人上了車——一輛閃閃發亮的大車。」

「你是戈洛索夫斯卡亞家姊妹的媽媽。」年輕女子說。

「亞拉．伊挪肯提弗瓦，你知道伊格爾．古薩克夫在幾年前的冬天給自己買了一輛好車嗎？一台黑色的大車？」奇嘉問。

年輕女子說，「誰？哪個伊格爾？」

亞拉．伊挪肯提弗瓦的眉毛抬得老高，一隻手緊握住年輕女子的手肘。「你不可能認識他。他比丹尼斯晚畢業，比莉莉亞早畢業。他住在阿納夫蓋伊那邊……你開玩笑的吧。」亞拉．伊挪肯提弗瓦對瑪莉娜說。「這就是你要我幫的忙？去追捕這個男孩？」

「我只是來問一些訊息而已。」

「訊息。」

「有關這個男人的訊息，有關他可能做出的事。」

亞拉．伊挪肯提弗瓦轉向攝影師。「你母親在村裡嗎？還是出去放牧了？看到你把別人誤導成這樣，她會怎麼想？」

奇嘉的雙腳在溼答答的地面左右交換著重心。雨滴掛在他那頭亂糟糟的髮絲上。瑪莉娜說，「我聽說伊格爾有時會在彼得羅巴甫洛夫斯克過夜，是真的嗎？」這位主辦人嘆了一口氣。「所以有可能是他呀，不是不可能。」

亞拉．伊挪肯提弗瓦搖頭。

「在埃索這個地方！」年輕女子說，「不，基本上人們不相信……」

亞拉．伊挪肯提弗瓦開始用另一種語言跟她說話。是鄂溫語吧，瑪莉娜猜想。亞拉．伊挪肯提弗瓦對瑪莉娜說，「有人跟你解釋伊格爾．古薩克夫是什麼樣的人嗎？」

她身旁的奇嘉發出一種不以為然的哼響，瑪莉娜得壓過他的聲音說話。「我聽說他很怪。」

「你一定聽別人這麼說過。大家都會這樣描述跟我們不一樣的人，」亞拉．伊挪肯提弗瓦說，「他們也這樣說我兒子，他們說他怪，還擔心他帶來危險。」年輕女子用鄂溫語說了一些話，但亞拉．伊挪肯提弗瓦還是繼續說，「他們錯了。伊格爾是個無害的生物，他不是很聰明，更不是什麼犯罪大師，你懂我的意思嗎？他只是個一直渴望有朋友的憂鬱男孩而已。」

奇嘉說，「我很尊敬你，但這點我不同意。」主辦人攤開兩掌做出投降姿態。「他小時候總是盯著莉莉亞看，說不定他想獨自佔有她。」

瑪莉娜始終沒辦法看自己在電視上懇求觀眾的樣子，也無法聽自己從地方電台傳出的粗啞嗓音。在經歷這一切之後，她不想再重溫那些過去。可是在這裡，在這個因為跳舞比賽而人擠人的後台，而且是在一場鄉間祭典的尾聲，她第一次目睹了自己可能表現出來的樣子。亞拉．伊挪肯提弗瓦的表情就像一顆裂開的過熟果子，暴露出腐爛了四年的失落情緒。她的嘴唇微張，情緒崩潰，鼻孔撐大，雙眼有那麼一秒完全看不見眼前的祭典，接著才又再度聚焦。她咬緊牙關，再次斬斷了自己與現場的一切連結。

「我明白了。」瑪莉娜說。

亞拉．伊挪肯提弗瓦直直望著她。「你想知道莉莉亞是不是自己逃家的。」瑪莉娜點頭。「不，顯然不是。她在這裡惹上了麻煩——而且已經好多年了——然後有人傷害了她。」

「媽媽。」那名年輕女子說。

「而且沒人在乎，」亞拉．伊挪肯提弗瓦說，「我跟政府當局說了，沒人聽我說。」

「我正在聽，」瑪莉娜說。這女人內心有個跟她一樣痛苦的家長，她試圖跟那個家長對話。

亞拉．伊挪肯提弗瓦說，「不，你只是想說服我，就跟警長之前一樣，你們想讓我相信某種童話故事。莉莉亞不是因為有個男同學對她有興趣而被綁走，她是捲入了更大的麻煩。」台上有人宣佈了某件事，音箱因此傳出巨大聲響。「奇嘉要帶我們去看看這個男人。」瑪莉娜說。

「那就去看呀。」

「你可以跟我們一起來，如果我們看到任何可能……如果你看到任何有關……有關莉莉亞的事物，我就會把他的名字、有關他的描述，還有車牌號碼交給市立警方。我們可以一起去……」

亞拉．伊挪肯提弗瓦氣急敗壞地大叫起來，「殺掉她的可能是任何人，但絕不是伊格爾．古薩克夫。」

「沒人殺掉她！」她女兒也開始大叫，「媽媽，他們只是說伊格爾剛好符合綁架犯的描述，還有他在莉莉亞離開前嚇壞她了。」

「有人殺了她，」亞拉．伊挪肯提弗瓦說。然後她對瑪莉娜說，「就像有人殺了妳的女兒。你想騙自己相信事情不是如此，你太希望找到不同解釋，但沒有其他解釋了。」

有人非常輕柔地摸了摸瑪莉娜的背脊下緣，是伊娃。橫幅另一邊的群眾正在喝采。亞拉．伊挪肯提弗瓦說得想必沒錯。這些年來，這位主辦人始終陷在瑪莉娜去年夏天的窘境。她也曾這樣被圍觀的人打量、竊竊私語，或者提出各種問題，但從未放棄可能失而復得的期盼。再過兩、三年的夏天，瑪莉娜說話可能也會變成像她這樣，她可能開始接受失去女兒的事實，甚至明白永遠無法找到她們的屍體，而唯一剩下的手段就是賄賂警方，讓他們捏造出一個比較有可能平撫自己內心傷痛的解釋。

但還不到那時候。「所以你不會跟我去了。」瑪莉娜說。

亞拉．伊挪肯提弗瓦用鄂溫語對女兒說了些什麼。那名年輕女子搖搖頭。「她不會去，」她女兒說。她是小塔，全名娜塔莎。「但如果你們真認為這可能跟我妹妹有關，我去。我跟你們去。」

＊＊＊

佩特亞坐在駕駛座，伊娃在副駕駛座，瑪莉娜、奇嘉和亞拉．伊挪肯提弗瓦的女兒娜塔莎坐在後座。攝影師身體往前座靠，為駕駛指路。在他講到一個段落時，娜塔莎說，「所以他做了什麼嚇到莉莉亞的事？我不記得她提過這個人。我對這名字完全沒印象。」

「噢，」奇嘉說，「他會留禮物給她。那些……他以前會留一些東西在你們家門外。」他看起來已經沒像在營地誇誇其談時那麼有自信了。亞拉．伊挪肯提弗瓦幾乎滅了他所有威風。

「禮物？」娜塔莎又說了一次，這次聲音比較小。「我不記得。」接著又說：「再跟我說一次？他長什麼模樣？」

「白人，但跟我一樣壯。」奇嘉說。

天空從灰藍逐漸轉灰，車窗外微雨的暮色漸深。河流在他們左方蜿蜒而去。望著河流遠去的瑪莉娜在腦中結算自己去年的遭遇：兩個女兒被拐走了；家裡空了；之前為了能在工作之餘好好照顧家庭而選擇的簡單工作，現在也毫無意義了；書桌最上方的抽屜現在裝滿鎮靜藥片。她偶爾會在晚上夢到女兒，然後哭著醒來，而那個當下的痛楚就跟她們失蹤才六小時一樣鮮活、扎人又簇新，就跟始終有把刀插在子宮裡一樣可怕。而現在她又在為一個妄想奔忙了，她又選擇將那把刀重新推回體內。

「我們打算怎麼做？」佩特亞問。「看一下這個男人的模樣？問他那兩個女孩的事？」

「我可以問他我妹的事。」娜塔莎說。

「看看他的樣子，沒錯，」瑪莉娜說，「然後看一下他的車。拍些照片，看看我們的目擊者有沒有可能認出來。」

「我們難道不該去埃索警局嗎？」伊娃問。娜塔莎不贊同地「嘖」了一聲。

「它們不過是市立警局的輔助單位而已，」瑪莉娜說。從她口中湧出的話語非常篤定，帶有記者風範，正是早年工作留下的痕跡。「若遇上真正的犯罪行為，埃索的警官會上報彼得羅巴甫洛夫斯克。只有市立警局可以組織搜索和救援隊伍。」

前座的佩特亞說，「瑪莉娜，你預期能得到什麼結果？」

「我沒有預期什麼。」瑪莉娜說。她說的幾乎是實話。

佩特亞將手指纏繞在妻子的馬尾髮絲中。娜塔莎傾身向前，直視瑪莉娜的臉，「希望我母親沒讓你太難受。」

「她只是老實說，」瑪莉娜說，「我很感謝她這麼做。」

「我想，」在逐漸濃深的夜色中，說話的娜塔莎就是一片片交錯的光影，是一個藍色與銅色參差而成的人形。「她的人生過得很苦。不只在我妹妹離家之後，之前也是……她很堅強。」

「但你認為亞拉．伊娜肯提弗瓦錯了，」奇嘉說。娜塔莎眼睛上方的陰影變換了位置及形狀。「你認為莉莉亞是自己逃家的。」

「我就是知道她逃家了，」娜塔莎說，「村裡的生活不是大多數十八歲女孩夢想中的模樣。莉莉亞有太多離家的理由了，」她態度沉靜，「或許伊格爾又讓她多了一個離開的理由。」

「或許吧。」奇嘉說。

「或許莉莉亞在他身上看到其他人沒看到的什麼，」娜塔莎說，「某些不祥的徵兆。」

車內一片靜默。副駕駛座的伊娃轉身，仔細端詳起瑪莉娜。

「我整年都在追蹤你的案子，」娜塔莎說，「我有兩個孩子，年紀也差不多。如果我認為我們之間的處境可能有任何關聯，也就是那個逼我妹妹離開村莊的人可能傷了你的女兒，我一定早就聯絡你了。但我之前並不知情。莉莉亞沒跟我說過。埃索似乎又距離你女兒出事的地方太遠。我從沒想到……」

瑪莉娜說，「我也沒想到，沒人想到。」

他們底下的道路坑坑巴巴。車子兩側能看到一片片森林閃過。眼前盡是陰暗的樹木和夏日的葉片。瑪莉娜將額頭抵在玻璃上，腦中想著女兒。她想著愛莉亞娜的手臂是如何在夏天時冒出雀斑，而當瑪莉娜帶蘇菲亞去城市邊緣的海獅巢穴時，她又是如何回應著海獅的叫喚。雨水一滴滴劃過窗玻璃。「下個路口左轉，」奇嘉說：「你準備好了嗎？」伊娃問。瑪莉娜吐了一口氣，那氣息彷彿讓回憶女兒的畫面更加鮮活。

他們跨越了一座牆，沿著泥土路前行，經過一個標示再十公里就能抵達埃索市中心的金屬標示。奇嘉往擋風玻璃的方向指示，佩特亞緩慢將車停在一片很小的土地上。他們一路開來都沒遇到車，但他總之還是靠邊停了，以免真的有其他車經過。路的另一邊，就在樺樹林間，有片整理過的土地。一條鋪著木板的狹窄小徑往前延伸，一路抵達一棟兩層木造房的大門。

這棟房子漆成白色，目測距離他們十五公尺遠。窗戶有外百葉窗覆蓋著，裡頭燈沒開。院子裡有一小片園圃種著剛發芽不久的植株。沒鋪水泥的車道上停著一輛黑色休旅車，在逐漸暗去如煤塊的雲層底下閃閃發亮。

「如何？是這部車嗎？」奇嘉問。

佩特亞說，「我們無法確定。」

瑪莉娜身旁的奇嘉舉起相機，拍了張照片，接著雙手又垂回大腿兩側。沒有任何其他人有動作。「他在家嗎？」伊娃的問題打破了沉默。

「屋內看起來很暗。」娜塔莎說。

前方的佩特亞說，「瑪莉娜，你該待在車裡，我們先確認一下狀況。」

奇嘉從唇間吐出一口氣，將相機從脖子上取下，交給佩特亞，然後用手肘推了推娜塔莎。「讓我下車，」他說，「我去看看有沒有人在家。」

「我跟你一起去。」娜塔莎說。

奇嘉搖搖頭。「在這等就好。如果他在家，因為我們之前是同學，彼此很熟了，我會找出一些話題跟他聊，這樣你們都能看看他長什麼模樣。」

車門打開，兩人爬出車外，接著娜塔莎回到車上，車門再度關上。奇嘉走到路的另一邊，沿著木板小徑走向那棟屋子。佩特亞用一隻眼睛對著相機的觀景窗。伊娃小聲說了些什麼，你知道該怎麼……他立刻「噓」了她，要她安靜。到了屋子門口後，奇嘉按門鈴，又敲門。如果就是這個人的話，瑪莉娜心想，如果就是這個人的話……這麼久以來，她總要很努力才能吸到空氣，如果這人真是她要找的對象，她又要如何撐過得知真相帶來的衝擊？

奇嘉又敲了一次門。車裡沒人說話。奇嘉等了一下，歪頭打量屋子，終於轉身對他們聳聳肩，開始往回走。

瑪莉娜已經下車往屋子疾走而去。「拜託小心一點。」伊娃說。但接著她、佩特亞和娜塔莎都已下車跟了上去。四人一起走到路的另一邊，圍繞著他們的樹林和原野由綠、棕與黑色塊交錯而成，視線範圍內沒有任何建築物。遠方有隻狗吠了起來。

空氣中有煙、柴油、野草和泥土的氣味。奇嘉跟他們在這片地產的邊緣會合，也就是木板小徑跟道路的交界處，然後取回自己的相機。這下雙手空空的佩特亞問了，「那現在呢？」

娜塔莎眉頭緊皺，往上望向那棟屋子。她沿小徑走了幾公尺，木板發出吱嘎聲響，接著她停下腳步。伊娃跟在後面，雙手插在夾克口袋內。屋子二樓有六扇外百葉窗緊閉的窗戶，看起來就像六隻緊緊閉上的眼睛。奇嘉拍了建築物、停放在屋前的那輛車，還有周遭的樹林。

瑪莉娜走進那片溼漉漉的翠綠院子。她可以感覺其他人正盯著她看，但沒有回頭尋求他們的意見，而是直接走過那片草地，朝那輛黑色的車前進。她可以聽見身後有佩特亞咻咻的腳步聲。

那輛車很大，也確實擦得很亮。靠近之後，瑪莉娜可以看見後車廂門下方噴濺了星星點點的汙泥，胎面花紋上也覆著一層泥土，但整體而言，這輛車保養得很好。她試著想像住在這裡的男人洗這輛車的畫面。他是個白人男子，奇嘉之前這麼說。瑪莉娜得到的資訊僅只於此，除了膚色之外她一無所知。這個人在她腦中的臉只是一個模糊的汙點，一個洗淡的殘跡。她用手機拍了車牌，後退，好將整輛車拍進去——車尾、側邊、車頭，還有另一側。一條大約十公分長的刮痕從其中一個輪轂蓋內側延伸而上。瑪莉娜單手沿著車身撫摸烤漆。她盯著車猛瞧。

瑪莉娜仔細觀察安全帶和車內地面，她想試著確認車子裡曾裝載過什麼，在此同時，佩特亞則是嘗試窺看車子的後車廂。車內是皮面座椅。有一枚聖母瑪利亞的聖像黏貼在副駕駛座前的手套抽屜外，聖像外圍塗了金漆。儀表板通風口和擋風玻璃之間，有條從香菸塑膠包裝上扯下的膠條蜷曲著。一條音頻線橫躺在座椅間的控制台中央。

她突然用力拍打其中一片窗玻璃，手彷彿可以穿透那般緊貼著玻璃，似乎只要用力就能伸手進去。「那是她的。」她說

「什麼？」佩特亞說。

「那是她手機上的。」瑪莉娜用力敲打玻璃。「那裡、那裡，那是愛莉亞娜的。」照後鏡垂下一道細細的陰影，上頭有一隻泛黃的鳥，那是愛莉亞娜之前自己掛上手機的小吊飾。但不對，不可能。瑪莉娜試著將兩隻手掌平貼玻璃，但抓在右手的手機妨礙了動作。她猛然後退，翻出手機內的快速撥號清單，找出女兒的手機號碼，按下她在這一年中打了數百萬次的號碼，但撥不出去，當然是這樣，這裡天殺的沒訊號，就算真有訊號，手機也不可能響起。愛莉亞娜的手機早從失蹤那一天起就打不通了。瑪莉娜的雙眼紅得像在燃燒。她拍打玻璃的力道好大，她聽到了碎裂聲，但不知道發出聲音的是她的手機、她的手、車玻璃，還是她的心。難道答案就在這裡嗎？那個吊飾就在這裡呀。佩特亞此刻在她正後方，她又再次敲打車窗——該打

破嗎？用石頭？該拍照嗎？——因為那個吊飾就在這裡呀，那是愛莉亞娜手機上的吊飾，那個漂亮的小東西，那根黑繩上綁了一枚象牙刻的烏鴉。就在那裡。

「哪裡？」佩特亞問。他擠到她身邊，瑪莉娜指給他看。「在鏡子上，」她說，「那裡。」

他往裡面瞧。自從離開營地之後，天光已經消逝大半，此刻的視線不佳——為什麼他們不早點來？但總之那個吊飾還看得到。之前愛莉亞娜掛在輕薄黑色手機角落的就是那隻骨頭色小鳥。當時愛莉亞娜用手指處理綁成一圈的細繩時，專心得嘴角都下垂了。

「那個金色的嗎？」佩特亞問。「那是她的？」

「掛在照後鏡上那個。」瑪莉娜說。她的聲音很大，她不認得這個聲音。

其他人現在也走到車邊了，瑪莉娜沒注意到他們早已走過院子。伊娃扭身擠到佩特亞身邊看。奇嘉整個人緊繃著，手裡拿著相機，雙眼到處張望，同時問娜塔莎，「你可以找到任何莉莉亞的東西嗎？有看到嗎？」

娜塔莎的額頭貼著窗玻璃。奇嘉往前擠。娜塔莎非常小聲地說，「我不知道要找什麼。」

瑪莉娜雙手握拳。她得再靠近一點看。她鬆開手指，將身體撐上引擎蓋，她身體底下的車體在輪胎上搖晃。她把雙腿收上去——佩特亞雙手也著急地幫忙推——然後她跪在引擎蓋上，直接從擋風玻璃正上方往車內看。在照後鏡後方的支架上繞了一條細金鍊，鏡面上掛的則是那個廉價吊飾，就是那種賣給觀光客的廢物，但確實是愛莉亞娜的。瑪莉娜說，「是她的。」她對這東西非常熟悉。

她還記得她們是何時買下這只吊飾。去年春天，在主道路六公里處的一個戶外市集裡，愛莉亞娜從一整桌看來一模一樣的動物雕刻品中挑出這個吊飾。她們三人那天之所以去市集，是為了幫蘇菲亞買新運動鞋，但在市集中，蘇菲亞卻是心不甘情不願地緩慢走過攤位，口中不停抱怨也想要手機，還想在手機上掛一堆小飾品——想買那個！媽媽！拜託！等你再長大一點，瑪莉娜這樣告訴女兒，等我之後買手機給你，你就能裝飾成任何想要的樣子，但現在得先跟姊姊共用一只……去年八月之後，那次和蘇菲亞的爭執總讓瑪莉娜惶惶不安。她幾乎不知如何告訴警察自己當時說了什麼、又或者在想什麼。她給兩個孩子保護自己的武器，就只有這麼一個通訊裝置，而且還是可以輕易弄壞的物件，上頭附加的也不過就是一塊綁在繩子上的假象牙。

奇嘉的相機快門閃個不停。車內很暗，沒有空氣流動，吊飾也沒搖晃。

「為什麼他要把吊飾從她的手機上拿下來？」瑪莉娜問，「她的手機呢？」

伊娃的雙眼睜得好大，娜塔莎仍面對著車窗。

自從兩個女孩消失的那個下午之後，愛莉亞娜的手機就被關掉了，這點瑪莉娜很清楚。但想打電話給女兒的渴望淹沒了她。她得聽聽她們的聲音。「她們在哪裡？」瑪莉娜說，她的聲音好大，「她們在哪裡？」

膝蓋下的引擎蓋好硬。「等一下，瑪莉娜，」佩特亞說，「再看一次。每到觀光季，街上就會賣出一大堆跟這個一樣的紀念品。這個真的是她的嗎？你確定？」

「我確定。」她說。說出口的當下，她卻還在想，我確定嗎？我確定嗎？這種東西畢竟隨處可見。但我就是知道那是她的。我只是不懂他為什麼要留下來？是為了藉此展示自己的能力嗎？若真是如此，若答案真的就在這裡，那愛莉亞娜在哪裡？她的手機已被拆解了，那蘇菲亞呢？跟他在一起嗎？跟伊格爾在一起？伊格爾是誰？他在哪？她們進了這間屋子嗎？她們被埋在花園裡嗎？埋在森林裡？她們被埋在通往彼得羅巴甫洛夫斯克的路邊嗎？他很可能這麼做。他這個傢伙。我還有在呼吸嗎？怎麼會這樣？就是這個吊飾。

＊＊＊

佩特亞在奇嘉的指示下開上埃索境內的街道，新鋪過的道路兩旁都是刷上油漆的小農舍。瑪莉娜一在手機上看到了長長的訊號條，佩特亞就將車停在路邊，讓瑪莉娜撥了警司的手機。電話有響，但沒人接，她掛掉後又打去警局。有個女人接了電話，記下瑪莉娜的名字，要求她等待轉接。接著一個年輕男子的聲音傳來。

「瑪莉娜．亞勒克斯特羅夫納？我是里亞霍夫斯基警督。」

「我得跟葉夫根尼．帕夫洛維奇說話。」

這名警督嘆了口氣，壓低聲音。「瑪莉娜．亞勒克斯特羅夫納，我可以老實跟你說嗎？現在是星期六晚上。警司幾小時前就下班了。你現在不會想打給他的，他現在已經醉得無法幫忙了。」

伊娃伸手接過電話，打算替她講下去，瑪莉娜用手勢阻止她。瑪莉娜跟警督講了黑色車子的事，還有照後鏡、愛莉亞娜的手機吊飾。她還說了伊格爾．古薩克夫這個人，說他私下常進城，整棟屋子也都用外百葉窗遮住窗戶。此刻在說話的是身為記者的瑪莉娜，她一一向警督列舉事證。

「跟他說莉莉亞的事。」奇嘉悄聲說。

還有莉莉亞，瑪莉娜重複他的話。莉莉亞……瑪莉娜的眼神穿越奇嘉的肩膀上方，望向站在暗處的娜塔莎。「所羅迪可瓦，」娜塔莎說，「名字是莉莉亞．康斯坦丁諾夫納。」

姓氏是所羅迪可瓦，名字是莉莉亞．康斯坦丁諾夫納，瑪莉娜說。失蹤四年了。然後她說起伊格爾．古薩克夫、愛莉亞娜、蘇菲亞、那輛豐田，還有豐田的顏色、尺寸。她說那輛豐田是休旅車。

「你親眼看到了那輛車？」警督問她的口氣非常尖銳。她說沒錯。「伊格爾．古薩克夫在場嗎？你有看到他嗎？他有看到你嗎？」

窗戶後方一片黑暗。但車停在車道上。難道他其實在屋內嗎？他有在觀察他們嗎？但……不，她說。她不認為他們有看見彼此。沒有。

「你現在人在哪裡？此時此刻？」

村中的街燈閃爍後在他們頭頂亮起。在埃索，瑪莉娜說。

「你一個人嗎？」

她的眼神對上伊娃的雙眼。我和朋友在一起，瑪莉娜說。

「幾個朋友？」四個。「他們都知道了嗎？你有告訴別人了嗎？」

知道。沒有。

「很好。不要告訴別人。」警督安靜了一下。「瑪莉娜・亞勒克斯特羅夫納，」他終於開口，「你真的確定嗎？」

她點頭。他一直等著她回答。確定，她大聲說出口。

「我們會在兩小時後給你回覆，」他說，「或許三小時。我會——我們會去找警司，我們會派一個小隊搭直升機過去。你說你們去這個男人家時，他不在，是嗎？」不在，她說。「我們不想讓他知道警方過去了。」瑪莉娜吸入一口空氣。「我可以透過這個號碼聯絡你吧？所以目前——你明白我的意思嗎？——目前你得避開這個男人，離他的房子遠一點。別去那裡。記得也提醒你的朋友。先找個地方待著，我會再聯絡你。」

兩小時內？

「我得先找到他。我們會開始安排直升機，然後往北前往埃索……」電話另一頭安靜下來，他正在計算所需時間，「三小時內會到。」

總之你們會過來。

「我們要過去了。」

那我等，她說。她總是在等。伊娃再次伸手打算接過手機，瑪莉娜給她了，好讓她的朋友能聽到警督親口說出接下來的計畫。在剛亮起的昏黃燈光下，站在瑪莉娜身旁的奇嘉正在檢閱相機拍到的照片。娜塔莎一臉驚愕地盯著前方。

＊＊＊

他們做出了決定。他們要先去營地收拾行李，然後回埃索村內有手機收訊的地方等里亞霍夫斯基回電。奇嘉表示瑪莉娜、伊娃和佩特亞應該去他家，跟他的妻子及女兒待在一起。瑪莉娜聽到伊娃和佩特亞表示同意。奇嘉一直都很幫忙，但就跟這一年來的其他人一樣：他很想在這個故事中插上一腳。彷彿出於本能，娜塔莎突然激動起來，「不，」她對這群人說，「來我們家吧。」

「誰家離伊格爾家比較近？」佩特亞問。

奇嘉瞄了娜塔莎一眼。「其實都差不多，這個村莊也不太大。我們兩家中間不過隔著兩條街。」

「但你母親，」伊娃對娜塔莎說，「她不會介意嗎？」

「活動期間她都會待營地。」伊娃點點頭。「你們可以跟我其他家人見面。」娜塔莎說。

離開埃索後，房子與房子之間的距離更長了，輪胎底下的地面也更顛簸不平。沿著路旁湧動的河流又出現了。瑪莉娜望入黑漆漆的樹林。再過兩、三小時，午夜剛過，她就會聽見直升機飛來的聲音。

他們將車停進營地欄杆旁的一排排的車陣中，空地傳來了非常當代的電子樂音。「你想跟我們一起去打包，還是比較想在車上等？」伊娃問。

瑪莉娜已經感覺不到自己的肺臟、喉嚨、胸口的心搏、靠在座椅上的背，以及曾經敲打車玻璃的那雙手。沒有疼痛。這是一種全新的存在感受，她不算討厭。「你們去打包就行了，」瑪莉娜說，「麻煩你。」

佩特亞從駕駛座及車門間的縫隙伸手過來，摸了摸她的小腿。「我們會儘快回來。」伊娃說。

娜塔莎也下車，好讓奇嘉從座位中間移到車門旁下車。他離開前抱了一下瑪莉娜，瑪莉娜彷彿靈魂出竅般觀察著這麼做的他。然後娜塔莎又回車上坐好，但沒把車門關上。

這感覺一點也不真實，瑪莉娜心想，這不可能是她的人生。

夜色沁涼，音樂轟隆響著。瑪莉娜確認了一下手機上的時間，把頭往後靠，練習用麻痺無感的嘴唇噘出O的形狀。娜塔莎正轉身面對空地，口中說了些什麼。

「什麼？」瑪莉娜問。

娜塔莎清了清喉嚨。「快到閉幕式了。」

鼓聲透過音箱咚咚地傳來。瑪莉娜花了漫長時間研究這個案子，因此得知了一項資訊：屍體埋葬後要花上十年才會完全分解。愛莉亞娜和蘇菲亞就埋在那個男人的花園裡，她心想。她一小時前幾乎就是站在她們的屍體上。就在瑪莉娜花了好幾個月的時間，驚恐地蒐集著各種相關資訊後，此刻這個想法已經不會讓她難受，但也無法帶來安慰。這個資訊只是像浮木一樣浮出。十年。這根浮木又漂走了。

「我一直很想跟你今晚一樣，」娜塔莎說話時還是面對著空地，「得到一個答案。」

瑪莉娜又看了手機一眼。兩小時，他是這樣估算的，兩小時內會回電。

「無論答案是什麼都好，」娜塔莎說，「我為你高興。」她的口氣扁平，感覺很遙遠。

這些話語慢慢在瑪莉娜體內漫開，她說，「謝謝你。」

兩人就這樣坐在靜止車內。營地傳來的音樂隨節拍湧動。

「我母親相信……我母親是對的，」娜塔莎說，「有人殺了莉莉亞。」她在黑暗中轉向瑪莉娜，「難道不是這樣嗎？」

「噢，我不知道，」瑪莉娜說，娜塔莎等著。「也有可能就跟你之前想的一樣，伊格爾讓你的妹妹不安，所以她離開了。」

「但如果是這樣，她會打電話給我們。」娜塔莎繼續說，「總有一天會打，至少會打電話給我。」

瑪莉娜不知可以回答什麼。沒什麼好說的。娜塔莎找到她想要的答案了。

瑪莉娜該為此感到開心嗎？因為她至少掌握了某些資訊，即便就只有這麼一點也好嗎？因為她並沒有開心的感覺。對於娜塔莎的陪伴，她本該感到高興、絕望或感激，再不然也會因為兩人擁有類似經驗，而迫切想尋求對方的理解才對，但她只是近乎冷酷地無感。娜塔莎不抱期待地看著她。瑪莉娜雙手交握，腦中想像著三具屍體位於色澤暖暗的甜菜根及蘿蔔間，莉莉亞、愛莉亞娜和蘇菲亞就在那裡，身上纏繞著植物的根系，口中塞滿泥土。

樂音漸弱，有個人透過揚聲系統吼著要大家維持秩序。「我很抱歉，」娜塔莎說，「我無法只是坐在這裡。閉幕式開始了，你想參加嗎？或者……」她有點結巴。「如果你不介意的話，我想先離開。我可以等一切處理好後再過來帶你們去我家。我只是得起身走走，得到外面晃晃……」

兩小時，或三小時。里亞霍夫斯基說警察會過來，是吧？他們會把伊格爾．古薩克夫找出來。他們會把躺在土裡的女孩挖出來。就再兩、三小時，一切結束之後，時間將如同永恆般漫長。

而瑪莉娜就會以這種狀態打發所有漫長時日。她會獨自坐著，腦中想著屍體分解的畫面，然後跟亞拉．伊挪肯提弗瓦之前一樣繼續永無止境地等待，等待那再也不會到來的幸福。

「好吧，」瑪莉娜說。她聽見自己開口說話，彷彿隔著一段距離看見自己站起來。「我們可以一起去。」

兩人走到空地邊的欄杆旁時，亞拉．伊挪肯提弗瓦正在麥克風前說話，「我們在六月的最後一天慶祝鄂溫新年，」這位主辦人開始召集大家，「為了向夏至的太陽致敬，我們現在圍成一圈。」

娜塔莎緊抓住瑪莉娜的手。而就在瑪莉娜的另一邊，有名陌生人向她伸出手。所有人開始列隊圍成一圈。瑪莉娜到處張望，想知道伊娃和佩特亞在哪，但你很難在夜晚認清遠方的人。她們得在儀式結束後才能沿著這圈人尋找，但也無妨。

鼓聲越來越響亮。「在漫長的夏日中，」亞拉．伊挪肯提弗瓦說，「舊太陽死去，新太陽創生。精神世界的一扇扇大門敞開，這是死者出現在我們之中行走的時節，活著的人也能在此時重生。」

舞者跨越草地。他們的服裝在身後舞動、拍打，扭曲了每個舞者的剪影。他們加入圓圈，使隊伍重新排列組合，每個人都抓起不同觀光客、本地人和孩童的手。

娜塔莎緊抓住瑪莉娜的手臂。他們的這個圓圈開始在溼漉漉的草地上旋轉。「跟著我說，」亞拉・伊挪肯提弗瓦開始指導群眾，「Nurgenek……」瑪莉娜任由「鄂溫新年」的鄂溫語文字沖刷過自己身體。她無法複製那些音節，因為當中擁有一整串柔軟母音。她身邊的其他人也在努力後發現無法發音，一個男人因此大叫起來，另外有幾個人笑了。

他們旋轉的速度更快了。草地溼滑。「對你旁邊的人說，『新年快樂，』」亞拉・伊挪肯提弗瓦說，「然後對另一邊的人說，你希望她獲得平靜。」瑪莉娜腦中出現了伊格爾・古薩克夫家中窗戶上斑駁的外百葉窗，還有愛莉亞娜手機吊飾垂下的線條。

亞拉・伊挪肯提弗瓦的聲音壓過鼓聲而來。「我們將從這一年跨越到下一年。你們會拿到一根杜松樹枝和一小片布條。樹枝代表你過去擔心的事，布條代表你對未來許的願望。走到第一個火堆時，請將代表擔憂的樹枝丟進去，然後跳過火堆。」她被音響放大的聲音中不帶絲毫反諷意味。「走向下一個火堆時，手中緊握布條，那時的你將在兩個世界之間行走。」

瑪莉娜仔細聽著，好讓自己不再去思考伊格爾花園中被翻起的土壤。她不再去想自己的呼吸是否有可能撐過今晚，不去想等待直升機飛行聲響起的這段期間會有多難熬，也不去想依靠願望改變歷史根本是個謊言。她不會去想此刻若能握著兩個女兒較小、較燙的手時會是什麼感受，不去想愛莉亞娜和蘇菲亞必須奔跑起來，才能跟上這如同潮汐起落的旋轉速度。如果能把她們找回來就好了，瑪莉娜的人生會因此變得多完美呀。她真的不能再想了。

「這是一個充滿力量的時刻，」亞拉・伊挪肯提弗瓦說，「夢想會成真。你會在跳過第二個火堆後進入新年，等你把布條綁在另一側時，願望就會實現。」

瑪莉娜不再被拉著繞圈，此刻她被直直往前帶，走向空地邊緣跟樹林接壤的所在。樹木下半部被地上的兩個火堆照成橘色。音響播放出預錄的合唱歌聲。

瑪莉娜前方許多人的身影都朝著那邊的光亮走去。就在空地另一邊，在煙霧繚繞的樹木前方，有一排連續的人龍往後蜿蜒到草地上。瑪莉娜看到了第一個火堆，那就是一簇小小的營火，不比她的膝蓋高。他們離火堆越來越近。一個穿著綴珠皮衣的青少年正在分發杜松樹枝和布條。

空氣變得刺鼻，還有枝條剛被折斷的氣味，聞起來就像童年夏日、像祖父給她上的那些課，也像早在她有孩子的多年之前，曾涉過的那些河水。娜塔莎鬆開牽著她的手，接過那兩個物件。瑪莉娜也同樣抓在手裡，細細的布條在她手中擺盪，粗粗的杜松枝條刮著她的手掌。是刺杜松。「你的擔憂跟你的願望。」那名青少年大叫，試著靠音量壓過眼前的喧囂。

她的擔憂嗎？她的願望很簡單，就是希望愛莉亞娜和蘇菲亞安全，而在一個糟糕的瞬間，她允許自己相信，她、她的朋友還有奇嘉真有辦法帶她們回家，警司和帶領的警官終將成功，而她的家庭也會恢復原狀。莉莉亞的家人也有辦法找出他們的女兒和妹妹去了哪裡。然後他們也一樣會從傷痛中復原。跳過火堆、綁起布條，相信自己有能力開拓來年的命運吧。但不可能。愛莉亞娜、蘇菲亞和莉莉亞都被殺了。不管舉行多少儀式、吃了哪種藥、接受何種諮商，又或者是看到幾部黑色大車，都無法改變事實。瑪莉娜提醒自己，失蹤的孩童不可能回家。

她已經走到第一個火堆前了。她將兩個虛假的信念握在兩個拳頭裡：一邊是杜松樹枝，也就是能將苦痛丟在腦後的象徵，另一邊是布條，代表女兒終將回到她身邊。

她正往前走向什麼？明年只會跟去年一樣。後年、大後年、大大後年也一樣——不可能有任何改變的機會。那個手機吊飾會被發現其實不是愛莉亞娜的，又或者警官會不小心讓伊格爾溜走。她的女兒不可能救回來了。莉莉亞也早在多年前就死了。瑪莉娜將學會對陌生人的建議充耳不聞，她會回去從事新聞業，她會用藥片麻痺自己，她會繼續活下去。但若能有選擇，這些事她一件也不會做——她會想辦法回到過去。她會回到孩子身邊，回頭做最棒的工作，並重溫她真實擁有的快樂童年。當時整個世界都還在等待她去發現，每個人都有些什麼可以教她，她也還沒失去過任何人。

她轉身，站在她身後的女人大吼，「跳過去。」

瑪莉娜說不出話來，她又發作了。

那個青少年走過來，指著那簇火焰。「你跳過去，那是代表過去的火。」

瑪莉娜雙手都抓了東西，所以沒辦法把手平貼在胸口。她知道自己多需要摀住胸口，也知道沒了雙手的撫慰，自已多快就會呼吸不到空氣。這一切有什麼意義？她想回頭擠出隊伍，但人們一直過來。沒有她在身邊的伊娃和佩特亞在樹林中的某處。娜塔莎不見了。那個青少年還在指導人們該怎麼做。到處都能聽見亞拉·伊挪肯提弗瓦的聲音透過揚聲器響亮傳來。所有人都要她趕快往前走。

瑪莉娜身邊沒人理解。沒了女兒，她唯一能緊抓住的只有這種喘不過氣的感受。儘管很可怕——確實可怕、真的可怕——但這是她身為母親僅有的一切。她跳了過去。

七月

別哭，聽我說，你想再聽一次金拖鞋女孩的故事嗎？或者是有兩個宮殿長得一模一樣的故事？我跟你說過南邊有個孤兒是被一群狼養大的嗎？是唷，她是被狼養大的，是真的！人們發現她時，她是個青少女，不會說人類的語言。最後她結婚，住在大城市，還生了孩子，但這一生除了生肉之外什麼都不吃。

我在新聞上看過一次，她後來活到一百歲。

別哭……

蘇菲亞，看著我。你要聽什麼故事才有辦法重新睡著？不然講村民的故事呢？講他們被沖到海裡之後的故事？

是嗎？你想再聽一次嗎？

你想自己說，還是要我說？好。

所以是這樣。

海浪把所有人從地面捲起。海浪帶著他們和他們的房子、車子翻越過懸崖。要不是村民被困在一個四面都是水的空間裡，他們就會受傷了，但他們在裡面，所以沒受傷。他們像卡在冰塊裡的泡泡，在海浪的中心屏住呼吸，睜大雙眼，手臂跟雙腿往兩旁張開。

就像這樣。嘟起你的臉頰——沒錯，就是這樣。

這道海浪把他們帶到距離小鎮五百公里的地方，無論往哪裡看都是一整片的藍。距離剛被浪捲起的時間只過了一分鐘，但他們已經在前往阿拉斯加的半路上了。海浪慢下來，然後靜止不動，然後……浪碎了。他們身邊的浪全碎了。大家都快冷死了，但自由了。

欸，對，他們還在海上，但至少可以游來游去了。

他們游泳、嗆得不停咳嗽，把頭髮撥回腦袋後方。所有跟他們一起被沖出海的沉重東西——他們的房子、人行道，還有整棵整棵的樹——現在都沉沒不見了。不過，比較輕的東西還浮在海面上。像是超市買回來的食品呀、玩具、遙控器。還有什麼嗎？枕頭、毯子和書吧。大家都不敢相信眼前的畫面。有嬰兒床浮在水面，裡面還躺著寶寶。

第一天，他們花了整日、整夜在蒐集這些物品。那些比較不強壯的人，比如老人跟真的很小的小孩就在原地踩水，大吼著指示其他人去撈回他們的東西。比如「那是我的帽子！我最喜歡的帽子！」或者「別忘了我的冰球棍！」又或者……

沒錯。「那裡有兩桶橘子汁！在你右邊！」

大家都很親切。沒有人受傷。沒有。沒有，蘇菲亞，沒有那樣。那裡不可能發生這種事。他們彼此照顧。他們把床墊併在一起，好讓人休息。他們甚至找到了一些釣魚竿。那時候是夏天，溫暖的夏天。海水不會太冷。溫度太舒服了。在離陸地這麼遠的地方，海水看起來好乾淨，村民可以看見鯨魚從他們腳下游過。

你聽見了嗎？

安靜一下。沒有。你聽見了，是嗎？

你沒事，對吧？那等一下。再一下。等等。

他沒有……聽起來不像他，對吧？他已經回來了嗎？不……對不起，噓，對不起。他還沒回來。聽我說。

也不是她。絕對不是。是從樓下傳來的。我不……別說話，等她敲牆回應我們。

等一下。

過來這裡，拜託來這裡。我知道，我現在知道是她在發出聲音。我不知道她為什麼要這樣敲個不停。不是敲給我們聽的。敲的也不是我們這邊的牆。拜託別哭。我們躲到床底下，好嗎？她只是毫無理由地在亂叫，我們就躲到床下聽聽看狀況。

噓。很好。我知道。真的很暗。

你表現得很好，小蘇。

你聽見了嗎？她正在大叫，她敲個不停，但還有其他聲音，對嗎？是樓下的聲音。

好像有人，而且是很多人。不，我不認為是小偷。他很可能帶了……

我要你非常、非常地安靜。你的腳在床底下嗎？

我就待在你旁邊。別擔心。她這樣會惹上麻煩，就像之前一樣，但我們不會找他麻煩。我們比較安靜。

靠近一點。我會用氣音跟你說話，好嗎？你也別去管其他事。

在那個地方，那個遙遠的地方，海水溫暖，到處有鯨魚、海豚，和友善的章魚。人們等呀等，等著有人來救他們。然後有人說，「該開始游回去了。」但大家都嚇壞了，不是嗎？他們當然嚇壞了。自從第一次看到海浪打來之後，他們從沒這麼害怕過。

有人說，「那我們那些食品、玩具和枕頭怎麼辦？」

又有人說，「要是離開這裡遇上危險怎麼辦？」

但他們最後還是決定試試看，他們不可能永遠待在海水裡等。

她很快就會停下來了。她跟之前一樣在尖叫，但很快就會停下來了。握住我的手。

我知道，我聽到那些人的聲音了。努力撐著，別怕。

你有在聽我說話嗎？如果門打開，我們要勇敢。就算是小偷，或者是其他人，比如他的朋友，我們也要堅強起來。

好嗎？還記得故事的結尾嗎？還記得村民怎麼說嗎？沒人幫助他們，但他們彼此幫忙。就算他們的小鎮消失了，四面八方也只能看到海水，他們還是努力往陸地游。我們做得到，村民說，我們一路上都會彼此幫忙。

你會好好記住嗎？我們擁有彼此。無論是誰打開門，記得媽媽在外面等我們，她還愛我們。等他們離開之後，我們可以再敲莉莉亞那邊的牆，她也會敲牆回應。她就在牆的另一邊。沒錯，我在這裡，我保證，我們會待在一起。我們擁有彼此。我們不孤單。

致謝詞

如果沒有許多堪察加人的好客、大方及指導，就不會有這本書。我特別感謝塔提亞娜・歐柏斯卡雅（Tatyana Oborskaya）帶我去堪察加，丹尼斯・皮庫林（Denis Piculin）對我的照顧，還有安娜史塔西亞・史崔索瓦（Anastasia Streltsova）的友情。感謝美國傅爾布萊特獎助計畫（United States Fulbright program）和堪察加國立大學（Kamchatka State University）在我就讀二〇一一至二〇一二研究學年時給予的幫助。在這段期間，白令陸橋（Beringia）和克羅諾基自然保護區（Kronotsky Reserve）的各單位都提供了極為珍貴的幫助及獨到見解。我在二〇一五年又重回舊地，那一趟旅行要感謝愛蓮娜・雷波（Elena Lepo）、愛娃・雷斯（Aiva Lāce）、莉莉亞・班那卡諾瓦（Lilia Banakanova）、馬莎・麥德森（Martha Madsen）、比斯特林斯基自然公園（Bystrinsky Nature Park）、〇〇〇麋鹿放牧隊（〇〇〇 Olenevod），還有埃索的第四牧隊（Esso's Herd 4）。因為認識了這些人、見過這些地方，我的人生永遠有了改變。

《消失的她們》的靈感來自俄羅斯，落筆於美國。我很感謝艾萊薩・撒拉里歐（Alizah Salario）、克萊兒・唐寧頓（Claire Dunnington）、布烏・特朗多（Boo Trundle）、布萊特妮・K・艾倫（Brittany K. Allen）、蕾伊・史坦（Leigh Stein）、艾立森・B・哈爾特（Alison B. Hart）、米拉・傑考布（Mira Jacob）和「抵抗」寫作會（the Resistance）、杰妮・貝爾德（Jennie Baird）、米卡・山本（Mika Yamamoto）還有蕾娜・塞奇諾斯卡（Lena Tsykynovska），他們都讀了這部小說，也對這

部小說懷抱信心。寫作所需的空間及支援來自布魯克林火藥桶工作空間（PowderKeg）、奇奈洛・奧克帕朗塔和錫屋夏季工作坊（Chinelo Okparanta and the Tin House Summer Workshop）、克里斯汀・舒特和西沃恩作家大會（Christine Schutt and the Sewanee Writers' Conference）、第昂尼・布蘭德和班夫中心（Dionne Brand and the Banff Centre）、維吉尼亞創作藝術中心（VCCA）、哈姆比吉藝術中心（Hambidge）、拉格戴爾基金會（Ragdale），以及雅多藝術村（Yaddo）。

感謝珍・克沃克（Jean Kwok）一直守護著我。蘇珊・葛拉克（Suzanne Gluck）、崔西・費雪（Tracy Fisher）、安卓雅・布萊特（Andrea Blatt）和整個奮進經紀公司（WME）的團隊讓我體驗到生命中最快樂的時光。英國斯克里布納出版社（Scribner）的羅文・寇普（Rowan Cope）和喬・狄金森（Jo Dickinson）隔著大西洋拉拔大這部小說，我對此心懷感激。克諾夫出版社（Knopf）的安妮・比莎伊（Annie Bishai）、麗迪亞・布尤格勒（Lydia Buechler）、郭佩來（Pei Loi Koay音譯）、喬西・卡爾斯（Josie Kals）、凱西・祖克曼（Kathy Zuckerman）、莎拉・伊格爾（Sara Eagle）、瑞秋・弗許來瑟（Rachel Fershleiser）、保羅・伯嘉爾茲（Paul Bogaards）、尼可拉斯・拉提默爾（Nicholas Latimer）和克里斯・吉拉斯比（Chris Gillespie）在出版過程中的每一步都帶領著我，讓我實現了夢想。另外實在要感謝我那位傑出、善良，總是無比有耐心的編輯羅賓・戴瑟（Robin Desser）。無論透過英文或俄文，我都無法真正表達她對我及這部作品所代表的意義。

太多人幫助《消失的她們》來到這個世界。我的感激之情永遠不足以回報他們的付出。最後，讓我將滿懷謝意的最後一行字獻給最重要的一個人：感謝艾力克斯・埃勒弗瑟勒奇斯（Alex Eleftherakis），感謝他對我付出的愛與信念，還有十年前要我考慮書寫堪察加的建議。

國家圖書館出版品預行編目 (CIP) 資料

消失的她們 / 茱莉亞．菲利普斯 (Julia Phillips) 著；
葉佳怡譯 . -- 初版 . -- 臺北市：遠流，2020.08
面；　公分
譯自：Disappearing Earth
ISBN 978-957-32-8854-1(平裝)

874.57　　109011421

消失的她們

作　　者：茱莉亞・菲利普斯
譯　　者：葉佳怡
總 編 輯：盧春旭
執行編輯：簡伊玲
行銷企劃：鍾湘晴
封面設計：謝佳穎
內頁設計：Alan Chan

發 行 人：王榮文
出版發行：遠流出版事業股份有限公司
地　　址：臺北市南昌路 2 段 81 號 6 樓
客服電話：02-2392-6899
傳　　真：02-2392-6658
郵　　撥：0189456-1
著作權顧問：蕭雄淋律師
ISBN 978-957-32-8854-1

2020 年 9 月 1 日初版一刷
定價：新台幣 380 元（如有缺頁或破損，請寄回更換）

遠流博識網
http://www.ylib.com
Email: ylib@ylib.com